www.bbulmedia.com

좀비묵시록
82-08

좀비묵시록
82-08

1판 1쇄 찍음 2016년 6월 2일
1판 1쇄 펴냄 2016년 6월 10일

지은이 | 박스오피스
펴낸이 | 정 필
펴낸곳 | 도서출판 **뿔미디어**

편집장 | 이재권
기획 · 편집 | 문정흠

출판등록 | 2002년 9월 11일 (제1081-1-132호)
주소 | 경기도 부천시 원미구 소향로 17번길(두성프라자) 303호 (우) 14544
전화 | 032)651-6513 / 팩스 032)651-6094
E-mail | bbulmedia@hanmail.net
홈페이지 | http://bbulmedia.com

값 8,000원

ISBN 979-11-315-7208-5 04810
ISBN 979-11-315-6934-4 04810 (세트)

좀비묵시록
82-08

박스오피스 현대 판타지 장편 소설

10

뿔미디어

CONTENT

1장
혼돈

1

"끄으응……."

민구가 눈을 떴다. 간간이 의식이 돌아왔다가 약에 취해 까무룩 넘어가길 벌써 나흘째. 이 정도로 멀쩡하게 정신이 든 건 총을 맞은 이래 처음 있는 일이었다.

후우우~ 가슴이 답답해 한숨을 내쉬려는데, 갈비뼈 전체가 부서져 내리는 기분이다. 그리고 그 아픔에 미처 대응하기도 전에 온몸으로 거대한 통증이 밀려온다.

으윽! 민구는 이를 꽉 깨물었다.

방 안은 지독하게 더웠다. 상처 입은 부위뿐 아니라 온몸이 불이라도 붙은 듯 뜨거운 민구에게는 그 열기가 더욱 괴롭게 느껴졌다. 등에 닿는 침대 시트는 축축하고 끈적거린다.

열린 창문으로는 바람이 거의 들어오지 않았다. 대신에 공사하는 소리와 사람들이 떠드는 소리, 트럭 엔진 소리 따위가 햇빛과 한데 섞여 들어온다.

무겁고 눅눅한 공기 때문에 숨을 쉬기가 불편한데, 동시에 입안은 바짝 말라 톱밥이라도 한 움큼 물고 있는 것 같다. 한마디로 괴롭다.

젠장, 내 몸이… 이게 완전히 내 몸이 아닌 것 같군⋯⋯.

부상당한 곳의 상태를 알아보고 싶어 손을 뻗으려다 따끔한 통증 때문에 멈칫했다. 꽂혀 있던 수액 주삿바늘이 당겨진 것이다. 민구는 줄이 당겨지지 않도록 조심조심 움직였다.

먼저 옆구리부터 짚어봤다. 그 몽롱한 정신 속에서도 지독하게 아팠던 곳. 총알에 맞아 잘리고, 불에 달군 대검으로 다시 지진 자리에는 두툼한 패드가 덧대어져 있고, 그 위로 또 붕대가 탄탄하게 감겨 있다.

감각이 살아 있는지 궁금해진 민구는 손가락으로 패드 위를 꾸욱 눌러봤다. 이내 이마에 식은땀이 솟을 만큼 둔중한 통증이 옆구리 전체에 걸쳐 느껴진다. 그 와중에도 다리가 움찔한 것은 반가운 일이었다. 하체에도 감각이 있다.

후우~ 숨을 모아 쉰 민구는 철제 침대의 양쪽 난간을 잡고서 천천히 몸을 일으켜 보려 애썼다. 오른쪽 옆구리와 왼쪽 갈비뼈에서 동시에 아픔을 주며 움직이지 말라는 경고를 보냈지만, 민구는 멈추지 않았다.

침대 난간과 볼품없는 씨름을 몇 분 정도나 반복한 후에야 민구는 겨우 상체를 온전히 세워 앉을 수 있었다. 온몸에서 땀이 뚝뚝 떨어진다. 하지만 그럴 만한 가치가 있는 일이었다. 간만에 공기에 노출된 등의 피부가 특히 개운하다.

 물론 그 상쾌함과 비례해서 양쪽 상처 부위의 욱신거림은 늘어났다. 몸을 똑바로 펴기가 너무 고통스러워서 민구는 구부정하게 허리를 굽히고 침대 아래로 발을 내렸다.

 "이상하군."

 민구는 주변을 둘러보며 중얼거렸다. 넓은 방 전체에는 그 혼자뿐이다. 그리고 복도 쪽에서도 별다른 인기척이 느껴지지 않는다. 그 점이 이상했다.

 비록 꿈속에서 본 것 같은, 어렴풋한 기억만 남았지만, 지난 며칠 동안 이 방에 분명히 다른 누군가가 있었다. 그가 너무나 고통스럽고 괴로울 때, 그리고 도움을 필요로 할 때, 단 한마디의 불평이나 타박도 없이 그를 도와주었던 사람이.

 "웃차."

 침대 옆, 벽에 달린 거울을 보고 있던 민구는 바닥에 내려섰다.

 으윽! 그 정도의 충격만 전해져도 몸통과 내장이 다 흔들리는 것 같다. 머리통 속을 빠르게 휘돌아 나가는 현기증으로 인해 저절로 두 눈이 찌푸려진다.

 민구는 조심조심 한 발씩을 떼며 구부정한 자세로 걸어가서 거울 앞에 섰다. 꼴이 말이 아니다. 퀭해진 눈, 홀쭉해진 볼, 붕대만 감겨져 있는 상체나 푸르스름한 파자마만 걸치고 있는 하체나… 가릴 것 없이 여위었다.

금세 이렇게나 살이 빠지기도 하는군…….

좀 더 자세히 보기 위해 몸을 기울이던 민구는 또다시 손등을 찌르는 수액 바늘 때문에 주춤 물러섰다. 팽팽하게 당겨진 줄이 더 이상은 늘어나지 않는다. 결국 민구의 산책은 침대 주변, 줄이 미치는 범위 내로 한정이 되었다.

물론 그런 줄이 없더라도 더 멀리 움직이는 것은 힘들다. 민구는 맨발로 천천히 바닥을 밟으며 침대 주변을 서성였다.

달칵—

방문이 열리는 소리에 민구는 고개를 돌렸다. 입구에는 의무대 고 하사가 뭔가를 들고 서 있었다.

"어, 일어나셨네요? 어떻습니까? 좀 걸을 만해요? 오, 근데 확실히 건강하시네. 의식 돌아오자마자 자기 발로 벌떡 일어날 줄은 몰랐습니다. 아직 나흘도 채 안 됐는데……."

고 하사는 들고 온 물건을 스테인리스 트레이에 올려놓은 후, 닫혀 있던 쪽 벽의 창문을 열었다.

휘이잉—

맞바람이 치자 찜통 같던 실내의 공기가 한결 숨쉬기 편한 것으로 바뀐다. 계속 등을 타고 주르르 흘러내리던 땀도 조금은 식었다.

이렇게 할 수 있는데 왜 굳이 창문을 닫아놨던 거지?

민구가 의문을 가지고 바라보자 고 하사는 무슨 말을 하려는지 알겠다는 듯 고개를 끄덕였다.

"제가 자리를 비울 때에는 창문을 일부러 한쪽만 열어둡니다. 맞바람이 치면 시원한 거는 좋은데 뭐가 막 날아다니고, 가끔 정말 바람이 심할 때는 이 링거 주머니 같은 것도 뚝 떨어지거든요. 그럼 위험하니까… 많이 더우셨습니까?"

그에게서 눈을 떼지 않고 있던 민구가 말했다.

"…당신이었군."

"네? 뭐가 저였다고 하시는 건지? 혹시 허리 빵구 낸 거 말씀하시는 거면… 그거 다른 놈입니다. 하하하, 저 아니에요."

"내 똥오줌 다 받아내 주고 살려낸 은인이 당신이었어."

"아니, 뭐, 그렇게까지……. 하하, 아휴, 이거… 엄청 쑥스럽네. 마주 보고 그런 말을 하시니까. 사실 고마워하실 대상은 우리 중대장님이신데… 그분이 미리 주변 병원 털어서 비싼 사제 약을 안 구해오셨으면 저도 손쓸 방법이 없었으니까 말입니다."

"잊지 않겠소, 의사 양반."

"예? 의사 아니고, 하사입니다요, 하사. 요기 계급장 보이시죠? 에휴, 의사였으면 우리 어머니도 어깨 좀 펴고 다니셨을 텐데… 응? 하긴 좀비 세상 끝나고 나면 나 정도 야매라도 의사로 쳐줄지 모르겠는데? 의사들도 어지간히 죽었을 테니까. 아, 그런 것보다 잠깐만 앉아보세요. 이거, 새걸로 갈아드릴게요."

고 하사는 줄이 연결된 길쭉한 플라스틱 통을 들고 와 민구를 앉혔다. 민구는 고 하사가 수액 커넥터에 줄을 연결하는 동안 명찰에 적힌 그의 이름을 읽었다.

'고, 창, 명.'

고창명, 고창명… 민구는 입속으로 자기 앞에 선 군인 의사의 이름을 몇 번이나 되뇌었다. 단순한 치료만 해준 게 아니다. 민구는 이 지독한 더위 속에서 진땀을 쏟아내며 나흘 동안 누워 있었는데도 등의 피부가 짓무르지 않았다는 것이 놀라웠다. 그만큼 부지런히 정성스럽게 뒤치다꺼리를 해줬다는 뜻이다.

일면식도 없고, 돈 한 푼 받지 않은 사람으로부터 이렇게까지 큰 도움을 받았는데, 그걸 잊으면 금수만도 못한 거다. 당연히 받은 만큼 자신도 뭔가를 해줘야 한다. 예전 같았으면 돈으로 은혜를 갚았겠지만, 돈이 휴지와 다를 바 없어진 지금은 뭔가 다른 방법을 찾아야 했다.

"자, 연결했습니다. 30분인가에 한 번씩 자동으로 약이 들어가기는 할 텐데요, 그사이에라도 만약에 너무 아프다, 아파서 돌아버릴 것 같다, 그러시면 이 단추를 한 번 꾹 누르면 됩니다."

줄에서 약이 제대로 도는지 확인한 고 하사는 민구의 손에 작은 플라스틱 스위치를 쥐어 주었다. 지금 그가 커넥터와 연결한 통에 달려 있는 것이다. 민구는 스위치와 투명한 액체가 들어 있는 길쭉한 통을 번갈아 보다가 물었다.

"그럼 이 통에 든 게 진통제요?"

"네, 무통 주사라고 하는 겁니다. 비싼 거. 물론 이것도 사제 물건을 털어온 것 중 하나예요. 환자분 보니까 효과는 정말 확실하네요. 아, 그리고 참고로 말씀드리면, 지금 이게 두 병째인데 보통 병원에서는 중독 때문에 두 병까지만 허용을 하거든요. 저는 그런 거 없습니다. 중독이고 뭐고, 일단 사람이 살고 봐야지. 그러니까 이거 맞고도 더 필요하면 말씀하십쇼."

고 하사의 말을 들은 민구는 고개를 끄덕이면서도 입으로는 다른 소리를 했다.

"고맙긴 한데, 이거… 잠시 약이 안 나오게 할 수 있소? 정신이 몽롱해지는 걸 별로 안 좋아해서……."

"그래요? 훗, 핑— 도나 보죠? 자요, 이거를, 요 십자가같이 생긴 걸 왼쪽으로 돌리면 약이 안 들어갑니다. 보셨죠? 근데 저 같으면 그냥 맞을 텐데요. 지금 아직 약 기운이 남은 상태라서 그런 말씀 하시는 것 같은데, 이제 곧바로 엄청 아파질 겁니다. 꽤나 크게 부상당하신 거거든요. 하긴 몸 보니까 아픈 것 잘 참으실 것 같기도 하긴 했어요. 뭐~ 흉터가 어마무시하더구만요. 등, 배, 옆구리, 어깨, 팔, 허벅지에 찔리고 베이고 찢기고……."

고 하사가 민구의 몸에 나 있는 여러 흉터들의 위치와 모양을 묘사하며 웃었고, 민구도 미소를 지었다. 보통은 자신 같은 사람을 보면 혐오하거나 두려워하기 마련인데, 이 군인 의사는 그런 게 없다.

'일어나신 김에……' 라고 말하며 고 하사는 땀에 젖은 침대 시트를 들어내 한쪽 종이 상자에 넣고, 캐비닛에서 새 시트를 꺼내 깔아준다. 물병도 주며 천천히 마시라고 했다.

"이렇게 넓은 방을 나 혼자 써도 되는 건지 모르겠소"

민구의 말에 고 하사는 피식 웃음을 터뜨리며 대답했다.

"저언~허 신경 쓰지 않으셔도 됩니다. 여기는 쉘터가 아니고, 길을 터서 쓰는 옆 건물이거든요. 원래대로라면 선생님을 의무실로 옮겨야 맞는 것이긴 한데, 감염 위험도 큰데다 워낙 안정을 요하는 상태고 해서 그냥 여기 계속 계시도록 했습니다. 아픈 사람들 들락거리고, 그 사람들한테 구경거리가 되는 것보다는 폐건물 나 혼자 쓰는 편이 나으니까요. 옥상에 배치된 병력들도 있고, 또 지금 당장은 다른 애들도 몇 명 여기서 살고 있으니까 귀신 같은 거 안 나옵니다. 저도 이렇게 하루에 몇 번씩 왔다 갔다 하고요. 그래도 영 귀신 나올까 봐 무섭다, 그러시면 옮겨 드리고요."

"여기가 좋소."

민구가 대답했다. 약해진 상태에서 사람 많은 곳에 가는 건 좋은 생각이 아니다. 사방에 원한을 잔뜩 깔아둔 민구로서는 더욱 그렇다. 고 하사는 침대 머리맡에서 수액 봉지를 거는 막대기를 잡아 빼 민구에게 건넸다.

"한 번 받아보세요. 들으실 만한가. 그 링거 줄이 팔보다 낮게 가면 안 되는 거니까 그거 항상 신경 쓰시고, 걸어 다닐 수 있다 싶으시면 무리가 안 되는 범위 내에서 자꾸 운동을 하세요. 그래야 회복이 빨리 된다고들 하더라고요. 에, 또… 뭐 필요하신 거 있습니까? 아참, 그 초희 씨라는 연예인분도 엄청 안타까워하기는 했어요. 강 실장 오빠 죽으면 자기도 죽은 목숨이라고, 꼭 좀 살려 달라고 어쩌나 애타 하시는지… 지금은 규정 때문에 저쪽 쉘터 건물로 옮겨가셨지만……."

"그… 내 옷에 담배가 있었는데……."

머뭇거리다가 어렵게 말을 꺼낸 민구는 말끝을 흐렸다. 무슨 답이 돌아올지 알고 있기 때문이다. 아니나 다를까, 고 하사는 당장 코웃음을 쳤다.

"어이쿠, 세게 나오시네. 일어나시자마자 담배부터 찾깁니까? 후후후, 옆구리로 술술 연기가 새어 나올 것 같은데… 후후후."

안 되는 건가…….

민구는 입맛을 다셨다. 의사들은 늘 이렇게 조금만 아프면 술, 담배를 멀리하라고 한다. 고 하사는 민구를 이해한다는 표정을 지으며 말했다.

"지금 담배 피우시면 기침이 날 텐데, 그러면 아마 갈비뼈가 무지하게 울릴 겁니다. 그러면 또 열이 오를 거고……. 사실 저보다도 따로 허락을 받으셔야 할 놈이 하나 있습니다. 어찌나 걱정하고 안타까워하는지 열녀가 따로 없다니까요."

그때, 밖에서 급한 발소리와 누군가 고 하사를 부르는 소리가 들려왔다. 고 하사는 '어이구, 이거, 양반은 아니네'라고 중얼거리며 문을 열었다.

"무슨 일인데? 누구 아픈 병사 있어? 들어와."

"고 하사님, 아픈 게 아니라 말입니다, 지금 엄청 신기한 구경거리가 생겼지 말입니다. 어? 일어나셨네요? 괜찮으십니까, 형님?"

밤톨이다. 방글거리며 웃고 들어오던 밤톨은 일어나 있는 민구를 보며 아주 반색을 했다.

그래, 맞아. 이놈에게도 어지간히 신세를 졌지. 지혈한다고 서투른 솜씨로 그 고생을 하고, 나를 업고 뛰기도 하고……

하여간 붙임성 하나는 어지간히 좋아서 어느새 이 군인 의사와도 아주 친숙해진 모양이다. 민구는 고개를 숙이며 말했다.

"음… 뭐, 여러 사람이 도와준 덕분에."

"와아~ 다행입니다, 저는 형님 일어나시는 거 못 보고 복귀할까 봐 걱정 엄청 했습니다. 근데… 이렇게 무리하시면 안 되는 거 아닙니까?"

"무리는커녕 이제 다 나으신 것 같다. 담배 찾으시는 것 보니까 말이야."

고 하사가 민구의 요청을 고자질해 버리자 밤톨은 어처구니없어 하며 웃었다.

"지금 이 상태에서 담배랑 술은 암만 형님이라도 안 될 것 같은데 말입니다. 하여튼 다행입니다. 저는 형님 큰일 나는 줄 알고……"

"야, 근데 뭘 봤냐고 물어보는 거였어? 엄청 신기한 구경거리라며?"

고 하사가 말을 끊고 묻자 밤톨은 자기 허벅지를 탁, 치며 위를 가리켰다.

"아, 맞다! 지금 옥상하고 마당에는 엄청 시끌벅적합니다. 지금 하늘에 굉장히 신기한 게 떠 있지 말입니다. 혹시 여기에서도 보이려나?"

창문으로 고개를 내밀고 좌우로 돌리던 밤톨은 이내 포기했다. 그의 이야기를 듣고 보니 바깥이 웅성웅성 시끄러운 것도 같다. 밤톨은 고 하사에게 옥상으로 가자고 권유했다.

"좀 귀찮으시겠지만, 와보시지 말입니다. 그렇게 대단한 건 아니지만, 볼만합니다."

"뭐, 그럴까? 어차피 담배도 한 대 피우려고 했고……."

거기까지 말하던 고 하사는 민구를 슬쩍 돌아보고 웃으며 제안을 했다.

"옥상까지 걸으실 수 있겠습니까? 계단으로 세 층을 올라가야 하는데, 거기까지 따라오시면 담배 한 대 드리겠습니다. 그 정도면 정말로 몸이 꽤 나아진 거니까요."

'무리겠지?' 하는 표정이 역력하다. 이 제안을 받아들이지 않으면 담배는 없다. 민구는 무조건 고개를 끄덕였다. 침대 밑에서 슬리퍼를 가져와 바닥에 놓아준 고 하사는 민구의 손에서 수액 봉지 걸이를 빼앗아 들며 말했다.

"그래도 첫 나들이니까 이건 제가 잡아드리죠. 앞장서서 천천히 가보세요."

민구는 며칠 만에 처음으로 방문을 나섰다. 버려진 건물 특유의 황량한 복도가 그를 맞았다. 지익, 지익, 슬리퍼 끄는 소리와 그 뒤를 따르는 군인들의 전투화 소리가 엇박자로 울린다. 처음 몇 발짝을 떼는 동안에는 그래도 견딜 만했다.

하지만 복도를 반쯤 가로질렀을 때부터 온몸에서 비 오듯 땀이 솟고, 숨이 거칠어진다. 숨이 거칠어지는 만큼 가슴의 압박은 커져서 이내 고통은 끔찍한 수준으로 증폭되었다.

슬쩍 허벅지를 들어 올리는 것만으로도 총을 맞은 옆구리가 찢어지는 것처럼 당겨온다. 마침내 계단 앞까지 도달했을 때, 뒤따르던 고 하사가 민구를 불렀다.

"선생님, 잠시만요. 잠시만 기다리세요."

"음? 후우~ 후우~ 아직… 걸을 만한데… 끄응, 갈 수 있소."

말은 그렇게 했지만, 민구 역시 죽을 맛이어서 벽을 짚고서야 겨우 버티고 설 수 있었다. 눈앞이 노랗다. 한 걸음씩 디딜 때마다 권투 선수가 복부를 가격하는 것 같은 기분이다. 하지만 오기로 버티고 있다. 하사가 군복 주머니에서 담배와 라이터를 꺼내 민구의 손에 쥐어 주며 말했다.

"제 장난이 경솔했습니다. 그냥 농담 삼아 했던 말이었거든요. 아프신 분한테 그러지 말았어야 했는데… 자, 이 담배 드릴게요. 피울 수 있다 싶으시면 아무 때나 피우세요. 뭐, 어차피 누구랑 같이 쓰는 병실도 아니고, 층 전체를 선생님 혼자 쓰시는 중이니까. 오늘 산책은 이만하면 충분하고도 넘치게 하신 것 같습니다. 돌아갑시다. 가서 좀 누우셔야겠어요. 제가 힘이 들어서 더는 못 보겠습니다."

민구는 자신의 손에 올려진 담배와 라이터를 물끄러미 바라보며 생각에 잠겼다. 이 의사 군인도 그렇고, 저 밤톨도 그렇고, 자신이 부딪치며 살던 세계의 인간들과 너무 다르다.

상처 입은 사람은 오히려 타깃이 되고, 약한 놈은 도태되던 세상에서 살던 그에게 타인들이 베푸는 이런 식의 배려는, 그것도 갚아줄 수 없는 은혜는 낯설고 부담스럽다.

"아, 저 사람 또 기웃거리네. 옌장, 도대체 여기에 뭐 볼 게 있다고 저렇게 자꾸 기웃기웃 난리를 치지? 벌써 며칠째야? 생각해 보니까 저번 날 밤에 철책 넘으려던 놈도 저 사람 같아. 그치 않냐, 조 병장? 실루엣이 비슷하지?"

복도 창문을 보며 고 하사가 투덜거렸다. 밤톨과 민구의 시선도 자연스럽게 그쪽으로 옮아갔다. 기동이다. 다른 사람들의 관심이 하늘에만 쏠려 있는 동안 기동이는 철책 앞에서 병실 쪽을 보며 서성이고 있었다. 기동이를 알아본 민구는 놈과 눈이 마주치기 전에 얼른 한 발 뒤로 물러났다.

후우우~ 민구의 머릿속이 복잡해진다. 지은 죄가 있는 놈이니만큼 반가워서 저러는 건 분명 아닐 테니까… 몸을 못 가누는 동안에 제끼려고?

하긴 지금의 나라면 연장질당하기에는 아주 좋은 조건이다. 약에 취해 잠이 들면 그때는 더 무방비일 테고… 밤톨과 하사가 며칠 전에 본 놈이 맞다, 아니다, 투닥대는 동안 민구는 티 나지 않게 고개를 저으며 웃었다.

큭큭큭, 그렇지. 이게 내가 살던 세상이지…….

2

"야, 너 근데 아까 말했던 그 신기한 구경이 뭐야?"

병실로 돌아와 민구를 눕히고 링거를 침대에 고정시키며 하사가 물었다. 밤톨이 북쪽 하늘을 가리키며 말했다.

"처음 보는 모양이라서 무인비행기인지 뭔지 모르겠는데 말입니다, 그런 게 날아다닙니다. 딱 봐도 색깔이며 모양이 군용은 아닌데, 꽤 큽니다."

"개뿔. 신기한 것도 쎘네. 빨간 좀비도 본 마당에 그까짓 게 뭐가 그리 신기해? 난 또……."

하사가 콧방귀를 뀌자 밤톨이 그게 다가 아니라며 침을 튕겼다.

"그 자체는 뭐 그렇게 말씀하실 수도 있지만 말입니다, 뒤에 이상한 글자가 달려 있습니다. 메시지라고 해야 하나? 하여간 뭐, 그게 신기한 거지 말입니다."

"메시지? 뭔데? '영숙아, 사랑해' 이딴 거?"

"에이, 그런 게 아니고 말입니다. 영어로 딱 여섯 글자만 적혀 있었습니다. 앞에 숫자 1하고, 영어 여섯 글자. 그… 뭐였지? 어라, 조금 전에 봐놓고 기억이……."

밤톨이 고개를 갸웃거리자 고 하사는 녀석의 뒤통수를 가볍게 치며 웃었다.

"아이구, 똑똑해라. 이 새끼, 너 관등성명은 어떻게 외우냐?"

"아, 기억났습니다. RM, KF, FD, 이렇게 여섯 글자였습니다. 무슨 의미인지 아시겠습니까, 고 하사님?"

글쎄다…….

골똘히 생각해 보던 고 하사는 이내 도리질을 하며 포기해 버렸다.

"몰라. 근데 원소기호나 무슨 약호겠지 뭐."

"그게 이상한 점 아닙니까? 전혀 모르겠는 걸 비행기까지 띄워서 광고하고 다니지 말입니다. 고 하사님, 간첩일까요?"

고 하사와 밤톨이 비행기와 메시지를 가지고 대화를 나누는 동안 민구는 멀리 도로가 보이는 창밖을 보며 가만히 생각에 잠겨 있었다.

기동이 놈이 설치려 드는 걸 어떻게 해야 좋을지 난감했다. 자신이 찾아내지 못하도록 숨겨놓은 메모부터 이 습격 시도까지, 대체 왜 그놈이 그렇게 미친 짓을 하는지 모르겠다.

하긴 몸만 멀쩡하다면 그깟 놈 따위 무슨 딴마음을 먹고 있든 신경 쓸 필요도 없다. 버릇없이 이빨을 드러내면 거기에 합당한 벌을 주면 그만이니까. 하지만 지금의 그는 나약하기 짝이 없는 환자일 뿐이다.

나흘 동안 누워 있다가 겨우 설 수 있게 된 팔다리에는 힘이 들어가지 않고, 그나마 무리해서라도 움직이려 들면 상처 입은 부위들이 끔찍한 고통으로 발목을 잡는다.

육 회장에게 알려 보호를 요청하는 따위의 일은 생각지도 않았다. 민구에게도 나름의 규칙이 있다. 남의 등 뒤에 숨어서 목숨을 연명할 만큼 편리한 성격이 못 된다. 그러니 이 일도 그 혼자 처리해야 한다.

하지만 어떻게······.

그게 문제였다. 회복할 수 있는 시간이 필요한데, 기동이 놈은 그걸 주고 싶지 않아서 저렇게 호시탐탐 이쪽 건물로 넘어오려 하는 것이다.

"제가 절대로 귀찮다거나 그래서 하는 말은 아닙니다. 오해하시지 말고 들어주세요."

생각에 잠긴 민구에게 고 하사가 말을 걸었다. 민구는 고 하사를 향해 고개를 돌렸다.

"조 병장네 분대 애들, 내일 잠실로 복귀한답니다. 선생님도 다 사연이 있고 일행이 있으니까 일부러 힘들게 여기까지 오셨겠지만, 제 생각 같아서는 일단 얘네들 갈 때 그 차편으로 잠실로 다시 가시는 게 어떨까 싶네요. 거기는 그래도 연대급 주둔지라 정식 군의관도 있고, 시설도 좀 나을 겁니다. 혹시 추가 감염이나 염증이 생겨도 여기서는 검사고 뭐고 그냥 소염제, 항생제 놓는 것밖에 없어요."

그럼 도망치는 것 같아서 모양새가 너무 우스워지는데…….

위신이 상하는 것 같아 망설이던 민구는 고 하사의 안전에 생각이 미쳤다. 이 군인 의사, 하루에도 몇 번씩 이렇게 나를 돌봐주러 들락거리는데 그러다가 혹시라도 기동이 놈이 들이닥쳤을 때, 이 군인 의사가 이 방에 있다면…….

지금이야 밤톨네 군인들도 여기 묵는다니까 좀 낫지만, 내일 밤이라면…….

민구의 머릿속에 영상이 떠오른다.

깊은 밤, 약에 취해 잠든 민구를 군인 의사가 돌보고 있을 때, 갑자기 문이 벌컥 열린다. '뭡니까?' 라고 묻는 동안 기동이 놈은 방 안에 뛰어들 거다. 그러고는 소리를 지를 수 없도록 입을 막고 다짜고짜 연장질부터 하겠지…….

민구는 고 하사의 얼굴을 물끄러미 쳐다봤다. 생긴 건 껄렁껄렁하지만, 겉보다 속이 더 깊은 사람이다. 의식을 찾지 못하고 누워 있는 동안 군소리 없이 똥 기저귀를 갈아주고, 몸을 닦아주고… 온갖 호의를 베풀어준 사람이다.

그런 사람까지 함께 위험에 빠뜨리느니 차라리 가오가 상하는 편이 낫다. 민구의 시선을 오해한 밤톨이 보충 설명을 하려고 했다.

"고 하사님이 계속 걱정 많이 하셨거든요. 잠실로 가서 제대로 치료 받으면 좋은데, 저렇게 의식이 없으면 아마 차량 이동은 너무 힘들어서 무리일 거라고. 형님, 저랑 같이 가셨다가 나중에 다 낫고 다시 오시면 되죠. 물론 여기에 여자 친구분도 계시고 해서……."

"그럽시다. 차가 언제 출발한다고 했소?"

민구가 너무 선뜻 대답을 하자 밤톨은 오히려 의외라는 반응이었다. 민구는 고개를 끄덕이며 다시 한 번 말했다.

"잠실 가서 나아 오겠소. 거기에도 선생처럼 좋은 사람이 있을 것 같지는 않지만."

"잘 생각하셨습니다. 가시는 동안 차에서 흔들리면 좀 고생스러우시겠지만, 그래도 정식으로 의사에게 치료를 받으세요. 상태가 썩 좋지만은 않습니다. 내일 오전 열 시에서 열한 시 사이에 출발하는 걸로 되어 있으니까, 차에 타시기 전에 제가 봉대는 다시 꽉 잘 묶어드리겠습니다."

고 하사도 다행이라는 듯 미소를 지어 보였다.

끄응~ 침대 난간을 잡고 겨우 몸을 일으킨 민구가 고 하사에게서 받은 담배를 입에 물고 두 병사에게도 권했다.

"헤어지기 전에 담배라도 한 대 같이 태웁시다. 내일까지 또 이렇게 만나기도 어려울 텐데."

"뭐, 그렇게 하죠. 까짓것, 장교들한테 걸리면 환자의 치료를 위한 의료 행위였다고 하면 되려나? 큭큭."

고 하사와 밤톨에게 불을 붙여준 뒤, 민구는 나흘 만의 담배를 빨았다.

후우우~ 쿨럭! 큭!

잔기침만으로도 갈비뼈가 부서지는 것 같다.

하지만 그가 지금 달아나기로 결정하며 자존심에 입은 상처는 이보다 몇 배나 크고 깊다. 민구는 고통을 내색하지 않고 다시 담배 연기를 들이마셨다. 쓰고 아리다.

"조 병장님, 조 병장님! 내일 이동 건으로 지시 사항 전달 받으시랍니다!"

담배가 1/3 정도로 짧아졌을 때, 복도에서 누군가 밤톨을 찾았다.

"에이 참, 쉬지도 못하게……."

밤톨은 물병 안에 꽁초를 버리고 뛰어나가다 문가에 서서 민구를 돌아봤다.

"이따가 시간 나면 또 들르겠습니다. 아, 그리고 형님 옷이랑 가방은 저 맨 끝, 캐비닛 안에 있습니다. 놔두기를 잘했네요. 그냥 초희 씨한테 드릴까 하다가 본인이 찾는 게 원칙이라 그렇게 했는데. 하긴 옷은 거의 걸레가 돼버려서 또 입으시기는 어려울 것 같지만 말입니다. 비싸 보이는 양복이었는데……."

밤톨이 남기고 간 말을 듣고 민구의 머리를 스치는 것이 있었다. 이 고마운 군인 의사에게 주고 갈 게 생각났다. 물론 그 정도로 답례를 했다고 말할 수는 없지만, 그래도 뭔가 하나쯤은 꼭 주고 싶던 터였다.

"저도 이제 쉘터로 가보겠습니다. 상병 애 혼자서 의무실 맡아보느라 아주 똥을 싸고 있을 겁니다. 사실 대단히 아픈 사람은 없는데, 그래도 계속 약들을 타 가거든요."

"잠시만, 꼭 좀 받아줬으면 하는 게 있소."

'아니, 저는 그런 거 영 성격에 안 맞는데……' 라며 쑥스러워하는 고 하사를 억지로 만류하며 민구는 캐비닛에서 가방을 꺼냈다. 그러고는 따로 보관해 놨던 D.E.M. 두 개를 꺼냈다.

병원 옥상에서 검은 헬기를 타고 온 놈들 셋을 죽였을 때 훔쳐 둔 물건이다. 다행히 그 난리 통에서도 깨지거나 하지 않고 멀쩡했다.

"이게 뭡니까? 처음 보는 건데요?"

빨간색으로 된, 볼펜 절반 크기의 캡슐 두 개를 받아 들고 고 하사는 어리둥절한 표정을 지었다. 민구는 최대한 간략하게 설명을 했다.

"믿기지 않겠지만, 이거 일부에서만 쓰는 물건인데… 이 뚜

껍을 젖히고 근육에 대고 누르면 침이 박히는 거요. 그러면 곧바로 심장이 멎게 되는 거고."

"허! 심장이 멎으면 죽잖아요? 암살 무기 같은 거 필요 없는데……."

"아니, 그랬다가 10분 뒤에 깨어나는 거요. 그러니까 특별한 거지."

"네에? 아니, 그게 무슨……."

고 하사가 의심 가득한 눈초리로 민구를 바라봤다. 그가 무슨 생각을 하는지 민구도 잘 안다. 그 역시 처음 총 맞은 놈으로부터 이 이야기를 들었을 때 믿지 않았으니까.

"안 믿길 테지만, 확실한 거요. 내가 이 두 눈으로 똑똑히 봤으니까 믿어도 좋소."

물론 자신이 태양 그룹 용병 세 놈을 죽였고, 그중에 한 놈이 기관총에 맞아 죽어가는 동안 실험을 했다는 말은 생략했다. 아직도 미심쩍은 눈으로 D.E.M.을 보고 있는 고 하사에게 민구가 말했다.

"이런 거밖에 줄 수 없어서 참 면목이 없소. 어쨌든 지금 내가 가진 것 중에는 그게 제일 요긴한 물건이라서. 모든 게 다 잘 풀릴 때야 그깟 거 쓸 일이 없겠지만, 혹시라도 밖에서 괴물들에게 막다른 곳까지 몰리거나 했을 때는 그걸로 한 번쯤 운에 기대볼 수도 있지 않겠소? 괴물들은 심장이 멎은 사람은 물지 않는다더군. 그리고……."

그 대목에서 민구는 잠시 머뭇거렸다. 아까부터 이 말을 해야 하나, 말아야 하나 줄곧 고민을 해봤는데, 참 결론을 내리기가 어렵다. 식구들 내부에서 일어난 일은 식구들끼리 해결해야 한다. 그게 철칙이다.

그리고 남에게 식구 험담을 하거나 고자질하는 놈은 배신자다. 하지만… 하지만 식구 중에 못난 놈이 생명의 은인을 해코지할까 봐 두렵다. 그걸 미연에 방지할 힘이 없어서 괴롭다.

"아까 그 철책 앞에 서 있던 놈, 그놈 얼굴 기억하시오? 알아볼 수 있겠소?"

고 하사는 고개를 끄덕였다.

"잊어버리기가 더 어렵지 않겠습니까? 덩치도 그렇고, 더러운 인상도 그렇고."

"그럼 그놈 조심하시오. 기동이라는 놈인데, 질이 별로 좋지 않소. 아무거나 대충 핑계를 대서 잡아 가둬두면 더 좋고."

그 말을 하는 민구의 얼굴에는 만감이 교차했다.

음, 고 하사는 눈 주변을 긁적이며 잠시 생각에 잠겼다. 이 사내가 하는 말, 다 믿기지는 않는다. 하지만 저렇게 간절히 주려는 마음을 비웃어 넘기기는 어렵다.

"뭔가 사연이 많은 분이신가 보네요. 몸 보고 대강 짐작은 했지만… 알겠습니다. 참고할게요. 가둬두는 건 뭐, 현실적으로 불가능하지만… 눈여겨보도록 하겠습니다. 뭐, 제가 그렇게 하지 않아도 어차피 며칠 있으면 저 정도 나이 남자들은 다 징집될 겁니다. 그리고 이것도 감사히 받을게요. 이렇게 해야 마음이 더 편하시겠죠?"

"그렇소."

D.E.M. 두 개를 건빵 주머니에 넣은 고 하사가 방을 나가려다가 창밖을 보며 멈춰 섰다. 그러고는 민구를 향해 손짓을 했다.

"힘드시겠지만 와서 한 번 보실래요? 이거는 진짜 재미있는 구경거리니까."

민구는 그를 따라 창가로 걸어갔다. 아까처럼 사람들이 웅성거리는 소리가 들린다. '저쪽입니다, 저기 멀리 도로 쪽에', 고 하사가 가리키는 방향으로 눈을 돌려보니 괴물들 사이로 희한한 놈들이 섞여 있다. 온몸이 빨간 괴물이다. 빨간 괴물들은 철책 근처까지 기웃기웃하다가 걸음을 돌려 멀어져 간다.

"볼만하죠? 이 동네 명물, 빨간 좀비입니다."

"저게 뭐요? 돌연변이인가?"

"아뇨. 저희도 처음에는 무슨 새로운 병이 퍼지는가 싶어서 무지 놀랐었는데, 알고 보니까 어디에서 페인트를 잔뜩 뒤집어쓰고 온 거더라고요. 떠나시기 전에 보셨네요. 다시 여기로 돌아오시더라도 그땐 저놈들 구경하시기 어려울 거거든요."

"그건 또 왜 그렇소?"

"모레나 글피쯤에는 저놈들 오는 길목을 아예 폭파시켜서 차단해 버리고, 거기에 철책을 쌓을 예정입니다. 이 쉘터에서 한 300미터 전방에 말이죠. 그러면 저놈들도 여기까지 못 오고 다시 왔던 데로 되돌아갈 수밖에 없겠죠. 항상 이 앞으로 돌아 나가서 신경이 쓰였었거든요. 자, 그럼."

말을 마친 고 하사는 고개를 끄떡하고 웃으며 방을 나갔다. 혼자 남겨지자 민구의 감정은 더욱 복잡해졌다. 조직의 식구로부터 배신당하고, 또 민구 자신 역시 그놈을 배신해서 남에게 고자질을 하고……

애초부터 그리 대단한 인간은 아니었지만, 지금의 자신은 철저하게 더럽혀져서 나락에까지 떨어진 기분이다. 복수, 응징, 본보기… 다 좋은 이야기다. 하지만 지금의 그는 당장 오늘 밤을 무사히 넘기는 것도 힘에 부치는 신세가 되었다.

캐비닛에서 걸레 쪼가리처럼 찢긴 양복을 꺼낸 민구는 안쪽의 나이프 홀더에 감춰둔 라그리프 나이프를 꺼냈다. 홀더는 찌그러져 있었지만, 다행히 칼은 빠진다. 손에 쏙 들어오는 손잡이와 엄지손가락 길이의 칼날, 이것이 그가 가진 유일한 무기였다.

⚘　▼　⚘

테라는 젠킨스와 의자 하나를 사이에 두고 앞뒤로 앉은 채 또다시 거래를 하고 있었다. 과자와 비밀을 맞바꾸는 거래를. 다만, 어제부터 테라는 거래의 룰을 좀 바꿨다. 이제 젠킨스는 과자 한 봉지를 먹고 나면 물 200밀리리터를 마셔야만 그다음 과자를 얻을 수 있다.

"너무하는군. 내가 무슨 고래도 아니고… 음식을 먹기 위해 물을 이렇게나 많이 마셔야 한다니."

투덜거리면서도 젠킨스는 결국 테라의 조건을 받아들일 수밖에 없었다. 그녀가 아니면 그 누구도 자신에게 이렇게 많은 양의 과자를 제공해 주지 않으니까.

마찬가지의 이유로 테라 역시 인류의 반 이상을 살상시킨 주범 중 하나와 지근거리에 앉아 이야기를 듣고 있다. 젠킨스가 아니라면 그 누구도 이런 이야기들을 해줄 수 없으니까.

물을 많이 마시도록 한 것은 과자의 양을 줄이면서도 공복감을 느끼지 않도록 만들려는 의도에서만은 아니었다. 말로 설명하자면 좀 복잡하지만, 테라가 생각할 때 자신은 그가 과자 몇 개에 영혼이라도 팔 기세로 탐욕을 부리는 것을 보고 있기가 괴로웠던 것 같다. 그래서 연민의 대상이 될 수도 없을 만큼 나쁜 인간이라는 걸 알면서도 반강제적으로 다이어트를 시키는 중이다.

주변의 여자들에게는 젠킨스를 플로리다에서 살 때의 이웃이었다고 둘러대 뒀다. 테라의 부모님들과 친한 사이였으며, 그의 아이들과도 자주 같이 놀았었다고…….

그 정도 허술한 변명으로도 대부분의 사람들을 납득시킬 수 있었던 건, 젠킨스의 외모 덕이라고 할 수 있다. 누가 봐도 그는 여자를 끌어당길 만한 매력의 소유자는 아니었다.

"그건 그렇고, 테라 양, 정말 발가락 상처 한 번 보여주지 않겠나? 대체 언제 다친 거야? 그 앙증맞고 흰 발가락이 훼손돼서 빨간 피를 흘렸다니, 우~ 그거, 상상만 해도 짜릿한 보들레르적인 아름다움 아닌가?"

젠킨스가 또다시 붕대에 싸둔 상처에 관심을 보인다. 테라는 얼른 발을 뒤로 빼서 반대쪽 발로 가렸다. 그러고는 최대한 냉담하게 말했다.

"제 발을 보여 드리고 싶어서 과자를 드리는 게 아니잖아요. 관심 갖지 말라고요."

"좋아, 좋아. 자, 나 물 다 마셨어. 이제 뭐든 씹을 수 있는 걸 줘."

젠킨스는 금방 물러나면서 의자 손잡이를 두드렸다. 테라는 작은 과자 봉지를 올려놓으며 물었다.

"일전에 저에게 말했었죠? 하늘에서 신호가 올 거라고."

"응, 맞아. 그들은 내가 이 나라에 왔다는 것도, 떠나지 않았다는 것도 알아. 그러니 마지막 GPS 신호를 수신한 지점부터 시작해서 차츰 범위를 넓혀가며 신호를 보내올 거야."

"그런데 정작 젠킨스 씨는 그다지 신경을 쓰지 않는 것 같아요. 왜죠? 정말 그 말이 사실이라면 매일 애타게 하늘만 쳐다보고 있을 것 같은데. 혹시 신호가 왔는데 부주의해서 그걸 놓치기라도 하면 안 되잖아요?"

"그 이유는 간단해. 일단 신호가 오면 굳이 내가 신경 쓰지 않아도 이 주변의 모든 사람들이 일제히 그걸 쳐다보면서 웅성거릴 거야. 난 그런 사람들의 반응을 통해 자연스럽게 신호가 왔다는 걸 알게 될 거고."

"신호가 어떤 방식일지 이야기를 안 해주는 건 왜 그런데요?"

"어차피 보게 될 건데 뭐. 금방 올 거야. 그때의 즐거움을 위해 아껴두는 거지."

젠킨스는 감자 칩에 묻어 있는 소금 한 톨까지도 놓치지 않고 털어 넣으며 말했다.

"하지만 젠킨스 씨 말처럼 당신이 그렇게 대단한 사람이라면 신호가 너무 늦는 거 아닌가요? 벌써 보름이 넘게 지났잖아요. 이렇게 시간을 끌다가는 좀비들이 다 죽은 후에야 신호를 받아볼지도 모르겠네요."

테라가 야구장의 잔디를 보며 중얼거리자 젠킨스는 빙글거리며 되물었다.

"시간이 걸리는 일이니까 어쩔 수 없어. 그런 것보다, 조금 전에 뭐라고 했지? 좀비가 죽은 다음에? 사람들이 그러던가? 좀비들이 곧 죽을 거라고?"

"다들 이야기는 하죠. 아무것도 못 먹고 있으니 얼마 안 가 하나씩, 하나씩 차례로 죽을 거라고. 언제가 될지는 정확히 모르지만요. 어쩌면 그게 사람들이 이렇게 버틸 수 있는 가장 큰 힘일지도 몰라요. 조금만 더 버티면 예전으로 돌아갈 수 있다는 희망 말이에요."

테라의 이야기를 들으며 젠킨스는 기묘한 표정을 지었다. 비웃는 것 같기도 하고, 찡그린 채 슬퍼하는 것 같기도 하다. '테라 양… 휴슬리 기억나나?' 젠킨스가 물었을 때, 테라는 고개를 끄덕였다.

"네. 그 남극 기지의 연구원인가 하는 사람 말씀하시는 거죠?

처음 좀비가 되었던."

"그래, 맞아. 우리가 알고 있는 한 휴슬리는 좀비로 변한 첫 번째 인간이지. 알파 개체란 말이야. JL에서는 수많은 인간을 좀비로 만들었고, 또 수많은 좀비들을 파기하거나 이동시켰지만, 휴슬리만큼 특별하게 관리한 경우는 찾아보기 힘들어. 알파 개체니까 특별했지. 당연히 그의 상태는 중요한 보고 사항이었고. 테라 양, 휴슬리가 어떻게 되었을 것 같아?"

설마… 테라의 얼굴이 어두워진다. 불길한 이야기를 듣게 될 것 같은 예감 때문이다.

그래, 맞아. 젠킨스는 고개를 끄덕이며 말했다.

"우리는 휴슬리에게 별도로 식량을 공급하지 않았어. 경련을 하고 있다가 날아올라 물어뜯은 연구원들이 그가 섭취한 마지막 인간의 살이었지. 그건 2010년 겨울의 일이었고. 그러니까 요약하자면 이런 거야. 휴슬리는 5년 이상 아무런 에너지를 섭취하지 않았어. 그저 실험실에 갇혀 있었지. 그런데 말이야, 세상이 이렇게 되기 직전까지도 나는 그의 사망 소식을 전해 듣지 못했어. 약화되었다는 보고조차 없었지. 내가 아는 한 좀비들은 자연도태되거나 소멸하지 않아. 최소한 5년 이상은 버틴다고."

5년……

테라의 얼굴이 굳는다. 5년이라는 말이 영원처럼 들린다. 그 긴 세월 동안 먹지도 쉬지도 않고 끊임없이 또 다른 감염자를 찾아 움직인다고?

게다가 그것조차 최소한의 보장 기간이다. 그 뒤로 얼마나 더 좀비들이 살아 움직일지는 아무도 모른다. 갑자기 모든 게 허탈해지는 것 같아 눈물이 맺혔다.

잠실 쉘터에서 웅크린 채 살아가는 사람들, 그들을 보호해 주는 군인들, 다들 가슴 한구석에 희망의 조각을 품고 그 온기로 살아가고 있다.

조금만, 조금만 더 꾹 참고 버티면 머지않아 좀비들도 결국은 죽게 될 거라는 기대, 아무것도 먹지 않고 오래 버틸 수 있을 리 없다는 기대. 그게 사람들의 마음이 무너지지 않도록 버텨주는 기둥이었다.

"당혹스러운가 보군, 테라 양. 왜? 너무 긴가?"

젠킨스가 물었다. 테라는 순순히 그렇다고 인정을 했다. 후후후, 젠킨스는 아주 교만한 표정을 지었다. 그래봐야 입가에 과자 부스러기를 잔뜩 묻힌 채여서 그리 잘나 보이지는 않는다.

"후후후, 그러니까 내가 중요한 사람인 거야. 나의 이 커다란 배는 말하자면 희망으로 가득한 셈이지. 이렇게 물이나 억지로 먹이면서 박해하면 안 된다니까."

"그…전에 말했던 우리나라의 JL 연구소, 거기에 널 키드의 혈청이 보관되어 있다고 했죠? 쇼크 억제제인가 하는 약과 같이. 제 기억이 맞나요?"

"음, 맞아. 확실히 테라 양은 영리하다니까. 그렇게 많은 정보가 그저 구두로만 전달되었는데도 필요한 것들은 다 기억하고 있잖아."

"생각해 보니까 그게 정확히 무슨 의미인지를 제가 잘 모르고 있더라고요. 혈청이 있다는 건 백신이나 치료제가 있다는 말과 같은 건가요? 그러니까 JL 연구소에는 그런 약들이 있나요?"

고역스럽게 또 물 200밀리리터를 마신 젠킨스가 과자를 요구하며 설명을 시작했다.

"이야기가 조금 다르지. 백신은 약화시킨 세균을 주사하는 거야. 그래서 미리 겪어봤던 몸이 면역 체계를 갖추도록 돕는 거지. 말하자면 예방약이니까 사후적 치료는 못해. 혈청이라는 건 말 그대로 피를 뽑아 혈액세포들을 침전시키고 남은 세럼이야. 면역자의 경우엔 이 맑은 세럼 내에 항체가 포함되어 있는 거고. 그런데 이미 이야기했던 것처럼 오직 널 키드의 항체만 다른 사람에게도 항체를 만들 수 있도록 작용하지. 자, 한국 JL 연구소에 뭐가 있다고? 널 키드의 혈청! 백신이 아니라 혈청이야. 그래서 내가 필요한 거고."

"치료가 된다고 하면… 항체가 백신보다 훨씬 좋은 것 아닌가요?"

테라가 조심스럽게 묻자 과자를 삼키던 젠킨스가 잘난 척하며 킥킥거린다. 그러다가 사레가 들려 곧 죽을 것처럼 기침을 콜록거리기 시작했다.

컥! 컥! 콜록!

테라가 등을 두드려 주었지만, 젠킨스의 기침은 좀처럼 멎지 않았다. 한참 동안 고생을 한 후에야 겨우 진정이 된 젠킨스의 얼굴은 시뻘개져서 눈물과 콧물, 침, 과자 부스러기로 범벅이 되어 있다. 꽤나 큰 대가를 치른 잘난 척이었다.

"쿨럭, *끄음*⋯ 어, 죽을 뻔했군. 테라 양, 대체 널 키드에게서 얼마나 많은 피를 빼낼 셈인가? 살아남은 전 세계인들에게 혈청을 제공한다는 건 무리야. 불가능하지. 전 세계인이 다 살아 있었을 때에도 널 키드의 수는 70명이 채 되지 않았을 텐데, 이렇게 헬 게이트가 열린 이후에는 그보다 훨씬 더 줄어 있을 테니까. 그 적은 수의 널 키드들을 다 모을 수도 없겠지만, 모았다고 해도 뽑을 수 있는 혈액의 양은 한계가 있어. 또 혈액형도 일치해야 하고."

"혈청 치료라는 건 혈액형이 맞아야 해요?"

"귀하는 애초에 혈액형이라는 것이 어떤 일을 계기로 분류되기 시작했는지 모르는 모양이군. 하긴 이제 와서 그까짓 것들이 다 무슨 소용이 있겠어. 어쨌든 답은 그렇다⋯야. 수혈할 수 없는 혈액형끼리는 혈청 역시 제공할 수 없어. 정말 운이 좋아서 널 키드의 항체를 제공 받았다고 해도 어떤 형태의 면역을 얻게 될 것인지는 몰라. 기억나나, 테라 양? 내가 세 종류의 면역자와 그들이 가진 특성이 각각 어떤 것인지에 대해 이야기해 준 적이 있는데."

테라는 그렇다고 했다. 잊을 수가 있을까, 그녀 자신이 그 셋 중 하나일 거라서 엄청나게 집중한 채로 들었는데. 또 애초에 젠킨스와 이렇게 이야기를 하게 된 것이 면역자라는 키워드를 그가 *끄*집어내면서 시작된 일이기도 했고⋯⋯.

젠킨스는 고개를 *끄*덕이며 손가락 세 개를 펼치더니, 하나씩 접어가며 말을 이었다.

"운과 확률의 문제이기는 하지만, 분명 90% 이상은 아나필락시스 진이 될 테지. 그러면 한 번 물렸을 때의 치료는 가능하지만, 두 번째라는 건 없어. 쇼크로 죽어버린다고. 너무 허무해서 그쯤 되면 사망한 당사자가 아니라 그를 구하기 위해 사용한 혈청이 아까울 정도야. 그렇게 단발적인 항체보다는 JL이 만들고 있던 백신이 훨씬 안전하다고 느끼지 않나? 백신으로 항체를 얻고 나서 쇼크 억제제만 매일 복용하면 필락시스 진처럼 여러 번을 물리더라도 감염되는 일은 없단 말이지. 뭐, 물론 후자의 방법으로는 널 키드가 될 가능성이 전혀 없지만, 그래도 어떤 걸 고르겠어? 단 한 번의 안전과 무한 반복되는 조금 불편한 안전 중에서. 응?"

　"쇼크 억제제는 이미 있다면서요? 아나필락시스 진들도 그걸 복용하면 안 되나요?"

　"그걸 설명하자면 또 무지하게 길어질 테니 짧게 하지. 애초부터 이 연구는 변형된 형태의 필락시스 진을 위해 진행된 것이어서 그렇게는 안 돼. 작용하는 대상이 다르니까 별도의 연구가 필요하다고. 겉보기에는 똑같은 쇼크처럼 보이더라도 몸속에서 그게 발생하는 원인은 무수히 많거든. 물론 그동안 축적한 기술과 경험 덕에 개발 기간은 현저히 단축되지 않을까 싶지만⋯⋯. 어쨌든 그런 일들이 가능하려면 유능한 마스터가 있어야지. 지금 현재의 상황으로는 연구가 멈춰진 상태야. 왜냐면 소중한 혈청을 마스터가 없는 상태에서 허비할 수는 없거든. 이 나라의 JL 연구소 역시 마찬가지고."

"유능한 마스터? 그게 누구인데요?"

"귀하가 억지로 물을 먹이고 있는 바로 그 사람이라네, 테라 양. 마주 보고 대화하는 사람들은 나를 마스터 젠킨스라고 하고, 뒤에서 욕하는 사람들은 매드 사이언티스트 젠킨스라고 부르지. 둘 다 약자로는 MJ이고. 어이쿠, 이거… 너무 많은 정보를 주었나? 큭큭큭, 괜찮아. 어차피 못 알아들을 테니까. 히히히히."

젠킨스는 갑자기 미친 사람처럼 실실거렸다. 그는 대화 도중 종종 이렇게 필요 이상의 조울 증세를 보였다. 어떤 때는 너무 좋아 미치겠다는 듯 벙글대다가, 또 어떤 날은 별거 아닌 말을 하면서도 과장되게 슬픔을 표했다.

날짜며, 이름이며, 지역 따위의 사실관계를 아주 정확히 기억하고 있고, 가끔 재확인을 해도 막힘없이 같은 대답을 해주는 걸 보면 제정신이 아닌 것 같지는 않은데… 어쨌든 테라는 그와 이야기를 나누면서도 혼란스러웠다.

"그런데 테라 양의 혈액형은 무얼까? 응? 그 희고 고운 피부 아래의 혈관에서는 어떤 타입의 피가 흐르고 있나? 피도 맑겠지? 후후후."

그녀의 마음이 어수선하다는 걸 눈치채자마자 젠킨스는 또 그 특유의 능글능글한 미소를 지으며 테라의 얼굴과 발을 힐끔거린다. 테라는 과자가 들어 있는 비닐봉지를 탁, 소리 나게 덮으면서 지그시 젠킨스를 노려봤다. 그래도 그는 기죽지 않고 물었다.

"알려줘. 나는 이렇게 많은 이야기를 해주는데, 그까짓 혈액형 정도는 말해줄 수 있잖아?"

"이야기에 대한 보상은 이미 하고 있어요, 젠킨스 씨. 당신의 입가에 그 증거가 무수하게 남아 있고요. 자, 이제 고개를 앞으로 돌리세요. 시선이 불편합니다."

'어지간히 냉정하구만. 얼음으로 만든 심장인가?' 따위의 말들을 투덜거리며 젠킨스는 마지못해 다시 앞쪽을 보고 돌아앉았다. 하지만 여전히 그의 관심은 테라의 발가락, 다쳤다는 그 새끼발가락에 쏠려 있다.

대체 며칠째 계속 저렇게 붕대로 친친 동여매고 다니는 거지? 그가 아는 것만 따져도 벌써 나흘째다. 가끔 붕대 밖까지 피가 스며 나오기도 했다.

그렇다면 꽤나 큰 상처여야 할 것 같은데, 테라가 걷는 모습을 보면 그리 고통스러워 보이지 않는다. 그게 이상한 점이다. 그녀의 걸음걸이는 저 상처 난 발에 적응이 되어 있다. 상당히 오랜 기간 동안 저렇게 다친 상태로 걸어 다녔다는 이야기다.

몸이 적응할 만큼 긴 시간 동안 계속 상처가 아물지 않고 피를 흘린다고? 그건 절대 일반적이지 않다. 음, 충동을 억누르던 젠킨스는 가볍게 앓는 소리를 냈다.

저 흰 붕대를 풀어버리고 그녀의 상처를 보고 싶어 미칠 것 같다. 물론 관음증을 충족시키기 위한 말초적인 욕구는 아니다. 초조해하던 젠킨스의 눈빛에 광기가 번뜩였다. 제법 그럴듯한 아이디어가 떠올랐기 때문이다.

"생각해 보니 쇼크 억제제가 양쪽 모두에게 작용할 수 없는 가장 근본적인 이유를 제대로 말하고 가는 게 좋겠군. 그… 내가 했던 그 이야기 기억나지? 아나필락시스 진과 필락시스 진의 구분을 하는 방법에 대한 건데……."

"필락시스 진은 하루 이상 높은 체온에 시달리고 한쪽 눈이 충혈되기도 하는데 절대적인 기준은 아니라고 했었어요. 혈청 검사를 해봐야 정확히 안다고."

정확하게도 기억하고 있군. 좀 잊어먹고 그래줬으면 내가 한결 수월한데…….

젠킨스는 속으로 웃었다. 그건 그녀가 좀비에게 물린 사람이라는 가장 확실한 증거일지도 모른다. 자기 이야기라고 생각했으니 이렇게 열심히 듣고 흡수하는 거다. 어쨌든 젠킨스는 그물을 걸어보기로 했다.

"아닌데. 하나가 더 있잖아. 그새 잊어먹은 건가."

"제가 들은 건 두 가지뿐이었어요."

"정말? 이런! 내 정신이 그 정도로 맑지 못했다니! 아마 혈당 수치가 낮아져서 그랬던 걸 거야. 제일 명료하면서도 중요한 구분법을 말해주지 않을 뻔했군. 이래서야 과자를 받는 값어치를 다 했다고 할 수 없지."

젠킨스는 놀라는 척하며 뒤쪽 측면에 앉아 있는 테라 쪽으로 몸을 돌렸다. 이제부터는 대화하는 동안 눈을 살펴야 하기 때문이다. 테라가 싸늘한 눈으로 젠킨스를 내려다봤다.

"말했을 텐데요, 거짓말은 싫다고."

"무슨 거짓말? 테라 양, 내 혀는 오직 진실만을 말한다네. 그렇게 오해를 하면 섭섭한데?"

"그럼 혀가 아니라 입술이 왜곡을 하나 보네요. 젠킨스 씨만큼 똑똑한 사람이 그런 걸 빠뜨리고 말해줄 리가 없죠. 그때든, 지금이든 둘 중에 한 번은 거짓말일 수밖에 없다고요. 오늘의 이야기는 이걸로 끝내요. 저는 정직한 젠킨스 씨가 하는 이야기에만 관심이 있거든요."

테라는 과자를 정리하고 자리에서 일어나려 했다.

젠장, 젠킨스는 투명한 비닐봉지 안쪽의 과자들을 애잔한 눈으로 바라보았다.

저걸 다 못 먹게 되다니… 더 맛있는 것들이 남아 있는데…….

하지만 이 시도는 과자 부스러기보다는 더 중요한 가치를 가지는 것이다. 그래서 젠킨스는 사과하는 대신 그대로 밀어붙이기로 했다.

"가도 좋아, 화를 내도 좋고. 그러나 나는 기억난 걸 추가적으로 말해주려는 것뿐이야. 실수를 바로잡으려는 거라고. 그게 죄라고 하는 데야 내가 어쩔 도리가 없지."

테라는 듣는 둥 마는 둥하며 일어섰다. 젠킨스는 다급하게 지껄였다.

"면역자들 중에는 상처가 나면 제대로 아물어지지 못하는 사람들이 있어. 아물었는가 싶다가도 조금만 충격을 받으면 다시 벌어지지. 몸 전체가 그렇다는 건 아니야. 물렸던 곳 주변만! 그걸로 어떤 부류냐를 알 수 있지."

말을 던지면서 젠킨스의 눈은 호기심을 가득 품은 채 테라의 안색을 살폈다. 하지만 과연 대스타. 표정으로는 전혀 동요를 보이지 않는다. 다만, 비닐봉지를 들고 걸음을 떼는 속도가 아주 미묘하게 느려졌다. 흥미를 가지고 있다는 뜻이다. 젠킨스는 결정적인 한 방을 던졌다.

"필락시스 진이나 널 키드는 안 그래. 그건 아나필락시스 진만이 가지는 특징이라고. 단발성 면역자 말이야. 난 테라 양의 상처도 그런 건 아닌가 싶었던 것뿐이야. 만약 그렇다면 아나필락시스 진인 거니까 좀비들을 더 각별히 조심할 필요가 있는 거잖아."

테라는 뒤도 돌아보지 않고 걸어가 버렸지만, 젠킨스는 이렇게 일부러 거짓말을 지껄여 댄 것에 대해 후회하지 않았다. 테라의 옆얼굴에서 아주 미세하게나마 실망하는 기색을 읽었다.

상처가 아물지 않는 사람들이 아나필락시스 진이라는 부분을 들을 때였다. 그때 그녀의 몸에서 힘이 빠져나갔었다. 단정할 수는 없지만, 젠킨스는 자신의 판단이 옳을 것이라는 데에 꽤나 높은 확률을 부여할 수 있었다.

후후, 후후후후…….

젠킨스는 땀으로 범벅이 된 얼굴을 비비며 웃었다. 반응을 보니 아무래도 자신의 예상이 맞은 듯하다. 저 붕대 밑에는 좀비에게 물린 이후 계속 다시 피를 흘리고, 좀처럼 아물지 않는 상처가 감춰져 있을 것 같은 반응이었다.

만약 정말로 그녀의 상처가 그런 상태라면… 후우우~ 상상을 하는 것만으로도 가슴이 뛰어 젠킨스는 잠시 숨을 헐떡였다.

엄청난 보물이, 지구상에서 가장 값진 보물이 바로 곁에 있는 건지도 모른다.

하지만 아직 속단하기는 이르다. 최종 확인 단계가 남아 있으니까. 젠킨스는 테라가 사라져 간 방향을 보며 입술을 핥았다. 자, 이제 마음을 흔들어놓는 데는 성공했다.

내색을 하지는 않지만, 테라는 지금 분명히 두렵고 실망스러울 것이다. 자신이 좀비에 대해 더 나은 면역성을 가지고 있는 것이기를 은근히 기대하고 있었을 테니까.

어떻게 더 어르고 흔들어야 저 작은 천사가 내 앞에서 붕대를 풀어 보일까? 후후후, 후후후후…….

젠킨스의 웃음은 그칠 줄을 몰랐다.

ろ

젠킨스가 기대에 한껏 차올라 있을 때, 태양 그룹 빌딩의 지하에서는 실험체 번호 AX20324가 실험실로 끌려가고 있었다. AX20324는 열일곱 살짜리 소년으로, A708756으로부터 혈액을 수혈 받은 실험 대상이다.

비록 죽은 상태에서 채취한 피지만 심장 정지로부터 몇 시간 지나지 않은 상태였고, 최대한의 처리를 거친 것이었기에 혈액은 별 이상 없이 AX20324의 신체에 수용되었다. 그 결과, 그는 오늘 이 방에까지 이르게 된 것이다.

"저기… 이 방, 이상한데요? 정말로 검진하는 방 맞아요?

왜… 왜 바닥이 이렇게 철망으로 되어 있어요? 지하철 환풍구도
아니고……."

방에 들어서자마자 이상한 낌새를 느낀 AX20324가 두려움
에 떨며 되돌아 나가려 했다. 하지만 소년의 힘으로는 건장한
쉐도우 실드 대원들의 완력을 이겨내지 못했다. 대원들은
AX20324를 바닥에 내동댕이치고 팔다리를 꽉 잡아 제압했다.

"왜 이러세요! 제가 무슨 잘못을 했다고 그래요! 네? 저 아무
잘못도 안 저질렀어요! 제발 살려주세요!"

침대에 결속당하는 동안에도 AX20324는 끊임없이 애원하고
사정했다. 뭔가 오해를 하고 있다고 생각했다. 자신은 아무런
말썽도 부리지 않았고, 이상한 병 같은 것도 없다. 당장 오늘 아
침만 해도 오 박사로부터 '아주 좋다'는 평가를 받았다.

그런데 왜 내가 이런 곳에 묶이는 거지?

AX20324는 이 상황을 도저히 이해할 수 없었다. 침대에 꼼
짝 못하게 묶어둔 대원들이 두꺼운 철문을 닫고 나갈 때까지도
끊임없이 살려 달라고 빌던 AX20324는 결국 포기하고 겁먹은
눈동자로 방 안을 둘러보았다.

이 방, 너무 이상하다. 하나뿐인 대형 창문은 검은색 막으로
덮여 있고, 사방에 감시 카메라가 설치되어 있다. 게다가 저 바
닥의 철망은 대체…….

불길한 예감에 소년의 눈에서는 눈물이 솟는다. 그때, 귀에
익은 목소리가 스피커를 통해 들려왔다.

— 그만 울어. 너무 흥분해 있는데, 좀 진정해. 그러다가 심

장마비 걸리겠다.

　오 박사였다. 자신을 아는 사람의 등장에 AX20324는 목청껏 소리를 지르며 도움을 요청했다.

　"오 박사님? 오 박사님이시죠? 저 좀… 저 좀 구해주세요! 저, 저 누군지 아시죠? 저 대형이에요! 김대형!"

　─ 알지. 오늘 아침에도 우리 만났잖아.

　"네! 네! 박사님! 저 좀 살려주세요! 저를 왜 이렇게 묶어놨는지 모르겠어요!"

　─ 대형아, 조용히 해봐. 그렇게 흥분해서 떠들면 내가 도와주고 싶어도 도울 수가 없어. 알겠지? 말하지 마. 그만 울고.

　아무리 필사적으로 고개를 돌려봐도 오 박사의 모습은 찾을 수가 없다. 하지만 일단 AX20324는 그가 시키는 대로 따랐다. 입을 꾹 다문 채 다음 말을 기다리려니, 너무 무서워서 자꾸 흐느끼게 된다.

　끅, 끄윽, 소년은 입술을 깨물며 울음을 삼켜보려 애를 썼다. AX20324가 좀 진정되는 기미를 보이자 오 박사가 다시 말을 전했다.

　─ 무서워할 거 없어. 그냥 주사 한 방 맞는 거랑 비슷해. 따끔하고, 피만 조금 난다고. 그러니까 너무 그렇게 울지 마.

　"주사요? 무슨……."

　소년이 울면서 물었다.

　─ 입 다물라니까. 비유하자면 주사 같다는 거야. 아니면 너 혹시 개에 물려봤니? 그 정도랑 비슷할 텐데.

"아니요… 흑흑흑, 없어요. 박사님… 제발 살려주세요."

소년의 눈에서 눈물이 뚝뚝 떨어지지만 오 박사의 목소리 톤은 흔들림이 없었다.

— 대형아, 우리가 요 며칠 너 검사도 해주고 치료도 해주고 그랬잖아. 그런데 놀라운 일이 일어났어. 그게 뭘 것 같니?

모르겠어요, 소년은 끅끅 울면서 도리질을 했다.

— 우리 대형이가 좀비에 대한 항체를 갖고 있다는 걸 알았어. 좋지? 그래서 아주 간단한 실험을 하나만 할 거야. 아, 아, 울지 마. 안 죽는다. 그냥 살짝 한 번만 물리면 된다니까. 하하하, 너는 정말 겁이 많구나. 네 동생은 금방 울음을 뚝 그쳤었는데.

"예? 다정이가요? 걔, 걔는 왜? 다정이 어디 있어요?"

여동생도 이곳으로 끌려왔었다는 말에 AX20324의 얼굴은 더욱 일그러진다. 오 박사는 아무렇지도 않게 대꾸했다.

— 다정이도 면역자였어. 엉덩이 한 번 살짝 물리고 이제 치료 받으면서 편하게 쉬고 있다. 너도 이것만 끝나면 가서 만나게 될 거야. 자, 동생한테 지면 안 되겠지?

AX20324의 환자복 가랑이에서는 오줌이 줄줄 흘러나온다.

"어흐흐흑, 박사님, 제발… 제발 살려주세요. 저 이거 안 하고 싶어요. 너무 무서워요. 흑흑흑."

— 대형아, 너는 안전해. 면역자니까. 그러니까 놀라서 심장마비만 일으키지 않으면 돼. 잠깐 따끔한 것만 참으면 그때부터는 엄마랑 동생이랑 같이 좋은 데에서 함께 살 수도 있어. 그리

고 너는 진짜 한국 최고의 영웅이 되는 거야. 계속 이러면 나도 협조 못해줘. 내가 빠지면 이 사람들이 좀비를 통제 못해서 너 그냥 물려 죽게 된다고. 그래도 괜찮아? 나 갈까?

"선생님, 제발 가지 마세요. 근데 저, 정말이에요? 제가 면역력이 있어요? 검사 결과가 그렇게 나왔어요? 확실한 거예요?"

— 훗, 그렇다니까. 자, 이제 마음이 좀 진정이 됐니?

오 박사는 아주 호기롭게 말했다. 네… 소년은 눈물범벅이 된 얼굴을 끄덕이며 용기를 쥐어짜 내기 위해 애를 썼다. 하지만 아무리 참으려고 해도 계속 울음이 터져 나온다.

— 자, 이제 좀비를 묶은 기계가 잠깐 들어갈 건데, 너무 무서우면 잠깐 다른 쪽을 봐도 돼. 하지만 겁먹을 필요는 없어. 물자마자 곧바로 기계를 뒤로 뺄 거니까. 알았지? 간다.

건너편 방의 강화유리 뒤에 서서 묶여 있는 대형을 보며 대화를 나누던 오 박사는 마이크를 끄고 중얼거렸다.

"아이, 진짜, 어지간히 찌질하게 굴어서 사람 귀찮게 만드네. 에미고, 동생 년이고, 저 새끼고… 온 가족이 다 똑같구만, 똑같아. 그냥 얌전히 물리면 서로 편할걸."

오 박사는 짜증스럽다는 듯이 마이크 헤드셋을 테이블 위에 집어 던졌다. 그가 이렇게 귀찮은 대화를 해야 하는 건, 사전 설명 없이 좀비를 넣은 경우에 꽤 많은 실험 대상들이 심장마비를 일으키거나 발작 증세를 보여서 항체가 제대로 작용해 보기도 전에 사망해 버리기 때문이다.

아까운 실험 대상을 그런 식으로 허무하게 잃을 수가 없던 오 박사는 궁여지책으로 이 안정 유도 대화를 도입했다. '너는 항체가 있는 면역자다'라고 의사가 말해주는 것만으로도 실험 대상들은 한결 진정이 됐고, 별다른 발작 없이 얌전히 좀비에게 물어 뜯겨주었다.

물론 그중에 실제 면역력을 발휘한 실험체는 단 하나도 없어서 모조리 다 좀비로 변해 버렸다는 게 문제지만⋯⋯. 초기에는 마취제를 사용하기도 했으나, 하도 실적이 좋지 않아 더 이상은 쓰지 않는다. 혹시라도 그 약품들이 항체의 활동을 방해하는 것이 아닌가 하는 우려 때문이다.

"어이, 들여보내. 쟤 슬슬 안정됐다."

대형의 호흡을 살피던 오 박사가 명령했다. 곁에 서 있던 연구원이 단추를 누르자 대형이 누운 침대 맞은편에 있던 문이 열리고, 무선 자동차에 고정된 좀비가 등장했다. 자동차는 그냥 흔히 볼 수 있는 RC 자동차를 대형화한 것이다.

좀비는 불필요한 부분들을 절단해 버리고 머리와 몸통 정도만 남긴 채 자동차에 기둥을 박아 단단히 고정시켜 놓았다.

키이잉―

연구원이 리모컨의 레버를 조종하자 좀비를 싣고 무선 자동차가 전진한다.

― 으아! 엄마! 엄마!

좀비의 등장에 대형은 미친 듯이 울부짖으며 몸부림을 쳤다. 연구원은 무표정한 얼굴로 방향을 틀어 좀비의 입이 대형의 발쪽에 위치하도록 만들었다.

먹을 것을 눈앞에 둔 좀비는 쉬지 않고 아가리를 벌리며 이빨을 딱딱, 부딪친다. 대형은 계속해서 발가락을 꼼지락거리고 비명을 질렀다. 하지만 워낙 꽉 묶여 있기 때문에 피한다는 게 불가능했다.

지이잉—

좀비의 몸통이 고정돼 있는 기둥이 앞으로 기울고 좀비의 아가리와 대형의 발 사이의 거리가 점점 줄어든다.

콱, 놈의 이빨이 대형의 엄지발가락과 두 번째 발가락을 한번에 깨물었다.

으드득, 으득.

근육이 잘리고 뼈가 으스러지는 소리가 비명과 함께 울리고, 좀비의 아가리 주변은 솟아오른 피로 범벅이 되었다. 뚝뚝뚝, 바닥에 떨어진 붉은 피는 철망 사이로 흘러 들어간다.

— *끄아아아! 으아악! 박사님! 살려주세요! 씨발, 살려줘! 끄으으으!*

대형은 고통을 이기지 못하고 처절한 애원을 했다. 콱, 콱, 그러는 동안 좀비는 대형의 발가락 두 개를 다 잘라 삼키고, 발등의 뼈를 깨물어 부수는 중이다. 스테인리스 침대 하단은 이제 피로 점철이 되었다.

"아하암~ 이만하면 실컷 물어뜯은 거지? 이제 뺄까?"

길게 하품을 하며 기지개를 쭉 켜고 난 오 박사가 연구원에게 신호를 보냈다. 연구원은 RC 자동차를 후진시켜 좀비를 방으로 돌려보냈다.

그롸아아!

한창 식사를 하던 중에 방해를 받은 좀비는 분하다는 듯 포효하며 멀어져 갔고, 탁, 소리와 함께 자동문이 닫히자 방 안에는 대형의 비명 소리만이 남았다.

— 으으아아! 끄으으으! 으아아! 사, 살려주세요! 박사님! 살려주세요! 제발! 내 발이! 내, 내 발이! 으으흐흑!

그러자 아까 대형이 들어왔던 문이 열리며 의료반이 뛰어 들어온다. 몸 전체를 방진복으로 휘감고 마스크까지 뒤집어쓴 의료반의 외모를 보고 놀란 대형은 또다시 기겁하며 절규해 대기 시작했다.

"대형아! 진정해! 그분들도 의사야! 너 치료해 주시려고 하는 거니까 진정해. 이제 다 끝났어."

오 박사는 다시 마이크를 들어 대형에게 말을 걸었다. 의료진들로부터 지혈 처치를 받는 대형은 뭐라 형언할 수 없는 표정을 지으며 애원하기 시작했다.

— 끝났으면 저 여기서 내보내 주세요. 이, 이것부터 좀 풀어 주세요. 네? 박사님? 내 발이… 발이 다 잘렸어요. 으아아아!

"그래, 알았어. 그러자, 대형아. 내가 금방 가서 너 풀어달라고 부탁할게. 기다려. 금방 가니까."

오 박사는 웃음기까지 곁들인, 아주 친절한 말투로 이야기하고는 마이크를 탁, 꺼버렸다. 사실 이건 심장마비 방지나 그런 것과는 무관한 그의 악취미였다.

약해져 있는 인간에게 기대를 주고, 그 기대가 배신당하는 동안 어떤 반응을 보이는지 관찰하고 있으면 배꼽 부근이 간질간질해지는 것 같아 저절로 웃음이 난다.

강화유리의 위쪽에는 대형 디지털시계가 AX20324가 좀비에게 물린 뒤 얼마의 시간이 지났는지를 표시하고 있었다.

"그, 그, 그, 근데 왜 저, 저렇게 보, 보, 복잡한 기계를 사용해?"

지금껏 말없이 지켜보고 있던 메이저가 오 박사에게 물었다.

웅? 오 박사는 메이저를 돌아보며 되묻는다.

"그럼 어떻게 해? 그냥 좀비가 들어 있는 방에 던져 넣어? 그러면 꺼낼 때 난감하다고. 물리는 부위를 치명적이지 않은 곳으로 지정할 수도 없고."

"그냥 거, 거, 거, 검사를 한다고 하면서 파, 파, 팔을 좀비가 있는 구멍에 너, 넣으라고 하면 되잖아."

메이저의 이야기를 들은 오 박사는 '오호~!' 하는 표정을 지어 보인다.

"그럴듯한데? 그럼 그 방안도 한 번 추진해 보지, 뭐."

지혈을 마친 의료반은 AX20324의 발에 두꺼운 붕대를 친친 감아놓고, 좀비화되지 않고 죽은 사내 A708756에게서 추출한 혈청까지 주사한 뒤에야 방을 나섰다.

이제 필요한 조처는 다 취했으니 운이 따라주기를 바라며 기다리는 일만 남았다. 아니, 사실은 운까지도 필요 없다. 논리적으로 무조건 면역반응을 보이고 생존해야 말이 된다.

— 으으으, 으으… 아프다, 아파. 아으, 내 발… 흐흐흑.

대형은 고통에 신음하면서도 계속 문가를 주시하며 오 박사가 나타나 주기만을 기다렸다. 이성적으로 생각해 보면 누군가에게 부탁을 해야 풀어줄 수 있다는 오 박사의 이야기가 말도 안 되는 소리라는 걸 쉽게 알 수 있겠지만, 지금 피실험자의 뇌는 극심한 두려움과 고통으로 마비된 상태다. 그저 아직 세상을 모르는, 십 대의 어린 소년일 뿐이다.

"몇 분 지났어?"

오 박사가 볼펜 뒤쪽을 입에 문 채 초조하게 물었다.

"10분 27초 지났습니다."

바로 곁에 선 연구원이 즉시 답을 해준다. 방 안 전체에 긴장감이 감돌았다. 요즘 오 박사의 분노 게이지는 거의 최대치까지 치솟아 있기 때문에 다들 조심하는 분위기가 역력했다.

물론 그 이유는 새로운 면역자를 만들어내지 못하고 있다는 스트레스가 큰 까닭이다. 지난 며칠간 A708756의 인체 조직과 혈액을 이식 받은 실험 대상들 중 그 누구도 이렇다 할 성과를 보여주지 못했다.

정말 이상한 일이다. 조직을 이식한 후에 거부반응을 일으키지 않고 안정을 유지한다는 것은 피를 나눴다는 의미이고, 피가 나뉜 만큼 당연히 항체도 공유되어야 한다.

하지만 그의 기대와 달리 좀비에게 물어 뜯긴 이식자들은 모두 구토를 하고 괴로워하다가 결국 좀비로 변해 버리고 말았다. 지금까지 단 하나의 예외도 없이…….

신 차장이 주도했던 열여섯 명의 실험 대상은 이미 다 소진되었고, 곧바로 2차 계획을 진행하는 중이다. 오늘의 AX20324는 2차 계획의 30번째 실험체다. 그러니까 총 50명에 가까운 사람들이 이 실험 때문에 희생됐다.

— 왜… 왜 아무도 안 와? 으으으… 아으, 머리야! 아우, 아파! 오 박사님! 살려주세요! 흐흐흐흑… 윽! 으! 으우우웁! 우웨에엑!

자신을 죽이는 진범이 오 박사라는 것을 끝까지 알아채지 못한 채 오히려 그에게 도움을 요청하던 대형이 구역질을 시작한 것은 물린 지 28분이 지난 시점의 일이었다.

계속 고통을 호소하던 대형은 엄청난 양의 토사물을 뿜어내면서 몸 전체를 뒤틀어 댔다.

빠직, 빠직, 스테인리스 침대에 단단히 결박되어 있던 그의 팔과 다리, 허리에서 뼈에 금이 가는 소리가 울렸다.

"이런 씨발!"

그 광경을 지켜보고 있던 오 박사가 볼펜을 강화유리에 집어던지며 욕설을 내뱉었다.

"뭐냐고, 이 씨발! 개새끼들이 왜 죄다 변해 버리고 이 지랄이냔 말이야! 으아아아!"

오 박사는 테이블 위의 물건들을 사방으로 밀어 치며 미친 사람처럼 소리를 질렀다. 주변의 연구자와 직원들은 겁을 먹은 채 물러나 벽에 바짝 달라붙어 있다. 자칫하면 희생양으로 지목될지 모른다는 두려움 때문이다.

"이게 맞잖아! 근데 왜 안 되냐고! 응? 왜! 이 씨발!"

혹시 무슨 착오가 있었나 싶어 AX20324의 차트를 넘겨가며 확인하던 오 박사는 터져 오르는 분통을 참지 못하고 모니터를 들어 테이블에 내려찍었다.

혈액에 문제가 있을 리는 없다. 죽었던 상태에서 채취한 것이라고는 해도 몇 시간 흐르지 않았기에 얼마든지 제 기능을 할 수 있는 상태다. 게다가 신중을 기하기 위해 최근의 실험에서는 항체가 있는 혈청까지 사후에 주입했다.

그런데도 이 멍청한 잡것들은 도무지 견디지를 못하고 그냥 뒈져 버린다. 수혈을 해봐도, 장기 이식이나 신체 이식을 해봐도 다 마찬가지다.

― 그라아아아아!

좀비화를 완전히 마친 AX20324가 침대에 머리를 짓찧으며 포효한다.

우두둑, 우두둑, 빠직!

단단히 고정되어 있던 팔과 다리를 억지로 비틀고 끊어 빼낸 AX20324는 허리의 결박 장치를 해체하고 싶어 발버둥을 치며 울어 댔다. 벗겨진 살갗 사이로 아직도 뜨뜻한 피가 흘러나온다.

"AX20324, 실패. 접촉부터 변이까지의 소요 시간… 야! 소요 시간 얼마야? 재깍재깍 답을 해줘야 할 거 아냐?"

마이크를 들고 실험 결과를 녹음하던 오 박사가 다시 성질을 부렸다. 연구원들이 기죽은 목소리로 31분 28초라고 대답한다. 후우~ 한숨을 내쉬어 목소리를 가다듬은 오 박사는 다시 결과를 녹음한 뒤, 마이크를 집어 던지고 주변을 돌아봤다.

"실패 원인에 대해서 각자 생각해 보고 내일 점심 전 회의에서 개선책을 제시해 봐. 뭐, 아무거라도 좋아. 그거 가지고 책임을 묻지는 않을 테니까. 알았어?"

그런 후, 오 박사는 곧바로 방을 나섰다. 그의 뒤를 따라 움직이는 것은 메이저뿐이다.

"아우, 진짜!"

15층 정원으로 오르는 엘리베이터 안에서 오 박사는 또 한 번 벽을 차며 성질을 부렸다. 메이저는 생난리를 치는 오 박사를 가만히 바라보기만 했다. 자신이 신 차장을 데리고 나갔다가 놓쳐 버린 이후, 미묘하게 빚을 지고 있다는 생각이 든다.

원래부터 지랄 맞았던 오 박사의 성질이기는 하지만, 그날 이후 더 날카로워졌다. 요즘은 메이저를 제외하면 아무도 그와 눈을 마주치고 싶어 하지 않았다.

15층에 도착한 오 박사와 메이저는 오후의 햇살이 뜨겁게 내려쬐는 산책로를 지나 난간에 도착했다. 한동안 아무 말 없이 난간을 짚고 서서 아래쪽 거리를 구경하던 오 박사가 입을 열었다.

"샘플이 모자라. 작은 회장 새끼 밥도 처먹여야지, 실험은 도무지 성공할 생각도 않지. 나 요새 아주 죽을 맛이야."

"더 자, 자, 잡아와 주지. 며칠만 기, 기다려."

눈을 가늘게 뜬 채 현란하게 반짝거리는 지상의 대형 태양광 패널들을 바라보고 있던 메이저가 천천히 고개를 끄덕였다. 오 박사가 반색을 하며 돌아본다.

"근데, 요새 사람 구하기가 점점 어려워진다며? 전에 곽 소령, 자네 입으로 그랬잖아."

"히, 힘든 건 사실이야. 그래도 아직 마, 마, 많아. 조, 좀비 세상이니 뭐니 해도 나가보면 수, 수, 숨어 있는 것들이 드, 드글드글해. 아직도 어, 어, 엄청나게 많이 살아남아 있다고. 그리고 그런 놈들도 스, 스, 슬슬 더 이상은 버티기 힘들어졌을 테니까 기어 나올 거야. 그러니까 거, 걱정하지 말고 팍팍 써. 내, 내가 계속 잡아 올 테니까. 그리고 자네도 구, 군에 더 요청을 해. 미, 미, 민간인 분산 수용해 준다고. 대, 대량으로 끌어올 수 있잖아."

메이저의 말에 오 박사는 쓴웃음을 지었다. 메이저가 아무리 열심히 헬기 연료를 팍팍 쓰고 돌아다녀 봐야 하루에 30명을 넘겨 잡아 오기 벅찬 게 현실이기는 하다. 하지만 꼬리가 길면 밟히기 마련이니까 거짓말을 하는 입장에서는 몸을 사릴 필요가 있다.

"아니, 초장에 이미 받아들여서 서류상으로는 여기 수용된 인원이 얼마나 많은데, 또 데려오겠다고 했을 때 그 많은 사람을 다 어디에서 먹이고 재우냐고 물으면 어떻게 하려고? 만약에 실사라도 나와보겠다고 하면 감당이 안 되잖아. 그건 너무 위험 부담이 커."

큭큭큭, 그 말을 들은 메이저는 긴장하기는커녕 오히려 더 크게 웃었다. 한참을 낄낄거린 메이저가 오 박사에게 말했다.

"오, 오, 오 박사는 며, 면제지? 구, 군에 대해서 몰라도 너, 너무 모르는군. 위, 위, 윗대가리들… 대부분 자, 자기 주머니에 돈 들어오는 일이 아니면 과, 관심도 없어. 아, 아무 데나 수용소 시, 신축했다고 하고, 기, 기존 수용자들 다 거기로 옮겼다고 해. 그, 그러면 다들 그, 그런가 보다 하고 마, 말 거야. 시, 실사? 그런 거 없어. 자, 자기 일도 아닌데."

그래? 나름 말이 되는 이야기 같아서 오 박사는 잠시 생각에 잠겼다. 하긴… 민간인을 수용한다는 핑계로, 또 부상병들을 치료해 준다는 핑계로 초기에 이쪽으로 데려와 좀비를 만든 수만 해도 백 단위는 가볍게 넘는다. 그런데 보름이 넘는 시간 동안 단 한 번도 그들의 안부를 묻거나 하는 연락은 없었다.

메이저의 말이 온전히 사실이 아니라고 해도 현 상황에서 군이 그런 사소한 문제에까지 신경을 쓸 여력이 없어 보이는 것만은 분명했다.

'그런가… 그럼 또 한 100명 정도만 수용하겠다고 신청해 볼까……'

오 박사는 빙긋 웃었다. 어차피 신 차장의 명의로 공문을 보내 일을 진행하면 책임질 사람도 없다. 각 쉘터에 다음번 보급품을 전달할 때에는 그 이야기도 함께 전하라고 해야겠다.

4

"네. 그거 하루 세 번 식후에 드시고요. 다음 분 들어오십쇼."

고 하사는 통 밥맛이 없고 배가 아프다는 중년 남자에게 소화제 열두 알을 지급하고 다음 사람이 들어오기 전까지 수용자 이름과 날짜, 증상과 지급 품목을 적었다.

건대 쉘터 의무반을 맡은 단 두 명의 의무병은 정말 거의 쉬지 못하고 매일을 보내야 했다. 신체적으로 바쁘고 힘든 것은 물론, 각양각색의 하소연을 듣고 적당히 위로해 주어야 하는 일들이 그들을 지치게 만들었다. 사람들은 다들 자신의 고통이 제일 크고 힘든 것이라고 생각했다.

요새 너무 잠이 부족하다. 휴식 시간까지 멀었나, 하는 마음에 자꾸만 시계를 보게 된다.

오후 9시 45분.

젠장, 아직도 15분을 더 일해야 20분 쉴 수 있다. 아하암~

고 하사가 눈을 비비며 크게 하품을 할 때였다.

"아, 많이 피곤하신가 보네요. 죄송해요."

새로 들어온 수용자가 수줍은 목소리로 부끄러워한다. 그녀를 기억하고 있던 고 하사는 얼른 자세를 바로 하고 표정을 바꿨다.

"엇! 피, 피곤하긴요. 괜찮습니다. 하하, 안녕하세요. 오늘은 어디가 편찮으십니까?"

"네, 역시 머리가 좀……."

여자는 조용한 목소리로 말했다. 그녀의 이름은 임수정. 여기 가끔 약을 타러 오는 사람인데, 고 하사는 그녀가 좋았다. 나이도 자신보다 연상이고 대단한 미모의 주인공은 아니지만, 그녀의 차분함이나 어딘지 모르게 느껴지는 지적인 분위기가 좋다.

처음 이곳으로 와서 머리가 아프다며 진통제를 처방 받아 갈 때부터 고 하사는 그녀가 마음에 들었다. 그래서 그녀와 마주칠 때마다 부담이 가지 않을 정도로 호감을 표현하려 노력하고 있다.

"그렇죠? 확실히 골치 아픈 일들이 많으니까요. 저번에 드린 그 약은 잘 듣던가요? 에… 어디 보자, 7월 28일 날인가? 아마 그때쯤 약을 타 가셨던 것 같은데……."

고 하사는 장부를 앞뒤로 넘겨보는 척을 했지만, 실은 정확히 날짜를 기억하고 있다. 7월 28일. 건대 쉘터 앞까지 좀비들이 밀려왔던 날이다. 그날 밤 그녀는 진통제를 받아 갔었다. 총성 때문에 두려웠던지 바르르 떨리던 그녀의 입술이 너무도 예뻐 보여서 한참 동안 바라봤던 기억이 난다.

그가 지금 장부를 뒤적이는 것은 임수정과 한방에 함께 있는 이 시간을 좀 더 늘이고 싶다는 마음 때문이다.

"네. 그걸 먹으니까 한결 머리가 덜 아팠어요. 고 하사님도 힘들어 보이시네요. 요즘 많이 바쁘신 모양이에요."

임수정이 말했다. 고 하사는 머리를 긁으며 웃었다.

"아, 저 건너편 건물에 중환자가 하나 들어오는 바람에 요 며칠 좀 정신이 없습니다. 옆구리에 총을 맞아 가지고 이따만 한 빵… 아, 부상! 부상이 심해서… 그, 왜, 저……."

젠장, 참 여자가 좋아할 만한 이야기 한다.

고 하사는 자기 주둥이를 한 대 쥐어박고 싶었다. 나름 말재주 좀 있다고 생각했는데, 정작 마음에 드는 여자 앞에서는 어떻게 이야기를 풀어야 할지 전혀 모르겠다.

"아⋯⋯."

고 하사는 놀라는 임수정의 얼굴을 바라보면서 생각했다.

잠시 시간을 좀 내달라고 해볼까? 아니면 캔커피라도 같이 마시자고 할까? 그러면 어떤 반응을 보일까⋯⋯.

군인과 민간인 여자들 간의 교제는 건대 쉘터에서 드문 일도 아니고, 비밀도 아니다. 서로 외롭고 두려운 사람들인지라 잠시만 틈이 나면 남들의 눈을 피할 수 있는 곳으로 가서 살아 있다는 걸 확인하기 위해 안간힘들을 쓴다.

고 하사는 임수정과 그런 사이이고 싶었다. 아니, 최소한 친한 친구처럼 손을 꼭 잡고 서로에 대해 이야기라도 해봤으면 좋겠다.

"그랬군요. 고생 많으셨겠네요. 그분은 그래서 많이 괜찮아지셨나요?"

"아, 예. 뭐, 워낙 강한 사람이더라고요. 또 제가 명의 아니겠습니까. 하하하."

고 하사가 임수정의 눈을 보고 빙글거리는 그 시각에 쉘터 밖 그늘에서는 철책을 넘는 커다란 그림자가 있었다.

"후우우~ 후우우~ 씨발 놈들, 더럽게 높이도 만들어놨네. 넘기 불편하게."

철망이 울리는 소리가 나지 않도록 조심하느라 짜증이 난 기동이가 투덜거렸다. 그나마 이 위쪽에 철조망을 깔아두지 않아서 다행이다. 철책 꼭대기에 올라서자마자 기동이는 재빨리 몸을 날려 건너편 건물 주차장 위로 뛰어내렸다. 몸무게나 덩치에 비해서는 꽤나 민첩한 움직임이지만, 그럼에도 땅이 울린다.

쿵!

그 정도 소리는 괜찮다. 어차피 24시간 이동식 발전기가 윙윙거리며 돌아가기 때문에 어느 정도의 소음은 묻히니까.

사사삿.

기동이는 빛이 닿지 않는 그늘 속에 몸을 숨긴 채 4층 건물의 입구까지 뛰어갔다.

그러고는 잠시 기둥 뒤에 기대서 숨을 골랐다.

후우~ 사실 운동량은 별로 대단치 않았는데 자꾸 가슴이 벅차다. 뭐, 지금부터 그가 제겨야 하는 대상이 누구인지 생각해 보면 당연한 일이기도 하다.

강민구. 구름 위의 존재인 것처럼 온갖 건방을 떨며 자신을 무시하던 개새끼가 지금 이 건물 2층에 얌전히 누워 있다. 그것도 아주 반송장이 된 채로. 정말 인생에 다시없을 기회였다.

기동이는 허리춤에서 식칼을 꺼내 날을 건드려 봤다. 제대로 갈려 있다. 이만하면… 그는 회심의 미소를 지었다. 병실이 2층 어디쯤에 붙어 있는지는 초희에게 들어 잘 알고 있다. 초희 말로는 꼼짝도 못하고 누워서 오늘내일한다지만, 그건 그 멍청한 년이 강민구가 어떤 인간인지 잘 몰라서 씨부리는 개소리다.

어디가 어떻게 망가졌든 간에 칼 한 자루만 쥐어 주면 사람 한둘쯤은 순식간에 저세상으로 보낼 수 있는 게 자신이 아는 강 민구다. 숨겨놓았던 쪽지로 이미 두 마음 품고 있다는 것을 들켰으니, 운신을 하지 못하고 있는 지금 죽여놓아야 후환이 없다.

"읏!"

인기척에 놀란 기동이는 벽 쪽으로 더 바짝 붙어 서서 어둠 속에 몸을 밀어 넣었다. 저벅저벅, 군화 소리가 계단을 타고 내려오더니, 플래시 불빛이 번쩍이고 댓 명의 군인이 그가 숨어 있는 곳을 지나쳐 걸어간다. 서치라이트 불빛이 닿는 경계선에 선 군인들은 라이터로 담배에 불을 붙였다.

찰칵.

"아, 내일 돌아가면 또 좆빵이 시작이다. 그동안 손님 대접 받아가며 꿀 빨고 푹 쉬었는데……."

"조 병장님, 그래도 거기서는 운 좋으면 가까이서 테라를 볼 수 있지 말입니다."

"아, 맞다. 씨발, 같은 잠실에 있다는데 나는 걔 한 번도 가까이에서 못 봤네. 나만 피해 다니나? 야, 박 상병. 너 실제로 테라 본 적 있냐? 지근거리에서."

"한 번 봤습니다, 조 병장님. 가까이에서 보면 말입니다, 우와, 이건 진짜 막 빛이 나는 것 같습니다. 얼굴이… 거짓말 안 하고 제 주먹만 합니다. 게다가 다리가 막… 하얗고 쪽 곧은 게 이렇게, 이렇게 움직이면… 아후~ 막 미치는 것 같지 말입니다. 하여간 눈이 딱 마주쳤는데, 머릿속이 멍해지고 아무 생각이 안 났습니다. 뭐라도 있으면 그거 주는 척하고 다가갔을 텐데, 하필이면 그때 아무것도 없었지 말입니다. 그다음부터는 항상 건빵 주머니에 맛스타 넣고 다닙니다."

"지랄 똥 싸고 자빠졌네. 이 새끼야, 어차피 똑같은 사람인데 그게 말이 돼? 네가 묘사하고 있는 건 사람이 아니라 엘프잖아. 김 이병, 네 생각은 어때? 이 새끼, 구라 까는 거 맞지?"

"구라 아니라 진짜 그렇게 예쁜데요."

"요? 요? 아~ 김 이병님은 민간인이셨어요? 아나, 이 모자란 새끼! 짬밥을 대체 얼마나 먹어야 다나까를 쓸래? 너 같은 새끼도 테라를 봤는데, 난 왜 못 봤냐고! 응? 넌 이 새끼야, 테라 만나면 내가 다 이를 거야. 이 새끼가 좀비 보고 도망치다가 우에엑─ 토한 새끼라고."

조 병장이라 불린 놈이 냅다 헤드록을 걸자 머리통을 잡힌 놈은 곧바로 '잘 기억해서 잊지 않겠습니다'를 외친다. 다른 놈들은 낄낄거리며 웃고 있다.

바로 몇 미터 뒤에 숨어서 숨도 제대로 못 쉬며 식은땀을 줄줄 흘리고 있는 기동이에게는 놈들의 이야기가 늘어지는 게 죽을 맛이다.

'개새끼들, 말 존나게 많네. 대강 피우고 빨리 들어가서 자빠져 자라.'

기동이는 입술을 꽉 깨물고 속으로 욕을 퍼부었다. 저 개새끼들이 자꾸 들락거리는 통에 지난 며칠 동안 번번이 민구 암살 계획이 실패로 돌아갔다. 한두 놈만 되면 확 그냥 쑤셔 버릴 수도 있겠지만, 여러 놈들이 몰려다니니 그저 얌전히 기다리는 수밖에 없었다.

군인 놈들은 내일 돌아갈 길에 대한 걱정이나 죽은 동료에 대한 회상 따위를 한참 동안이나 더 떠들다가 올라갔다. 계단에서 놈들의 발소리와 플래시 불빛이 사라진 다음에도 기동이는 움직이지 않고 한동안 그대로 도사리고 있었다. 저렇게 왁자지껄 낄낄대던 놈들이 금방 잠이 들 리가 만무하다. 놈들이 모두 곯아떨어졌을 때까지 기다려야 한다.

잠실에서 온 군인 놈들의 임시 숙소는 3층, 민구의 병실은 2층. 한 층 차이밖에 나지 않는다. 건물 안으로 들어간 다음부터는 군인들과 마주치게 되면 곤란해진다.

왜 민간인 출입 금지 구역에 칼까지 소지하고 들어왔는지 납득시킬 만한 핑계가 전혀 없기 때문이다. 그러니 신중해질 수밖에 없다. 30분 이상을 더 기다린 뒤에야 기동이는 계단에 발을 올렸다.

"엠병, 더럽게 깜깜하네."

오로지 희미한 달빛에만 의존한 채 계단을 오르자니 여간 까다롭지가 않다. 3층의 불침번에게 들킬까 봐 플래시를 켤 수가 없다. 2층에 올라선 기동이는 이마의 땀을 씻어내며 복도 끝 방을 노려보았다.

저기가 민구가 누워 있는 곳이다. 얼른 들어가서 슥슥, 몇 번 담근 다음에 빠져나와야 한다. 덩치에 어울리지 않게 뒤꿈치를 든 채로 살금살금 걸어간 기동이는 문 앞에 멈춰 선 채 귀를 기울였다. 혹시라도 누가 같이 있다면 계획에 차질이 생긴다.

아무 소리도 들리지 않는다.

후후후, 개새끼. 초희 말이 맞나 보다. 약에 취해서 세상모르고 뻗어 있구만. 좋은 꿈 잘 꾸고 있어라. 내가 금방 편하게 해줄게, 영원히.

기동이는 음흉한 미소를 지으며 문손잡이를 잡고 살짝 돌렸다.

끼이이.

손잡이가 돌면서 아주 가늘고 작은 쇳소리가 울린다. 하지만 이 정도는 웅웅거리는 발전기 소리에 묻히는 정도이다. 아무도 못 들었을 거다.

기동이는 허리춤에서 식칼을 꺼내며 발끝으로 천천히 문을 밀었다. 혹시 몰라서 몸의 중심은 여전히 뒤쪽에 두었다. 아주 조금씩, 천천히, 경첩에서 소리가 나지 않을 정도로 살살 문을 밀었다.

문이 열리는 각도가 커질수록 보이는 풍경도 늘어났다. 이윽고 침대의 끝부분이 보인다. 침대 머리맡에 걸려 있는 링거 봉지가 달빛을 받아 반짝인다.

저기구나, 저기 자빠져 있어.

거기까지 확인한 기동이는 칼날을 앞세우고 한 발을 들이밀었다. 그때…….

"웃!"

갑자기 번뜩이는 날붙이가 눈앞에 보였다가 사라졌다. 기동이는 재빨리 뒤로 물러났다. 볼을 스치는 날카로운 통증. 아픔보다도 놀라움이 더 컸다.

뭐지? 링거는 저기 걸려 있는데? 민구 새끼는 저 링거를 맞고 누워 있는 것 아닌가? 게다가 이 느낌은 분명 칼이다. 민구는 칼이 없는데…….

베인 볼에서는 금방 뜨거운 피가 주르륵 흘러내렸다.

후우~ 후우~ 기동이의 숨소리가 거칠어진다.

"크큭큭, 기동아. 조용히 해야지, 새끼야. 군인 애들 깰라."

민구의 목소리. 벽 뒤에서 민구가 속삭이고 있다. 문을 열고 들어갈 때 사각인 지점이다. 기동이의 몸이 얼어붙었다.

아닌데… 저녁때, 초희가 문병했을 때만 해도 분명 다 죽어가는데다가 약에 취해서 사람도 잘 못 알아본다고 했는데… 고 앙큼한 년이 거짓말을 한 건가?

"혀, 형님? 의, 의식 찾으셨습니까? 걱정 많이 했습니다."

기동이도 소리를 죽인 채 말했다. 민구는 또 큭큭거리며 웃었다.

"응, 그랬을 거야. 형 일어나면 어쩌나 하고 걱정 많이 했겠지. 후후후, 새끼."

낭패다. 이 새끼가 자신이 올 줄 알고 있었을 줄이야. 기동이는 칼을 쥔 자세를 바꾸고 조금씩 옆으로 걸음을 떼면서 속삭였다.

"아이구, 형님. 무슨 말씀이세요? 저는 초희가 형님 정신 못 차리실 것 같다고 해서…….."

"응, 아까는 그랬어. 근데 네 쌍판 보니까 반가워서 벌떡 일어나진다. 큭큭큭."

기동이는 난감했다. 그가 들었던 정보와 너무 다르다.

민구, 이 개새끼가 대체 얼마나 회복한 거지?

100퍼센트가 아니라는 건 확실하다. 그랬다면 이렇게 벽 뒤에 숨어 있지 않고 침대에 앉아서 온갖 여유를 부리며 이죽거렸을 테니까. 분명 이 악마 같은 새끼도 어지간히 약해져 있기는 하다. 문제는 얼마나 약해졌냐는 거다.

씨발 놈, 스텝을 밟을 정도는 되는 건가? 그럼 안 되는데… 그리고 대체 이 칼은 또 어디서 주워 왔지?

살짝 열린 문과 벽을 사이에 두고 두 폭력배는 팽팽한 신경전을 벌였다.

"안 들어올 거야? 형 병문안을 왔으면 빨리 들어올 것이지, 새끼가 계속 문가에 서서 쭈뼛거리네? 왜? 깜깜해서 무서워? 괜찮아. 영아가 여기 있잖아."

민구는 계속 킥킥거리며 도발을 한다. 기동이도 지지 않고 받아쳤다.

"형님, 잠깐만 나와서 얼굴 좀 보여주세요. 같이 담배라도 한 대 피웁시다."

"큭크크, 이 새끼가 언제부터 형한테 오라 가라 할 만큼 컸지? 응? 기동아, 너 형이 없던 사이에 많이 컸냐?"

이제 좋은 말로 꾀는 것은 소용이 없다. 기동이는 좀 더 직설적으로 도발했다.

"형님, 갈 때 되면 가는 게 섭리요. 그러니까 조용히 갑시다, 예? 내가 그래도 옛정 생각해서 애들 안 풀고 직접 왔소. 내 칼 받는 게 나을 거요."

"응, 그래. 우리 기동이 맘도 참 곱지. 형 지금 뒷짐 딱 지고 배 내밀고 있다. 그러니까 들어와. 맘껏 쑤셔."

젠장, 이렇게 대치만 하고 있어서야 답이 안 나올 것 같다.

기동이는 안쪽을 살피며 눈치를 봤다. 칼을 앞세워 휘두르면서 휙 뛰어 들어가면 승산이 있을까, 아니면 내 모가지가 먼저 그어져서 바닥을 나뒹굴게 되는 걸까? 가오 빠지게 벽에 기대 있는 꼬라지를 보니까 이 새끼도 별거 없는 모양인데 말이야…….

민구라는 인간은 폼에 살고 폼에 죽는다. 지금 당장도 큰 소리 한 번만 내면 바로 위층에 있는 군인들이 뛰어 내려와 도와줄 텐데 저렇게 낮게 으르렁거릴 뿐, 자신이 찾아올 걸 알면서도 일부러 방문을 잠그지 않은 채 기다렸다.

그런 행동들이 다 체면을 죽인다고 생각하기 때문에 안 하는 거다. 오늘 밤, 민구는 죽는 마지막 순간까지도 일부러 비명을 지르거나 큰 소리를 내지는 않을 것이다.

후우우~ 호흡을 고른 기동이는 왼손으로 칼을 옮겨 쥔 채 틈을 보다가 불시에 휙 내지르며 좌우로 휘둘렀다. 어차피 민구 새끼도 칼이 닿는 거리에서 기다리고 있을 테니까.

슉— 슉—

날카롭게 벼려진 쇠가 공기를 가르는 소리만 울린다. 그러다가 자신의 손등이 뜨끔해진다. 두 번이나!

끅! 기동이는 얼굴을 찡그리며 얼른 팔을 거둬들였다. 하마터면 칼을 떨어뜨릴 뻔했다.

씨발! 기동이는 얼른 오른손으로 칼을 옮겨 잡았다. 개새끼가 그어도 꼭 핏줄을 건드려서 왼손에는 피가 철철 흐른다. 응? 그런데 식칼 끝에 붉은 피가 묻어 있다. 기동이의 눈빛이 번뜩였다.

들어갔다! 내가 민구 개새끼의 배때기를 뚫었다!

흥분으로 가슴이 벅차오른다.

"후후후, 형님. 피 나면 아프다고 하셔야지, 모르고 지나칠 뻔했수. 후후후, 형님 배때기도 철판은 안 깔렸네? 칼맛 좋습디까?"

"크크크, 요 새끼. 지금 많이 웃어둬라. 형 피값 비싸다."

민구는 옆구리를 움켜쥔 채 웃었다. 찢은 침대 시트를 두텁게 감아서 나름 대비를 한다고 했는데, 기동이가 막 내지른 칼이 총상 입은 부위 바로 아래를 훑고 지나갔다.

수가 빤히 보이는데도 몸이 따라주지를 않아 피할 수가 없으니 그게 참 고역이다. 이제 상처 입은 걸 확인했으니 기동이는 더 과감해질 것이다. 그때가 놈에게도, 자신에게도 기회다.

민구는 기척을 숨기면서 아주 천천히 두 다리를 넓게 벌리고 자세를 낮췄다. 문밖에서는 기동이 놈이 계속 위치를 바꿔가며 틈을 보고 있다. 옥상의 저격조가 비추는 서치라이트의 불빛이 잠시 지나면서 복도가 환해졌을 때, 휙— 기동이가 뛰어들었다.

슛— 자세를 낮추고 기다리고 있던 민구의 이마 위로 놈이 내지른 칼이 스쳐 간다. 민구는 왼손으로 놈의 팔을 밀어 올리며 오른손에 들린 짧은 나이프로 겨드랑이를 그었다.

좋은 전법이었지만, 문제는 그가 아직 제대로 걷지도 못할 만큼 허약한 상태라는 데 있었다. 그리고 엄지손가락만 한 칼날도 너무 짧았다.

"윽!"

기동이는 짧게 비명을 지르면서도 달려들던 기세를 늦추지 않고 민구를 덮쳤다.

퍽!

100킬로그램이 넘는 기동이의 무릎에 가슴을 채인 민구는 벽에 내동댕이쳐졌다. 그러는 동안에도 민구의 칼날은 기동이의 종아리 뒤쪽을 쭉— 그어 내렸다.

"끄윽! 아으, 이 씨발 놈이!"

기동이는 욕설을 퍼부으며 나동그라졌고, 민구도 얼른 몸을 일으키지 못했다. 온종일 진통제를 맞지 않은 탓에 상처에서는 아까부터 미칠 것같이 찌릿한 통증을 계속 보내왔고, 지금의 충돌로 그 크기가 두 배는 커진 기분이다.

커억, 민구는 가슴을 움켜쥐고 겨우 숨을 내뱉었다. 깜깜한 방 안에서 두 남자가 고통에 겨운 숨을 헐떡인다.

"이… 개새끼야, 그냥 좀 곱게 뒈질 것이지. 씨발… 끄으으으."

기동이는 벌어진 종아리의 상처를 만지며 민구를 노려보았다. 민구 역시 어지간히 괴로워서 벽을 지지대 삼아 몸을 웅크리고 있다.

윽! 한 발짝을 떼어보던 기동이의 얼굴이 일그러진다. 지금까지 그가 가지고 있던 가장 큰 무기, 이동의 속도가 현저히 떨어져 버렸다.

후우, 후우, 천천히 숨을 고르던 민구가 씨익 웃었다.

"새끼야, 형을 잡고 싶었으면 네 새끼들 있는 대로 다 끌고 왔어야지. 네깟 놈 혼자서 뭘 하겠다고."

"닥쳐, 이 개새끼야!"

이성을 잃은 기동이가 쿵쿵거리며 뛰어든다. 아무렇게나 빠르게 찔러 대는 칼날. 민구는 한 번 정도는 찔릴 수밖에 없다는 각오로 몸을 틀면서 놈의 목을 노려 그었다. 핏, 서로의 살갗을 얇게 가른 두 사람은 기묘한 자세의 대치를 시작했다.

민구는 옆구리를 노리고 들어오는 기동이의 팔목을 누르고 있다. 벽을 교묘히 이용해서 어찌어찌 버티고는 있지만, 다친 갈비뼈가 금방이라도 부러져 버릴 것처럼 아프다.

가가각, 기동이의 칼날이 벽을 긁는 소리가 울린다. 이 팔을 놓치는 순간, 놈의 칼끝은 민구의 옆구리를 뚫고 들어올 것이다.

한편, 기동이는 어깨를 움츠려 민구의 칼날이 목에 더 깊이 박혀 들어오지 않도록 버티면서 붙잡히지 않은 한쪽 팔을 아래로 뻗어 어떻게든 민구의 총상을 움켜쥐어 보려 애를 썼다.

하아~ 하아~ 대치가 길어지면서 민구의 숨소리가 거칠어졌다. 이렇게 장기전은 불리하다. 체력이 이제 정말로 바닥이 났다. 아까 놈이 뛰어들 때, 끝을 냈어야 하는데…….

끄으응~ 민구의 짧은 칼끝이 기동이의 목에 실 같은 붉은 금을 긋고 있고, 기동의 식칼도 민구의 왼쪽 옆구리에서 피가 솟게 한다. 이 상태가 몇 분만 더 계속되면 둘 다 피를 콸콸 쏟고 쓰러지게 될 것이다.

"기동아, 이 새끼야… 모가지에는 비계가 별로 없나 보다? 쑥쑥 잘 들어가는데? 형이 금방 따줄게."

민구가 고통을 허세로 해소하면서 웃었다. 죽느냐 사느냐의 순간에서 불리했던 쪽도, 먼저 포기한 쪽도 기동이였다. 민구의 옆구리보다 자기 모가지의 동맥이 더 먼저 끊어질 것 같았기 때문이다. 놈은 있는 힘껏 민구를 밀어 쳐버리고 뒤로 훌쩍 물러났다.

쨍그렁, 놈이 떨어뜨린 식칼이 바닥에 뒹군다. 민구는 이를 악물고 그 칼을 집어 들었다. 순식간에 무기를 잃고 열세에 빠진 기동이는 손에 닿는 대로 아무거나 쥐고 닥치는 대로 집어 던졌다. 휴지통, 슬리퍼, 의자…… 그러고는 민구가 발이 묶인 틈을 타 창문 쪽으로 달아났다.

"형님, 설마 고자질 같은 거 하지는 않겠죠? 그런 거는 형님 스타일이 아닙니다."

그 말을 남긴 기동이는 민구가 대꾸할 틈도 주지 않고 창문 아래로 훌쩍 뛰어내려 버렸다. 푸스럭, 아래쪽의 화단이 엉망으로 으스러지는 소리가 난다. 그런 후에 탁탁탁탁, 급한 발소리가 멀어져 간다.

아까 담배 피우던 3층의 군인 놈들에게서 들었던 이야기. 내일이면 이 건물에 머물고 있는, 그 눈엣가시 같은 놈들이 다른 곳으로 가버린다는 사실도 기동이의 이런 결정에 한몫을 했다.

하루만 더 기다리면 확실하게 죽일 수 있는데, 오늘 군이 목숨을 걸 필요가 없다. 달아나면서 기동이는 스스로의 행동을 정당화하려 애를 썼다.

"큭큭큭, 멍청한 새끼… 끝까지 얕은 수 쓰기는."

놈이 사라져 버린 창문을 보며 민구는 쓴웃음을 지었다. 그러고는 옆구리를 움켜쥔 채 바닥에 주저앉았다. 워낙 친친 감아둔 덕에 찔린 상처는 얕다. 다만, 애초부터 부상을 당했던 갈비뼈와 총을 맞은 옆구리에서는 불이 나는 것 같다. 한동안 숨을 고르고 기운을 모은 민구는 침대로 걸어가 담배를 집어 들었다.

후우우우~ 길게 연기를 내뱉으며 민구는 엉망으로 어지럽혀져 있는 병실을 돌아보았다. 사방이 기동이의 핏자국으로 번들거린다.

'이만하면 혼을 좀 내주기는 한 건가?'

그렇게 생각하던 민구는 이내 고개를 저었다. 애초부터 그럴만한 싸가지도, 대가리도 없는 놈이다. 그런 놈들이 하는 선택이라야 빤하다. 오늘 혼자서 못 당해냈으니 내일 밤은 아마 댓 놈쯤 몰고 나타날 것이다. 물론 그래봐야 빈 병실이나 실컷 구경할 테지만.

다음 날 아침, 고 하사는 민구가 잠실로 떠나기 전에 마지막으로 붕대를 갈아주기 위해 병실을 찾았다.

"허어~"

병실 가까이 다가갔을 때부터 그의 입에서는 탄식이 터져 나왔다. 문 주변 복도가 온통 뻘겋다. 누군가 피를 흘렸고, 그걸 닦아보려고 대충 문댄 흔적이다.

병실 손잡이에도 군데군데 피가 말라붙어 있다. 암만 피 보는 일이 흔한 좀비 세상이라고는 하지만, 군부대가 주둔하고 있는 건물 내에 이게 무슨…….

"…그놈 조심하시오. 기동이라는 놈인데 질이 별로 좋지 않소."

피를 보자마자 자연스레 어제 민구라는 환자가 했던 말과 철책 부근에서 얼쩡거리던 그 덩치 큰 놈이 떠오른다.

설마… 당한 건가?

자책감이 가슴을 찌른다.

어제 좀 더 신경을 썼어야 하는데… 제대로 걷지도 못하는 사람을…….

뭔가 단단히 사달이 났다. 발걸음이 빨라진다. 고 하사는 급하게 문을 열었다.

"괘, 괜찮습니까!"

"아, 잘 잤소? 일찍부터도 와줬군."

창가에 서 있던 민구가 태연한 말투로 인사를 건넨다. 너무 태평해서 긴장했던 이쪽이 오히려 바보짓을 한 느낌이 들 정도였다. 하지만 병실의 꼴은 평화와는 아주 거리가 멀었다.

복도의 핏자국은 방 안에 비하면 아무것도 아니다. 입구 주변 바닥부터 창가까지 온통 붉은 피로 점철이 되어 있다. 그나마 대충 닦은 게 이 정도니, 사건이 일어났을 당시에는 말도 아니었을 것이다.

"아, 그거… 닦는다고 하긴 했는데… 미안하게 됐소. 잘 안 되더라고."

고 하사의 시선이 피에 꽂혀 있자 그걸 의식한 민구가 멋쩍게 중얼거렸다.

아니, 이 양반아, 지금 그걸 닦고 안 닦고 가 중요한 게 아니잖아. 이거, 누구 피냐고…….

고 하사는 고개를 들어 민구를 보았다.

"설마 누가 죽은 건 아니죠?"

"후후후, 우리 둘 다 알잖소. 사람이 어딘가 뚫려서 죽으면 그보다 훨씬 더 많은 피가 나온다는 거. 그냥 체벌 비슷한 거였지."

민구는 여유로운 척 빙그레 웃고 있지만, 실제 그의 몸 상태는 그리 좋아 보이지 않았다. 양쪽 옆구리에 각각 혈흔이 있고, 안색은 창백하다. 목숨을 걸고 싸우다 부상을 입은 것이다. 소독을 하고 붕대를 갈아주며 고 하사가 물었다.

"그… 기동인지 뭔지 하는 사람 짓입니까?"

"정확히는 내가 한 짓이지. 이 피는 기동이 거긴 하지만."

"아니, 계단도 못 올라가는 양반이 무슨 힘이 있어서 이런 일을 벌였다는 건지……."

"그냥, 배운 재주라고 합시다."

휴, 고 하사는 마음속으로 한숨을 쉬었다.

군인들이 바로 한 층 위에서 분대 단위로 잠들어 있는 동안 이 난리를 떨었다고?

이 민구라는 사람도 어지간하지만, 영 골치 아픈 놈이 쉘터 내에 있는 모양이다. 총을 들고 있는 군인들에게야 별 위협이 되지는 않겠지만, 일반 수용자들은 그놈에게 협박을 당하고 있을지도 모른다.

"그럼 그 사람, 아직도 베인 상처가 남아 있겠네요? 음, 어쩌지? 그 상처랑 이 피를 증거로 삼아서 체포할 수 있으려나?"

고 하사가 고민하자 민구는 고개를 저었다.

"그래봐도 되지만, 아마 핑계는 벌써 다 만들어놨을 거요. 유리에 넘어졌다든가, 누구 딴 놈들이 증언도 해줄 거고. 그런 게 생활이니까."

하긴, 다쳤다는 이유로 체포할 수는 없다. 그런 것보다는 좀 더 확실한 현장을 잡아야 할 거다. 고 하사의 답답한 마음을 아는지 민구는 다시 한 번 강조했다.

"내가 잠실에서 다시 돌아올 때까지는 항상 그놈을 눈여겨보고 조심하시오. 무슨 변고가 일어나려면 그놈이 앞장서서 난리를 칠 테니까."

2장
서바이벌의 숲

1

진우는 중앙고속도로 북쪽 방향으로 달리고 있었다. 아침 안개가 조금 껴 있고, 주변에는 여전히 아무것도 없지만, 기분은 꽤나 좋다.

씨잉— 씨잉—

바람이 귓가를 스치며 아주 기분 좋은 소리를 만들어낸다. 자전거와 아스팔트 도로라는 두 가지 문명의 이기 덕에 그는 어제 하루 만에 지난 일주일 동안 이동했던 거리를 모두 합친 것보다 훨씬 더 먼 거리를 주파했다.

인가가 많은 곳을 피하기 위해 고속도로와 국도를 옮겨 타면서 중앙고속도로까지 왔다. 이 페이스대로라면 잘하면 오늘 해

떨어지기 전에, 좀 늦어져도 내일이면 화천 부근까지 닿을 수 있을 것이다.

"여기는 차도 별로 없구나."

빽빽하게 자동차가 늘어서 있던 다른 도로들과 달리 중앙고속도로는 한산한 편이었다. 그나마 몇 안 되는 자동차들도 한쪽 구석으로 밀려나 있어서 도로는 그야말로 시원하게 뻥 뚫려 있다. 페달을 밟을 맛이 난다.

촤악— 촤악—

진우는 신나게 다리에 힘을 줬고, 자전거는 빠르게 그를 앞의 공간으로 이동시킨다. 우측에는 산, 좌측에는 평야, 그리고 쭉 뻗은 왕복 4차선 도로뿐이다.

오랜 시간 핸들을 잡고 있다 보니 아직 다 낫지 않은 오른팔의 상처가 땅기기는 하지만, 이 정도 고통은 충분히 감수할 만했다.

"있을까?"

진우가 혼잣말을 했다. 정말로 만 발이 있을까? 화천이 먼 꿈이 아니라 정말로 구체적이고 실현 가능한 목표라고 인식된 순간부터 그의 가슴은 두근거렸다. 그리고 그 두근거림의 주된 원인은 기대보다는 불안감 때문이었다.

혹시… 이 모든 어려움을 다 뚫고, 내가 가진 모든 에너지와 실탄을 다 쓰고 찾아갔는데, 그런데 구령대 아래의 흙이 다른 곳과 별반 차이가 없으면 어떻게 하지? 죽어라 파봤는데도 만 발이 든 상자가 나오지 않으면 어떻게 하지? 김 상병님은 그냥 나를 놀리려고 아무렇게나 던진 농담이었는데, 나는 거기에 모든 희망을 걸고 있는 거면 어쩌지?

사실 김 상병은 충분히 그런 짓을 하고도 남을 만큼 싱거운 사람이었다. 생각하면 할수록 불안감은 자꾸 커지고 가슴속은 멀미를 하는 것처럼 울렁거린다.

총알이 없다면, 자대 구령대 아래에 만 발이 없다면, 진우는 자신이 그 순간 허물어져 버릴까 봐 두려웠다. 그 자리에서 훌훌 털고 일어나지 못할까 봐 무서웠다.

"아니야, 있어. 반드시 있으니까 일단 거기까지 가기나 해. 이 새끼, 일이 닥치기도 전에 겁부터 내고. 꽉꽉 밟아!"

진우는 늘어지려는 자신의 허벅지와 종아리를 다그치고, 긍정적으로 생각하기 위해 애를 썼다. 하지만 그 만 발 때문에 스트레스를 받는 것은 어쩔 수 없다. 잊어버리고 오로지 현실에만 집중하려 해도 자꾸 상상이 된다.

예비 탄창까지 다 쓰고, 겨우겨우 부대 게이트를 통과해서 아무도 없는 연병장을 가로질러 가 삽으로 땅을 파는 자신의 모습. 그리고 왠지 시간 배경은 황혼이 질 무렵, 여기에 만 발이 없다는 걸 깨닫는 자신……

으아아아! 생각만 해도 온몸의 피가 싹 빠져나가는 것 같다. 그 뒤의 상황이 전혀 상상이 안 된다는 게 더 두렵다.

"씨발, 근데 만약에… 구령대 아래가 이미 파헤쳐져 있으면 어쩌지?"

한 번 싹을 틔운 부정적인 생각들은 자꾸 쑥쑥 자라나기만 한다. 진우가 그 지독한 심리적 괴로움에서 벗어날 수 있게 된 건 오르막을 만나면서부터였다.

"끄으으으~ 끄으으으~"

기어를 바꿔가며 어떻게든 오르막길을 올라가 보려던 진우는 결국 포기하고 자전거에서 내렸다. 허벅지는 화끈화끈 터져 나갈 것 같고, 무릎이 시큰거린다.

젠장, 이번 오르막은 너무 길고 경사도 가파르다. 나란히 서서 끌고 가려니, 자전거라는 건 은근히 짐이 되었다.

"젠장, 오르막 만든 새끼들은 다 감옥에 처넣어야 돼. 이왕 길을 깔 거면 그냥 평평하게 만들 것이지."

그렇게 씩씩거리며 그래도 겨우 정상에 가까워졌을 때, 이상한 소리가 귓가를 울린다.

응? 진우는 이마를 찌푸리며 뒤를 돌아봤다. 하지만 아무것도 없다. 그러는 동안에도 소리는 조금 더 가까워지고 명확해졌다.

부르르르릉—

엔진 소리다.

이런! 당황한 진우가 자전거를 돌려 왔던 길을 되짚어 내려가려고 할 때, 엔진 소리의 주인공, 레토나와 육공 트럭은 벌써 오르막의 반대편에서 정점으로 올라와 우뚝 멈춰 선다.

하아아~ 하아아~ 여러 대의 군용 트럭이 자신을 굽어보고 있다는 걸 알면서도 진우는 한 발도 떼지 못했다. 숨을 곳이 없다. 자전거로 속력을 낸다고 해봐야 자동차를 뿌리칠 수는 없고, 오히려 더 수상하다는 인상만 줄 뿐이다. 물론 지금도 더할 수 없이 충분히 수상하지만……

길길길길, 정차한 자동차들의 엔진에서 요란한 소리가 울려 온다.

젠장, 젠장… 이렇게 큰 소리가 나는데 왜 몰랐지? 왜 미리 좀 산속으로라도 도망쳐 있지 못했지?

진우의 머릿속에 후회가 솟았다. 일어나지도 않은 미래의 일을 걱정하느라… 씨발, 당장 코앞까지 뻗어온 커다란 위험을 몰랐다. 멍청한 새끼……

"손들어!"

트럭에서 뛰어내린 병사들 한 무리가 그에게 총을 겨누며 다가온다. 진우는 순순히 시키는 대로 했다. 달리 어쩔 방법이 없으니까.

콰창!

갑자기 기댈 곳이 없어진 자전거가 자빠진 뒤, 내리막 쪽으로 스르륵 미끄러졌다.

하아아~ 하아아~ 불안함 때문에 커진 자신의 숨소리가 직접 뇌를 울리는 것 같다.

쿵쾅쿵쾅, 뇌까지 전달되어 울릴 만큼 심장 박동이 강해졌다.

여기까지 왔는데 다시 끌려가는 건가? 다시 어딘가를 지키다 닳아 없어지는 소모품이 되어버리는 건가?

눈앞이 캄캄하다. 병사들이 달려와 진우의 총과 배낭, 탄창, 대검, 그리고 실탄이 한 발 남은 권총까지 모두 수거했다. 진우는 발가벗겨진 것 같은 기분이었다. 머리가 핑핑 돌고, 온몸은 땀으로 흠뻑 젖었다.

"이 새끼 뭐야? 깜짝 놀랐네. 뭔데 이런 데에서 할랑할랑 돌아다니고 있어? 옷 꼬라지하고는… 어쭈, 자전거까지 타고? 소풍 나왔냐?"

레토나에서 내린 소령이 진우를 보며 비아냥거렸다. 그러더니 진우의 무장에 관심을 보였다.

"총이 두 자루야? 이 권총은 또 뭐고? 탈영병인가?"

"아닙니다! 저는 삼척 원자력발전소 경비 대대 2중대 1소대 1분대……."

쫘악―

소령의 옆에 서 있던 중위가 끼어들며 난데없이 풀스윙으로 따귀를 날렸다. 눈앞에서 별이 번쩍 튀고, 볼이 빨갛게 달아오른다.

"아가리 다물어, 이 개새끼야! 어디서 거짓말을 지껄여? 대가리가 돌았나? 여기서 삼척이 어딘데."

"하아~ 삼척 발전소가 좀비들에게 뚫려서 경비대가 전멸했습니다. 저는 그걸 알리기 위해서……."

쫙―

또 따귀다. 이 중위 놈은 어지간히 따귀를 좋아하나 보다. 진우는 미동도 하지 않았다. 그깟 따귀가 문제가 아니다. 이제 자유를 박탈당할 위기에 빠졌다. 어쩌면 없는 죄를 뒤집어쓰고 총살당할지도 모른다.

진우의 입술은 바짝바짝 말랐다. 그때, 소령이 끼어들어 만류했다.

"됐어, 됐어. 김 중위, 중요한 작전 앞두고 쓸데없는 일에 힘빼지 마. 좀 놀라기는 했지만, 이 새끼를 만나서 좋은 일도 있잖아. 적어도 이 도로는 안전하다는 거야. 이제 슬슬 매복에 신경을 쓸 만큼 가까이 온 거라 은근히 신경이 쓰였는데. 야, 탈영병."

진우는 대답하지 않았다. 소령은 같잖다는 듯 콧방귀를 뀌며 물었다.

"너 여기까지 오는 동안 다른 부대 병사들 본 적 있나? 이 직선 도로에서 말이야. 특히 한 5킬로미터 근방에서."

"…없습니다."

"들었지? 내 생각도 그래. 그 새끼들이 만약에 미리 마중을 나와서 매복하고 있었더라도 이렇게 수상한 새끼가 그냥 지나가도록 내버려 뒀을 리가 없잖아. 그냥 한 방 갈겨서 잡아버리고 말지. 좋아, 저기까지는 안전하다, 이거지? 야, 그 탈영병 새끼 일단 태워. 번거롭게 영창 보내는 것보다 훨씬 재미있는 쓸데가 생각났다."

매복? 한 방? 뭔 소리지? 누가 매복을 하고, 누가 군인에게 총을 쏜다는 거야?

진우는 두 장교의 대화를 따라잡기 위해 필사적으로 머리를 굴렸다.

트럭으로 끌려가면서 진우는 중위의 눈빛에서 공포를 읽어냈다. 이 사람은 두려움 때문에 난 화를 자신의 뺨을 때리는 것으로 해소하려 했던 것이다.

그런데… 대체 뭐가 그렇게 두려운 거지?

진우는 그걸 이해할 수 없었다.

진우를 태운 트럭은 다른 차량들과 함께 길게 뻗은 경사로를 내려갔다. 조금 전 그가 죽어라 힘을 써가며 올라왔던 그 오르막이 돌아서서 보니 아주 시원한 내리막길이다.

와지끈, 트럭은 매정하게도 진우의 자전거를 짓밟고 지나갔다. 진우에게는 그 소리가 희망이 깨지는 상징처럼 느껴졌다.

진우는 자신의 양옆을 지키고 앉은 병사들의 얼굴을 슬쩍 바라봤다. 이들의 얼굴에도 두려움과 경계의 기색이 가득하다. 완전무장. 게다가 위장크림. 좀비 세상이 온 이후에 위장크림 바르는 놈은 그 잘난 척 쩔던 애송이 장갑차장 이후 처음이다. 뭔가 심상치 않다.

"저기 지금… 무슨……."

빡!

맞은편에서 곧바로 군화가 날아온다. 호되게 정강이를 채인 진우는 얼굴을 찡그리며 입을 다물었다.

그래, 좋아. 비밀이다, 이거냐? 마음대로 해봐라. 어차피 이제 다 끝난 모양이니까.

진우는 고개를 숙인 채 자신의 미숙함을 탓했다.

아까 거기에서 조금만 더 일찍 알아챘더라면…….

하긴 근데 더 일찍 알았어도 별로 달아날 만한 데는 없긴 했다. 국도로 옮겨 탄 트럭들은 한동안 더 울퉁불퉁한 흙먼지 길을 내달리다가 멈춰 섰다.

"야, 그 새끼 데려와."

전 병력이 다 트럭에서 내리고 있을 때, 누군가 진우를 붙잡아 중위 앞으로 끌고 갔다. 끌려가며 진우는 주변을 돌아봤다. 사방이 다 산이다.

산, 산… 이런 옌장, 또 산속으로 들어와 버렸다.

중위는 진우의 멱살을 잡아끌며 멀리 좁은 도로 끝의 표지판을 지목했다.

"저기 저 표지판 보이나? 교차로에 있는 거."

"보입니다."

"거기까지 걸어가. 걸어가면서 계속 좌우 경계하고, 그러다가 저 표지판에 닿으면 총구를 돌리면서 사격 자세를 취해. 좌측으로 한 번, 우측으로 한 번. 그런 후에 곧바로 뛰어서 되돌아와. 무슨 말인지 알아들었나? 야, 이 새끼한테 아까 들고 있던 총 한 자루 들려 줘라. 탄창 다 비워서."

중위의 명령을 받은 병사들은 탄창의 실탄을 빼버린 다음, 진우의 낡은 총을 되돌려 줬다. 빈총을 받아 든 진우는 난감했다. 무슨 일인지 전후 사정은 모르지만, 이놈들이 자신을 미끼로 삼으려 한다는 것만은 이제 분명히 알겠다. 척후병보다도 더 먼저 출발하는 미끼.

씨발, 사람을… 이렇게 써도 되는 거냐? 내가 무슨 지렁이도 아니고…….

"이 작전, 성공적으로 마무리하고 돌아오면 과거의 죄는 묻지 않고 다시 복귀할 수 있도록 조처해 주겠다. 그러니 이번에는 도망갈 생각 하지 않도록. 알겠나? 자, 출발……."

퍼억!

뻔뻔한 소리를 지껄이던 중위의 가슴팍이 뚫리고, 총소리가 그보다 약간 늦게 들려왔다.

타앙!

진우의 얼굴에는 중위에게서 터져 나온 붉은 피가 확 뿌려졌다.

웃! 진우는 재빨리 피를 훑어내고 바닥에 납작 엎드렸다. 그의 가슴이 땅에 닿는 것과 거의 동시에 무수한 총성이 사방에서 쏟아져 내렸다.

투투투투투— 탕— 타아앙— 투투둑— 투투둑— 타타타타타—!

방향과 거리, 근처의 지형에 따라 조금씩 다르게 들리기는 하지만, 꽤나 많은 수의 총구가 그들을 향해 불을 뿜고 있다. 중위와 소령이 말하던 매복이 여기에 있었다.

"으아아아아!"

트럭에서 내려 아직 채 전열을 가다듬지 못한 병사들은 거의 무방비에 가까운 상태였고, 그래서 순식간에 수십 명의 사상자가 발생했다. 트럭 주변에는 피가 어지러이 튀고, 고개를 돌리는 곳마다 어린 병사들이 눈을 홉뜬 채 죽어 있다.

"트럭 뒤에 숨어! 대응사격해!"

지휘관들이 미친 듯이 소리를 질러 대지만, 대부분의 병사들은 날아드는 총알 때문에 고개조차 들지 못하고 있다.

파악, 파바박.

응사를 하기 위해 몸을 일으키던 병사가 대여섯 발을 한꺼번에 맞고 뒤로 날아간다.

피이잉— 핑— 팅—

진우가 엎드린 자리 부근으로도 총탄이 수없이 날아와 꽂혔다. 그의 얼굴에서 불과 50센티미터도 떨어지지 않은 자갈이 총알에 맞아 쪼개지며 흙먼지가 어지럽게 날린다. 좌측 산이다. 좌측 산의 중턱에서 쏴대고 있다.

"으아아!"

투투투투투—

일부 병사들이 용감하게 응사를 했지만, 그들도 이내 엉망으로 꿰뚫린 피투성이 시체가 되고 말았다. 상대가 되지 않는, 일방적인 싸움이었다.

당연하다. 저쪽은 미리 총구를 고정시킨 채 이쪽을 기다리고 있었고, 이쪽은 저들이 어디에 있는지도 정확히 모르면서 대강 지향 사격만 하고 있는 것이니까.

털썩, 진우의 바로 옆으로 피투성이 시체가 쓰러졌다. 두 구나! 진우는 좌우를 둘러보았다. 아무도 그에게 관심을 두지 않고 있다. 그렇다면… 자기 몸 앞으로 시체들을 끌어당긴 진우는 시체의 총에서 탄창을 빼 자신의 K—2에 끼웠다.

그러고는 시체들을 엄폐물 삼아 쌓아 자세를 취하고, 전방을 향해 총구를 겨눴다. 목표는 조금 전부터 그를 노리고 계속 총알을 날리던 산 중턱 소나무 뒤의 누구인지 모를 개새끼.

투투둑— 투투둑—

목표물의 머리통이 박살 난 걸 확인한 뒤에도 진우는 목표를 바꿔가며 쉬지 않고 방아쇠를 당겼다.

투투둑— 투투투—

누구에게 소속되어 누구를 향해 총구를 겨누는 것인지도 모르는 채로 그는 이상한 전쟁에 말려들어 버렸다.

ㄹ

탄창 한 개분의 실탄은 금방 바닥을 드러냈다. 진우는 두 시체의 전술 조끼에 손을 뻗어 예비 탄창들을 빼냈다.

퍼억! 퍼억!

시체의 다리와 몸통에는 계속해서 총알이 박히고, 그럴 때마다 크게 흔들리며 총상 부위에서는 붉은 피가 주르르 흐른다.

윽! 총알이 빗발쳐 날아오는 동안 진우는 고개를 푹 숙이고 기다렸다. 침착해야 한다. 어차피 저놈들을 금방 다 못 죽인다. 그러니까 서두르면 안 된다.

타타타타타— 타타타타—

진우의 인내심을 한계까지 끌어내리려는 듯 총성은 쉬지 않고 울리고, 바로 코앞의 땅이 움푹움푹 팬다. 박살 난 뒤쪽의 바위에서 돌가루와 먼지가 쏟아져 내린다. K—3가 긁고 있는 모양이다.

타타타타— 타타타타—

"*끄아아악!*"

진우의 옆에 납작 엎드려 있던 병사가 허리를 직격당해 비명을 내지른다. 그의 척추에서 뼛조각과 살덩어리, 내장과 신경이 엉망으로 뒤섞여 튀어나왔다. 치치칫, 탄산수 캔이 터진 것처럼 피가 솟는다.

끄으으~ 아직 죽지도 못한 병사의 얼굴과 팔다리에 또다시 총알이 꽂혔다.

젠장, 젠장…….

진우는 이를 악물었다. 그가 몸을 숨기고 있는 이곳, 영 좋은 자리가 아니다. 엄폐물이 너무 없고, 시야가 탁 트여서 상대방이 조준하기에는 더할 나위가 없다.

으아악—!

또 다른 희생자의 단말마가 뜨거운 피와 함께 터져 나온다. 비명이 빗발친다. 이미 총에 맞은 병사, 막 총에 맞은 병사, 그리고 총에 맞을까 봐 겁을 먹은 병사까지… 다들 울부짖고 있다.

하긴 이 상황에서 비명조차 흘러나오지 않는 게 더 이상하다. 그리고 비명을 지르면서도 병사들은 열심히 방아쇠를 당겨 댔다.

투투투— 투투투투투투— 투투투투—

겨우 양각대를 펴고 사격 준비를 마친 이쪽의 K—3들이 불을 뽐었다. 빨간 불꽃처럼 빛나는 실탄이 좌측 산의 중턱을 향해 어지럽게 날아간다. 이제야 좀 숨을 돌릴 틈이 생겼다.

K—3의 등장 이후 자신을 향해 날아오는 총알이 확연히 줄어들었다 싶었을 때, 진우는 다시 총구를 들어 적진을… 누구인지도 모르는 적진을 겨눴다.

둥근 가늠자에 적병의 윤곽이 들어온다.

투투둑—

낡은 총의 정확도를 장담할 수가 없어서 진우는 세 발을 잇달아 날렸다.

파악!

놈의 고개가 뒤로 젖혀진다. 그리고 또 바로 옆의 놈……

진우는 세 놈을 더 쓰러뜨리고 난 후, 곧바로 몸을 일으켰다. 이만큼 난리를 쳐놨으니 적들의 관심도 이쪽으로 쏠릴 것이다. 이 자리를 떠야 한다.

진우는 허리를 숙인 채로 트럭 뒤쪽을 향해 뛰었다.

핑— 피빙—

총알이 바로 근처를 스치고 지나가며 날카로운 소리를 낸다.

마침내 트럭 근처까지 도달한 진우는 재빨리 몸을 날렸다.

팅, 트럭의 짐받이를 총알이 때리며 불꽃이 인다.

투투투투투투, 투투투투—

대여섯 정의 K—3가 지원사격을 하기 시작한 이후, 이쪽의 병사들은 그나마 조금 기를 펴고 싸울 수 있게 되었다. 수백 발이 순식간에 산 중턱을 어지럽히고 나면 저쪽의 사격이 주춤해지고, 이쪽의 병사들이 고개를 들고 방아쇠를 당겼다. 이러니저러니 해도 중대 단위의 병력. 그리 쉽게 궤멸되지 않는 것이다.

하지만 동시에 이길 것 같다는 느낌도 들지 않는다. 병사들이 자동차 뒤에 몸을 숨긴 채 열심히 응사를 하고는 있지만, 정확도나 명중 비율은 확연히 떨어졌다. 좌측 산까지는 거리가 꽤 돼서 눈 나쁜 사람은 어디에서 총알이 날아오는지조차 파악하기 어려울 정도였다.

저쪽은 이 도로라는 하나의 선을 목표로 하는 반면, 이쪽은 저 산 어딘가라는 커다란 면적을 상대하고 있다. 시작부터 불공평한 싸움이다. 게다가 이쪽의 유일한 엄폐물이라고는 트럭뿐이다.

"하아아~ 후우우~"

진우는 숨을 헐떡이면서 탄창들을 전술 조끼에 채워 넣고, 다시 싸울 준비를 마쳤다. 하지만 여전히 왜 여기에서 이 지랄을 하고 있는 건지는 전혀 모르겠다.

방아쇠를 당길 때, 그는 분명히 보았다. 좌측 산속에 매복하고 있던 저 병력도 국군이다. 무슨… 북한군이나 외국의 군대 같은 게 아니다.

그러니까 저 도로 위에 널브러져 있는 수많은 피투성이 시체들을 만든 것도 국군, 저쪽 산속 어딘가에 엎어져 있을 시체를 만든 것도 국군이다.

그리고 아까 장교들의 대화에서 엿들었던 것처럼 이 싸움은 우발적인 사고 같은 게 아니라 군 내부에서 벌어지는 계획적인 전쟁인 것이다.

국군들끼리 서로를 제압하고 죽일 계획을 세웠다고? 씨발, 이게 대체 무슨 미친 짓이야? 힘을 합쳐 좀비를 잡는 것만으로도 버거운데…….

진우는 울상을 지었다.

팅, 티딩— 피잉!

값싼 연민 따위는 집어치우라고 말하는 것처럼 총알이 날아와서 트럭을 때린다.

푸슈슛—

터져 버린 타이어에서는 바람이 새어 나오고 있다.

병사들은 트럭에 몸을 숨긴 채 팔만 내밀어 대응사격을 하는 중이다. 운이 정말 좋지 않고서야 보지도 않고 쏘는 저런 총알이 맞아줄 리 만무하다.

다들 얼마나 정신이 없는지 조금 전까지 포로였던 진우가 무장한 채 자신들 사이에 섞여 있는데도 아무도 신경 쓰지 않는다.

진우는 혹시 달아날 곳이 있을까 싶어 주변을 돌아봤다. 바로 지근거리에 있는 우측의 산은 가깝기는 한데, 도로와 인접한 20여 미터 구간에 나무가 너무 적어 몸을 숨기며 올라가기가 어려워 보인다.

시간을 만들어내야 한다, 어떻게든 저 민둥산 구간을 무사히 돌파하여 나무들 사이에 몸을 숨길 수 있는 시간을.

"중앙이야! 중앙을 겨눠!"

지휘관들은 트럭 뒤에 바짝 달라붙어 움직이지도 않으며 계속해서 뭐라고 되도 않는 지시를 해 대고 있다. 그때마다 K—3의 조준점이 이동하지만, 별로 달라지는 건 없다. 애초부터 제대로 직시하지 않은 채 그저 자신의 느낌을 바탕으로 명령을 내리고 있는 것뿐이다.

전술은 한심하고 지형은 불리한데다 병력도 전투에 숙련되어 있지 않지만, K—3의 수가 저쪽보다 이쪽이 더 많은 덕에 그래도 근근이 버텨낸다.

이만하면 전멸은 아니겠다 싶어 어떻게 하면 이 상황을 돌파해 낼 수 있을까 하는, 얕은 희망이 고개를 들었을 때, 좌측 산쪽에서 무시무시한 소리가 들려왔다.

텅텅텅텅텅— 텅텅텅— 텅텅텅텅텅—

물론 이번에도 소리가 들려오기 전에 실탄이 먼저 날아와 박혔다.

콰콰콰쾅! 콰쾅!

40㎜ 고폭탄이다. 탄두가 박히는 소리 자체가 다르다. 콘크리트가 박살 나서 사방으로 파편이 튀고, 트럭의 강판도 뻥뻥 뚫린다. 얼마나 오래전부터 준비를 철저히 한 매복이었는지, 저 무거운 K—4를 산 중턱까지 짊어지고 올라가 설치까지 해둔 것이다.

콰아앙—

몇 발을 직격당한 트럭들이 폭발해서 불길에 휩싸인 채 튀어올랐다. 그 뒤에 숨어 있던 병사들은 졸지에 엄폐물을 잃고 뛰어나와야 했고, 그렇게 무방비로 노출된 병사들은 적 K-3의 먹이가 되기 딱 좋았다.

투투투투투— 투투투—

한 번씩 K-3가 훑고 지날 때마다 병사들은 온몸이 피투성이가 된 채 흙먼지가 이는 바닥을 뒹굴었다. 그 시체들 위로 40㎜ 고폭탄이라도 한 번 꽂히면, 살덩이와 피가 튀어 올라 비처럼 쏟아진다. 지옥이다.

"개새끼들아!"

피와 불을 보고 흥분한 병사들이 좌측 산 중턱을 향해 난사를 한다. 하지만 그들은 이렇게 사람 대 사람의 전투를 오늘 처음으로 경험한 신출내기들이다. 당연히 허점투성이고, 그래서 노련한 지휘관이 필요한 것이지만, 지휘관들 역시 실전 경험이 없기는 매한가지였다.

그러니 이런 매복에 걸려들어 꼼짝도 못하고 당하고만 있는 것이다. 100명을 훌쩍 넘겨 보이던 병력은 어느새 절반 이하로 확 줄어들어 있다. 그리고 대부분의 병사들 얼굴에는 절망과 두려움이 가득하다. 이미 이 싸움은 졌다는 패배 의식이 순식간에 중대 전체로 번져 간다.

투투투투— 투투투—

또 한 번 적의 K-3가 한바탕 총탄을 퍼부어 댄다. 불길을 피해 뛰어나갔던 병사들이 벌집처럼 온몸이 꿰뚫린 채 쓰러져 갔다. 아까부터 줄곧 트럭 아래에 몸을 숨긴 채 놈들의 위치를 살피던 진우는 산의 좌측에서 K-4를 찾아냈다.

물론 바위와 나무에 가려져 정확히 보이진 않는다. 이미 진지를 구축해 놓고 그 안에 들어가 쏴대는 중이어서 보이는 것은 검은 총구와 하이바 정도뿐이다.

텅텅텅텅― 텅텅텅텅텅―

체인이 울리며 발사되는 저 소리가 악마의 웃음같이 들린다. 놈이 목표로 삼은 지역은 순식간에 초토화되고, 그 범위 안에 숨어 있던 병사들은 전혀 대비도 못한 채 죽음을 맞이했다.

퍼엉―

고폭탄에 직격당한 병사의 상체는 아예 사라져 버렸다.

처리해야겠다. 진우는 총구를 겨눈 채 K―4의 위치를 좀 더 특정하기 위해 애를 썼다. 검은 총구와 하이바 사이에 아주 작게 존재할 무방비의 공간을 마음속으로 상정해 거기에 총알을 날리기로 했다.

저 K―4 사수에게 아무런 원한도 없고, 의무감 따위는 더 없다. 하지만 저놈이 계속 저 묵직한 고폭탄을 발사하도록 내버려둔다면 얼마 안 가 이 부근이 모두 불바다가 되고 말 것이다. 그러면 진우 자신도 살아남기 어렵다.

텅텅텅― 텅텅텅텅―

K―4의 조준이 자신에게서 멀어진 틈을 타 진우는 입술을 꽉 깨물고 정든 K―2의 방아쇠를 당겼다.

투투둑― 투투둑―

사격을 하고 있으면서도 확신이 서지 않는다. 육안으로만 보고 쏘는 거라 대강의 위치를 향해 총알을 날리는 것이지, 정확한 하나의 지점을 겨누고 있는 게 아니다.

어쨌든 여러 발을 날리다 보면 적중되는 게 한두 개는 나올 것 같아서 진우는 계속 비슷한 위치를 향해 총알을 날렸다.

하지만 아직 적중시키지 못했다. K—4가 건재하다는 것을 놈의 그 독특한 발사음이 일러주었다.

텅텅텅— 텅텅텅텅—

투투툭— 투투투투—

적 편의 K—4, 진우의 K—2. 서로 계속 교차하며 울려 대던 두 화기의 합주가 어느 순간 독주로 바뀌었다.

투투둑— 투투둑—

남은 것은 K—2의 발사음뿐. 힘없이 아래로 축 처진 K—4의 총신과 뒤로 젖혀진 두 개의 하이바가 보인다. 드디어 저 지긋지긋한 놈을 잡아버렸다.

피잉— 팅! 팅, 팅!

진우가 좋아할 틈도 주지 않고 수십 발이 총알이 날아든다. 하긴 그 귀중한 전력인 고속 유탄발사기를 봉쇄해 버렸으니 놈들도 어지간히 화가 났을 것이다.

몇 차례 맞받아치던 진우는 더 버티지 못하고 낮은 포복으로 물러나 타이어 뒤에 몸을 숨겼다.

하아아~ 하아~ 진우는 긴장을 덜어내기 위해 숨을 골랐다. 좀비들을 수없이 죽여오면서, 또 네 명의 탈영병과 싸움을 벌이면서 전쟁에 어느 정도 익숙해졌다고 생각했는데, 그건 완전한 착각이었나 보다.

서로 총알을 주고받는, 그것도 대규모의 인원이 서로를 향해 난사를 해 대는 이런 전쟁은 좀비들과의 그것과는 다른 느낌으로 무서움을 안겨준다.

'언제 내 머리통도 날아갈지 모른다.'

진우는 주변을 둘러보았다. 이제 남은 병사는 채 30명이 되지 않는다. 반면 저쪽은 진우에게 사살된 몇몇을 제외하면 개전 이후 지금껏 거의 피해를 입지 않고 있다.

텄다. 도망이나 쳐야겠다.

진우는 달아날 궁리를 좀 더 본격적으로 하기 시작했다.

투투투투— 투투투—

저쪽의 병사들은 한층 기세가 올라 더 열심히, 맹렬하고도 부지런히 방아쇠를 당기고 있다. 견디다 못해 총알이 날아온 방향을 향해 대응사격이라도 할라 치면, 곧바로 놈들의 집중 공격 대상이 되어버린다.

이런 상황이니 난사 후에 달아나는 것은 꿈도 꿀 수 없다. 진우는 벌써 한참 전부터 타닥거리며 불이 날 거라는 신호를 보내고 있는 중앙의 트럭 두 대가 폭파되어 주기만을 간절히 기다렸다. 불꽃과 함께 검은 연기가 높이 피어오를 때, 그 짧은 시간 동안이 기회다. 그때를 틈타서 우측 산속으로 도망쳐 들어가야 한다.

치칫— 치칫— 화르르르르—

진우가 기다리던 기회는 생각보다 빨리 찾아왔다. 아까부터 K—4에 한참을 두들겨 맞은 앞쪽의 트럭에서 먼저 발화가 시작되었고, 불길은 곧바로 뒤차마저 삼켜 버렸다.

화르르르—

두 대의 트럭에서 시꺼먼 연기가 하늘 높이 솟아오른다. 시야가 가려졌다. 이제 누군가 지원사격을 해서 주의를 흐트러뜨려 주면 더 좋기는 한데…….

그런 생각을 하고 있을 때, 소위 한 명이 몸을 일으켜 K—2를 난사한다.

"야, 이 채양균의 개새끼들아! 반란군 새끼들!"

알아듣지 못할 소리만 가득하지만, 그 의미 따위를 묻고 있을 여유는 없다. 겁 없이 대드는 소위와 그 주변의 병사들 쪽으로 놈들의 총구가 쏠리는 동안, 그 틈을 놓치지 않고 진우는 곧바로 산을 향해 뛰었다.

파바바박—

바로 머리 옆을 스치며 총알들이 날아와 박힌다. 그를 겨냥하고 쏜 것은 아닐 테지만, 정말 뼛속까지 오싹해진다.

돌무더기가 부서져 내리고, 흙먼지가 날리는 오르막을 댓 걸음 정도 뛰어오른 진우는 미리 봐뒀던 바위 뒤에 바짝 몸을 붙였다. 그러고는 총알이 날아오는 방향을 향해 방아쇠를 당겼다.

투투투투— 투투투— 투투투—

목표로 삼았던 두 개의 점을 제압한 뒤에 진우는 다시 다리에 힘을 모아 뛰어올랐다. 아래쪽에서 총성이 울리는 동안에 어떻게든 달아나 줘야 한다.

핑—

또다시 근처를 때리는 총알. 진우의 목이 움츠러든다. 자신을 집요하게 노리는 놈들이 모두 처리된 게 아니다. 진우는 곧바로 몸을 돌려 응사했다. 물론 방향은 그저 감으로 짐작하는 것이다.

팅— 팅— 티디잉—

발아래, 옆구리 부근, 하이바 위쪽, 얼굴 근처까지… 꽤나 가까운 곳에 탄착군이 형성되고 있다. 진우는 눈을 부릅뜨고 흙먼지와 불꽃이 어지럽게 튀는 사이에서 적의 발사 지점을 찾았다.

산중턱의 바위 뒤, 나무가 주변에 무성하게 우거진 곳. 컴컴한 나무 그늘에서 불꽃이 번쩍거리며 실탄이 날아와 주변을 때린다.

"거기구나!"

진우는 곧바로 총을 들어 올린 후, 놈을 향해 방아쇠를 당겼다.

탕, 탕, 탕탕탕— 탕탕탕탕—

그러고 나서 다시 몸을 돌려 뛰었다. 확인할 것도 없다. 명중했으니까. 아래쪽에서 응사하던 병력의 수는 확연히 줄어서 이제는 총소리가 띄엄띄엄 울린다.

"끄응차!"

진우는 절벽의 바위 사이에 휘어져 자라나 있는 소나무를 꽉 잡고, 그 위로 몸을 끌어 올렸다. 그러고는 단단한 바위 뒤에 몸을 숨겼다.

핑— 핑— 피잉—

뒤늦게 쫓아온 총알이 바위를 때리지만, 어림없다. 그 정도에 관통될 크기가 아니다. 이제 진우는 나무도 엄폐물도 거의 없는 20여 미터의 민둥산 구역을 다 돌파했다.

후우~ 후우~ 두 번 크게 숨을 고른 진우는 잠시도 더 지체하지 않고 숲과 바위가 만든 그늘 속을 내달려 더 높은 곳으로, 더 깊숙한 산속으로 들어갔다. 마지막으로 바위를 때리던 총알. 자신이 달아났다는 걸 아는 놈들이 있다. 쫓아올지도 모른다.

진우는 옆구리에 단단히 총을 낀 채 어딘지도 모르는 숲 속을 전속력으로 내달렸다.

탕탕탕탕탕— 투투투투— 끄아아아— 콰아아앙—

전장의 총소리와 비명이 아스라이 멀어지고, 자신의 숨소리와 흙을 밟는 전투화 소리만이 점점 더 또렷하게 울린다. 푸른 풀 향기가 콧속에 가득 차 있던 화약 냄새를 밀어내고 들어온다.

"윽!"

허벅지의 근육이 힘이 풀려 쓰러질 때까지 진우는 산속을 달렸다.

하아아~ 하아아~ 바닥에 쓰러진 진우는 주변을 둘러보았다. 깊은 숲 속, 온통 나무와 흙뿐이다.

큭, 크크크큭······.

이 상황이 너무 어처구니가 없어 진우는 얼굴을 일그러뜨리며 웃었다.

왜, 왜 나를 이 개 같은 싸움에 끌어들인 걸까? 어차피 다 그렇게 죽을 거였으면서… 나같이 보잘것없는 사람 하나, 자전거 타고 제 갈 길 가는 게 그렇게 배가 아프고 화가 났단 말인가.

탈영? 탈영이 죄라고? 아군들끼리 총질하기 위해 출동하던 놈들이? 그래서 내 뺨을 그렇게 갈겼어?

클클클크, 진우는 히스테릭한 웃음을 한동안 멈출 수 없었다.

가장 웃긴 건 배낭이었다. 그 개새끼들이 배낭을 홀랑 빼앗아 가는 바람에 물 한 병, 건빵 한 조각 없이 또 이렇게 산속에 던져졌다.

클클클클크.

3

진우는 덤불숲 속에 큰대자로 누워 한동안 미친 사람처럼 웃다가 찡그리다가를 반복한 후에야 좀 진정할 수 있었다. 믿어지지 않는다. 불과 한 시간 전만 해도 그는 화천에 닿을 수 있다는 것을 조금도 의심하지 않고 있었다. 다만 걱정되는 바라면, 그저 만 발이 구령대 아래에 있을 것인가 아닌가 하는 정도…….

자전거는 잘 굴러갔고, 배낭에는 마실 물과 먹을 것이 들어 있었다. 하나만 챙겨 온 스팸은 아끼느라 아직 뜯지도 않았었다. 터널에서 잔뜩 소비하기는 했어도 탄약은 여유가 있고, 총은 두 자루에 장비도 필요한 만큼은 갖추고 있었다.

그런데 이게 뭐람? 오르막길에서 그 트럭을 만나지 않았더라면, 서로 잠시만 엇갈려 지났더라면 이렇게 어딘지도 모르는 산속에 누워 있지 않아도 됐을 텐데.

젠장, 진우는 더듬더듬 손으로 짚어 전술 조끼에 끼워둔 탄창의 수를 확인했다. 30발짜리 탄창 두 개… 아까 시체가 된 병사들에게서 빼낼 수 있는 만큼은 빼낸다고 했는데, 살아남으려고 싸우다 보니 이것만 남았다. 도망쳐 나오기 전에 더 보충을 할 수 있었으면 좋았겠지만, 그런 데 눈 돌릴 여유는 없었다.

사실 여기까지 도달한 것도 운이 70퍼센트는 도와준 거다. 자신의 바로 옆 바위를 때리던 총알, 그게 허벅지나 등을 꿰뚫었을 수도 있었다. 총에 장착되어 있던 클립에는 여섯 발이 남아 있다. 진우는 일단 그 여섯 발 남은 탄창을 탄창 집에 넣고, 꽉 차 있는 새 탄창을 끼웠다.

이거야 원, 그야말로 목숨만 살려줬군.

진우는 속으로 한숨을 쉬었다. 삼척 발전소에서 벗어난 그 아침에 펜션의 화재로 모든 걸 잃었다고 생각하던 때보다도 오히려 살림이 더 쪼그라들었다. 그간 꽤나 요긴하게 써먹었던 대검도, 권총도, 플래시도, 주야 조준경이 달린 K-2도 이제 없다.

그럼 뭐가 남았지?

진우는 주머니 속에 손을 넣어봤다. 묵직하게 느껴지던 것은 지포라이터였다.

이거 기름을 마지막으로 넣었던 게 언제였지? 라이터 연료는 배낭 안에 있는데…….

윗옷 주머니에는 껌 반통이 들어 있다. 그리고 팔목에 찬 시계. 그게 그가 가진 장비의 전부다. 심지어 물병도 없다.

"아, 씨발. 나 존나 부자네."

좆같다고 생각하면서도 일단 껌부터 하나 까서 씹었다. 목이 바짝 말라 있어서 이렇게라도 입을 속이지 않으면 구역질이 날 것 같았다.

일어나 앉은 진우는 질겅질겅 껌을 씹었다. 입술에 말라붙어 있던 피 때문에 과일 맛과 함께 비릿한 쇠 맛이 느껴진다. 그 중위의 피다.

자신에게 미끼 역할을 지시하던 중위의 가슴이 난데없이 뻥 뚫렸을 때, 그의 그 시뻘겋고 뜨거운 피를 뒤집어쓰며 받았던 충격이 생생하다.

적은 보이지도 않고, 인지되지도 않았다. 그냥 아주 멀리에서 모습을 감추고 있다가 경고도 없이 방아쇠를 당겼다. 그걸로 끝이었다.

그것은 진우에게 또 다른 경험이었다. 지금까지 그의 전투는 육박전을 위해 다가오는 좀비들을 원거리에서 저지하는 것이었다. 그래서 시야에 잡히지 않으면 적도 없고, 위협도 없는 거였다.

예외적으로 탈영병들과 상대한 적은 있지만, 그때도 놈들이 쏘리라는 것 정도는 미리 알고는 있었다. 하지만 이건… 이건 완전히 다르다. 이건 정말로 영화에서 보았던 것 같은, 전통적인 전쟁이다.

오늘 나는 대체 왜, 누구와 싸운 거였을까?

아무리 생각해 봐도 답이 나오지 않아 진우는 고개를 저었다.

대체 왜 벌건 대낮에 국군들끼리 이런 교전을 벌여야 하는 거지?

두 미친 중대장의 개인적인 싸움처럼 보이지는 않았다. 뭔가 서로 명령 받은 작전을 수행한다는 느낌이었다.

그렇다면 군이 반으로 갈렸나? 그래서 이제부터는 언제 어디서든 총알이 날아와 얼굴을 박살낼 수도 있다는 건가…….

하아아~ 저절로 한숨이 나온다. 이런 걸 알아버렸으니 앞으로 마음 편히 큰길로 다니기는 텄다. 언제라도 오해를 받고 저격의 표적이 될 수 있으니까.

"그건 그렇고……."

진우는 몸을 일으켜 조금 전 자신이 미친 듯 내달려 왔던 길을 돌아보았다.

얼마나 달려온 걸까? 10분? 15분?

산길이었으니 넉넉히 잡아도 1킬로미터 남짓이나 겨우 될 것이다. 그리 멀리 도망 온 건 아니다.

타다아아아앙— 타아아앙—

아직도 저 멀리에서 울리는 총성이 아주 작게 들려올 만큼 가깝다면 가까운 거리.

이제 여기에서 어떻게 할까? 현실적으로 가장 중요한 질문이다. 66발의 실탄만 믿고 그냥 무작정 달아나? 아니면 돌아가서 교전 현장에서 쓸 만한 물건들을 좀 집어 올 수 있는지 살펴볼까?

선택의 문제라고는 하지만 둘 다 참 택하고 싶지 않은 길이다. 무작정 달아나면 미래가 없다. 당장 점심 끼니부터가 없으니 고생길은 훤하게 예비되어 있다. 게다가 예순 발 정도의 탄환만 가지고서는 이 산길을 통해 화천까지 가기에는 아무래도 무리다.

그렇다고 총격전의 현장으로 다시 돌아가려니 발이 떨어지지가 않는다. 아무래도 너무 위험하다. 좌측 산에 매복했던 병력 중에는 자신이 달아났다는 걸 본 놈들이 있다. 만약에 놈들이 추격대라도 꾸렸다면 그때는 이쪽에서 마중을 나가는 모양새가 된다.

하지만 그럼에도 불구하고 진우가 그곳에 미련을 버리지 못하는 이유는 단 한 가지였다. 거기에는 실탄이 있다. 그것도 잔뜩.

진우를 태우고 여기 도달했던 게 100명이 넘는 병력이었으니, 병사 하나당 탄창 세 개씩만 남아 있다고 해도 만 발이 훌쩍 넘는다. 기세등등하게 완전무장을 하고 왔지만, 대부분의 병사들은 탄창 하나를 다 비우기도 전에 전사해 버렸다. 탄창 하나는커녕 안전장치도 해제 못한 채 죽어버린 녀석들도 허다할 것이다.

죽은 병사들의 전술 조끼에 장착되어 있던 탄창들이, 이제 그들에게는 아무 쓸모 없는 그 실탄들이 눈에 어른거리는 듯하다. 그것만 챙길 수 있다면 굳이 화천까지 갈 필요도 없다. 배낭 하나 가득 탄창만 채워서 메고 가벼운 발걸음으로 서울을 향해 가면 된다.

"아, 진짜 가벼운 발걸음 같은 소리 하고 앉아 있네……. 위험하다고, 이 미친놈아!"

진우는 욕심을 부리는 자신에게 짜증을 섞어 내뱉었다. 하지만 논리적으로 생각해 봐도 충분히 위험을 감수할 만큼의 이점이 거기에는 있다. 그렇게 많은 실탄이 방치되어 있는 상황을 언제 다시 또 만날 수 있다는 기약이 있는 것도 아니고.

마음을 정하지 못하고 몇 번이나 제자리에서 빙글빙글 돌던 진우는 결국 다시 왔던 길을 되짚어 걷기 시작했다.

그의 마음을 정해준 원인 중에는 조금 전부터 더 이상 총소리가 들리지 않는다는 사실도 꽤나 크게 작용했다. 죽은 당사자들에게는 유감스러운 일이지만, 병력 전체가 깨끗이 전멸했다는 의미이다.

막장 드라마처럼 진우가 연달아 뺨을 맞을 때 거만한 표정으로 지켜보던 소령도, 빈총을 쥐어 주며 빙글거리던 중위도, 트럭 안에서 자신의 정강이를 걷어차던 그 이름도 모르는 병장도, 그 주변에서 두려움이 가득 찬 초점 없는 눈으로 바닥만 보고 있던 병사들도… 모두 다 죽은 거다.

"하아아~ 다들 소모되어 버렸구나."

수풀 속을 걸어가며 진우가 중얼거렸다. 다시는 군대에 돌아가지 않겠다는 다짐이 더 확고하게 굳는다. 단순히 군복을 입었다는 이유만으로 얼굴도 모르는 어떤 놈이 내린 명령을 수행하다가 영문도 알지 못한 채 닳아 없어진다. 단 하루를 살더라도 이제 더 이상은 그렇게 살고 싶지는 않다. 그의 복무는 삼척 발전소가 무너지던 밤에 끝났다.

발소리를 죽여가며 30분 이상을 걸어서 다시 문제의 그 교전 현장 부근으로 돌아올 수 있었다. 불탄 트럭에서 뿜어져 나온 연기가 워낙 높고 진하게 솟아오르고 있어서 방향을 잡는 건 그리 어렵지 않았다.

이제 충분히 가까워졌다 싶어졌을 때, 진우는 나무 그늘 안에 몸을 숨기고 귀를 곤두세웠다.

사람들의 말소리, 타닥거리며 뭔가가 불타는 소리… 두 소리가 섞여 있다. 젠장, 개새끼들이 여기까지 와서 다 죽었는지 확인하는 모양이다. 매복에 성공했으면 시체 정도는 그냥 내버려 두고 돌아갈 것이지…….

진우는 조금 낙담하면서도 자세를 낮추고 천천히 전진했다. 여기까지 왔으니 눈으로 확실하게 보고 판단을 하고 싶다.

부스럭― 부스럭― 와삭―

싱싱한 풀을 밟는 아주 작은 소리조차도 조심스럽다. 신중하게 한 발, 한 발을 내디디면서 도로가 보일 수 있는 위치까지 이동한 진우는 바위 뒤에 숨어 빼꼼 고개만 내밀었다.

20여 미터 아래에 줄줄이 서 있는 트럭들과 그보다 몇 배는 많은 병사들의 시체가 눈에 들어온다. 연한 회색 아스팔트는 양동이로 뿌려놓은 것처럼 흥건하게 붉은 피로 덮여 있다.

매복조였을 것으로 보이는 열댓 명의 병사들이 그 사이로 걸어 다니며 대검을 끼운 총으로 시체들을 한 번씩 건드리고 지나간다. 푹푹 찌르거나 확인 사살을 하는 건 아니었다.

그저 외상이 두드러지지 않거나 엎어져 있는 시체들을 골라 대검을 사용해 뒤집어보는 정도다. 총구멍이 숭숭 뚫린 트럭 안으로 들어가 보는 병사들도 있었다.

진우로서는 좋은 소식이 아니다. 여기에 병사들이 서성거린다는 것도 문제지만, 그 수가 열댓 명밖에 되지 않는다는 게 더 큰 문제였다.

그렇다는 말인즉, 아직도 저 산 중턱 어딘가에 대부분의 병력이 그대로 남은 채 여기에는 일부만 보냈다는 의미이므로. 이놈들이 가버린 뒤에도 한동안 저 도로 아래로 내려가기는 그른 모양이다.

'밤이 돼서 어두워질 때까지 기다려야 하나……'

진우는 생각했다. 젠장, 마실 물 한 모금이 없는데 그때까지 어떻게 버텨야 할지 막막하다. 그리고… 막상 그가 바라는 그런 기회가 밤에 와준다고 해도 달빛에만 의존해서 100구가 넘는 저 시체들 사이를 헤집고 기어 다니며 주머니마다 더듬거려야 한다.

으… 상상을 하는 것만으로도 진우의 얼굴이 일그러진다. 그가 아는 가장 무서운 괴담의 주인공도 그 정도로 끔찍한 일은 경험하지 않았다.

아래에서는 여전히 시체 확인이 계속되고 있다. 승전의 주인공들이지만, 매복조 병사들의 표정도 그리 밝지는 않았다. 다들 얼굴을 찌푸린 채로 자신과 같은 모양, 같은 색깔의 군복을 입고 죽어 있는 시체들을 살펴보며 피를 밟고 지난다. 자신들도 얼마 못 가 이런 모습이 되어버릴 수 있다는 걸 본능적으로 느끼고 있는 것이다.

"우에에엑— 우웩!"

심하게 훼손된 시체의 곁을 지나던 병사 하나가 결국 구역질을 참지 못하고 길가로 뛰어가 허리를 굽힌다. 다른 놈들도 이따금씩 손으로 입을 가리며 헛구역질을 한다.

그래, 그럴 테지.

진우는 이해할 수 있다는 눈빛으로 토악질을 하고 있는 병사들을 바라봤다. 그 역시 삼척에 처음 배치되었을 때 좀비들의 시체를 보고 미치는 것 같았었다.

내장이 밖으로 다 터져 나오고 팔다리가 잘린 채 쓰러진 또래들의 시신을, 그것도 여기까지 비릿한 냄새가 느껴질 정도인 피범벅 위에서 보고 있는데 속이 뒤집히고 눈물이 나지 않으면 그게 비정상이다. 물론 진우 자신은 이제 꽤 무뎌지기는 했지만.

시체와 피에 대한 반응을 볼 때, 저 도로 위에서 시체들을 확인하고 있는 저 녀석들 역시 전투를 많이 해본 놈들은 아니다. 그것이 좀비를 대상으로 하는 것이든, 사람을 대상으로 하는 것이든 말이다.

좀비 세상이 왔다고는 해도 배치되는 지역과 임무에 따라 시체 구경이 익숙해지지 않을 만큼 교전으로부터 멀리 있는 녀석들이 있는 모양이다.

그런데 그들 중 두 놈이 진우의 눈길을 끌었다. 잔뜩 움츠러들어 있는 다른 병사들에 비해 그 두 놈은 꽤나 적극적으로 돌아다니면서 이런저런 지시를 하고 있다.

단순히 간이 큰 놈들인가, 라고 생각할 수도 있지만, 전술 조끼의 색깔이나 재질이 다른 병사들과 확연한 차이를 보인다. 누가 봐도 사제 방탄조끼다.

무기도 달랐다. 놈들은 K—2보다 총신이 짧고 앞쪽에 소음기가 장착된 총을 들고 있다. 탄창도 폭이 좁고 길쭉한 K—7 기관단총이다. 둘 중 한 놈은 등에 길쭉한 저격 소총도 메고 있다.

뭐지? 진우는 고개를 갸웃거렸다. 이병 계급장이 증명해 주듯 진우가 군 생활을 오래 경험한 건 아니지만, 저런 장비와 무기를 들고 다니는 일반 병사는 본 적이 없다. 비슷한 걸 봤던 기억은 예전에 707특임대와 삼척 시내에서 함께 작전을 수행했던 때 정도뿐이다.

그렇다면 특수부대라는 건가…….

하여간 그 두 명의 K—7 소지자는 다른 병사들을 지휘해서 현장을 정리하고 있었다.

'아냐, 이 개새끼야. 꼰지르지 마. 그냥 너 혼자만 알고 있어.'

일반 병사 중 하나가 어떤 지점을 가리키며 K—7 소지자에게 뭔가 말하는 걸 본 진우는 하마터면 버릇처럼 몸에 밴 혼잣말이 입 밖으로 튀어나올 뻔했다.

그 병사가 무슨 이야기를 하는 건지 직감했기 때문이다. 그놈의 손가락이 가리키고 있는 건 아까 자신이 탈출할 때 타고 올랐던 그 루트였다. 놈이 이곳저곳을 지목해 댄다. 아마 이렇게 이야기하는 것 같다.

'이쪽으로 뛰어 도망가는 놈이 하나 있었지 말입니다.'

대화를 마친 K—7 소지자는 근엄한 표정으로 진우가 숨어 있는 산 쪽을 둘러본다.

어떻게 할까?

놈의 고민이 여기까지 들리는 듯하다.

총격전이 벌어진 지 이미 한 시간 가까이 지났으니 달아났다고 하는 그 시간부터 계속 뛰어갔다고 상정하면 적어도 4킬로미터는 멀어져 있다. 물론 방향도 모른다.

이 넓은 산속에서 반경 4킬로미터면 거의 무한정한 범위라고 봐야 한다. 게다가 목표물도 계속 움직일 테니, 그럼 더 찾아내기가 어렵다.

겨우 한 명의 병사 때문에 그 짓을 해야 할 필요가 있을까? 어차피 혼자만의 힘으로 생존해 자기 부대까지 돌아간다는 건 불가능한 일일 텐데…….

놈의 얼굴은 대강 그런 말을 하고 있었다.

'그래, 맞아. 도저히 생존할 수가 없어. 좀비들이 배회하는 산속이라고… 하루도 못 버틸 거야. 그러니까 제발 이쪽 일은 잊어버리고 그냥 돌아가. 돌아가서 총기 정비나 해. 돌아간다… 돌아간다…….'

진우는 그런 생각을 하며 놈에게 염력으로 주문을 걸려 애를 썼다. 그러는 사이에도 구토를 동반한 시체 확인 작업은 계속 진행 중이다.

그나마 다행스러운 점이라면 이놈들이 시체를 뒤져서 무기를 꺼내 간다든지 하는 기미는 보이지 않는다는 거였다. 아마 아직 보급품이 넉넉하게 남아 있는 모양이다.

이놈들이 수색을 다 마치고 여기에서 벗어나 저 밭두렁인지 벌판인지를 한 300미터 이상 가로질러 걸어가서 산속으로 사라져 버린다고 해도 그걸로 끝나는 건 아니다.

밤의 어둠이 자신을 가려주기 전까지는 안심하고 산을 내려갈 수 없다. 장기전이 되어야 할 상황이라서 진우는 어두워질 때까지 일단 좀 더 물러나 있기로 했다.

바위 뒤, 나무 그늘 속에 숨어 있다고는 해도 놈들의 얼굴이 보일 만큼 가까운 데서 계속 시간을 보내는 건 가슴이 조마조마한 일이었다. 지금도 몇 분 동안이나 숨도 제대로 못 쉬어가며 기척을 죽이고 있는 중인데, 이게 꽤나 힘이 든다.

까딱 손을 잘못 짚어 돌이 굴러 떨어지기라도 하면 곧바로 놈들의 주의가 이쪽으로 쏠리게 될 것이다. 그런 위험을 감수할 필요가 없다. 그리고 조금 전부터 점심 식사를 거른 배가 아주 조그맣게 꼬르륵거리고 있다.

이 소리는 점점 더 커지면 커졌지, 작아지지는 않을 거다. 진우는 새를 노리며 다가가는 고양이처럼 조심조심 네 발로 뒷걸음질을 쳐서 물러났다.

"휴우~ 먹고살기가 힘드네."

도로를 살피던 지점에서 300미터 이상 물러나 야트막한 언덕 위에 자리를 잡은 진우는 하이바를 벗고 땀을 식혔다. 덥다. 물이 마시고 싶다. 염탐하는 내내 어금니 사이에 꼭 끼워뒀던 껌을 다시 씹어 갈증을 달래면서 진우는 도로와 이어진 방향의 산길을 노려보았다.

시계가 가리키는 시간은 아직 한 시가 조금 넘어 있다. 캄캄해지려면 앞으로 댓 시간은 족히 이렇게 기다리고 있어야 한다.

젠장, 뭘 하면서 시간을 보내지? 졸면 안 되는데……

진우의 껌 씹는 속도가 빨라진다. 벌건 대낮에 아무것도 않고, 그저 시간을 죽여보는 건 정말 오랜만의 일이어서 낯설기까지 하다.

입대하기 전에 친구들과 함께 보냈던 평범한 휴일 오후가 자연스럽게 떠오른다. 삼식이 새끼가 여자 만나러 나가고 나면 다른 놈 셋이 방구석에 누워 있다가 서로의 방귀 냄새나 맡던, 그 평화로운 시절.

그놈들… 다시 볼 수 있을까? 한 번만이라도 좋으니 그때처럼 친구들 사이에 누워 하품을 하면서 '뭐 좀 재미있는 거 없냐?' 를 다시 중얼거리고 싶다.

낙담해서 고개를 숙인 채 하이바 안쪽에 붙여둔 핑크 펀치의 사진을 보고 있던 진우가 흠칫 놀라 고개를 돌린다.

이거 지금… 설마? 아주 작기는 하지만, 분명 들린 것 같다.

그 특유의 이상한 포효. 좀비다!

진우는 사방에서 메아리치는 작은 울림들 중에 소리의 진짜 근원을 찾기 위해 이마를 찌푸리며 하이바를 다시 썼다. 어째 한가하게 옛날 생각이나 할 때가 아닌 모양이다.

그롸아아아—!

진우가 몸을 일으켰을 때는 훨씬 또렷해진 소리가 들렸다. 이건 꽤나 가깝다. 방향도 다르다. 그러니까 방금 울음소리를 냈던 그놈과는 다른 놈이다.

"야, 얘들아. 오지 마. 다음에 와라. 나 지금 총 쏘면 안 된단 말이야. 저기 있는 새끼들이 듣는다고!"

울음소리의 크기나 빈도도 그렇고, 소름이 돋지 않는 걸 봐도 그다지 많은 수는 아니다. 하지만 지금 그의 사격 솜씨는 봉인해 두는 편이 낫다.

진우는 좀비의 울음소리가 들려온 쪽의 반대 방향을 향해 급하게 걷기 시작했다. 일단 피하자. 피하면 놈들은 분명히 트럭 쪽으로 몰려갈 거다. 불만 나면 신이 나서 달려드는 놈들이니까. 그러면 저기서 수색하고 있던 놈들이 다 죽이든가 하겠지…….

진우의 계산은 그거였다.

하아아~ 하아아~

숨을 헐떡이며 구불구불한 비탈을 걷던 진우는 내리막길 앞에서 멈춰 섰다. 아, 씨발. 저절로 욕이 나온다. 꾸역꾸역 비탈길을 기어 올라오던 좀비 한 마리와 정면으로 눈이 마주쳤다.

녀석도 어지간히 오랫동안 돌아다녔는지 반팔 와이셔츠가 거의 넝마 수준으로 더럽혀져 있었다.

총은… 총은 쓰면 안 되는데…….

진우의 관자놀이로 한 줄기 굵은 땀이 흘러내릴 때, 넝마셔츠 좀비가 꽥! 소리를 지르며 비탈길을 뛰어 올라온다. 한쪽 다리가 발목뼈밖에 남지 않은 놈이라고는 믿어지지 않을 스피드다. 달아나기는 텄다.

빙글―

진우는 총을 돌려 두 손으로 총구를 꽉 잡았다.

휘익―

야구 배트처럼 돌아간 K―2의 개머리판이 놈의 얼굴을 후려갈겼다.

빠악!

머리통을 직격당한 좀비는 중심을 잃고 비탈 아래로 굴러 떨어진다. 왼쪽 눈알도 어디론가 튀어나가 버렸다.

하지만 멀쩡히 살아 있다. 두세 바퀴를 구르던 좀비는 타격음의 메아리가 끝나기도 전에 벌떡 일어나 진우를 향해 뛰어 올라온다. 진우도 다시 한 번 힘차게 개머리판을 돌렸다.

빠악―

첫 타격 때보다 더 큰 소리가 났다. 제대로 들어갔다고 생각했지만, 이번에도 좀비는 다시 몸을 일으켰다.

젠장, 역시 무게가 문제인 건가…….

진우는 K―2의 개머리판을 내려다봤다. 이건 애초에 사람의 두개골을 부수기 위한 용도로 만든 물건이 아니다. 싸움이 길어질수록 눈앞의 좀비보다 큰 소리가 나는 것이 더 무섭다. 한 번씩 총으로 후려칠 때마다 진우는 깜짝깜짝 놀라며 뒤를 돌아보게 된다.

혹시 그 소리가 도로 위에 있던 놈들에게까지 들리지 않았을까 하는 걱정 때문이다. 몇 백 미터나 떨어져 있으니 이 정도는 괜찮을 듯도 하지만, 아무래도 신경이 쓰이는 건 어쩔 수 없다.

그라아아악—

다른 데 신경 쓰지 말고 자기만 바라보라는 듯 넝마셔츠 좀비가 크게 포효한다. 두 번 비탈 아래로 굴러 떨어지는 동안 부러져 버린 놈의 오른쪽 팔꿈치는 이상한 각도로 돌아가 있다. 보기만 해도 아프다. 하지만 이놈에게 그런 건 중요하지 않은 모양이다.

녀석은 오로지 단 하나, 바로 눈앞에 있는 진우에게만 관심이 있었다. 뭐, 진우도 놈에게 아주 관심이 없는 건 아니긴 하지만… 도대체 얼마나 더 세게 정통으로 맞아야 죽어주겠다는 거냐.

미묘하게 뒤뚱거리면서도 빠르게 달려드는 넝마셔츠 좀비를 향해 진우의 제3차 타격이 날아간다. 그런데 이번에는 앞서의 두 번과 양상이 조금 달랐다. 비탈길을 뛰어오르다 발을 헛디딘 좀비가 앞으로 고꾸라졌고, 그 덕에 진우가 휘두른 K—2 개머리판은 놈의 머리가 아닌 팔목을 때렸다.

우득, 팔목 뼈가 골절되는 소리가 났지만, 머리를 때렸을 때처럼 뒤로 날려 보내는 데는 실패했다. 엎어졌던 넝마셔츠 좀비가 네 발로 기며 진우의 다리를 노리고 달려든다. 한쪽 팔은 팔꿈치가 꺾였고, 또 다른 팔은 팔목이 부러져 있는데도 제법 빠른 속도로 뛰듯이 기어온다.

"으앗!"

진우는 가벼운 비명을 흘리며 뒤로 물러났다.

딱, 딱, 놈의 위아래 이빨이 맞부딪칠 때마다 소름 끼치는 소리가 울린다. 익, 진우는 총구를 잡고 K—2를 골프채처럼 휘둘렀다.

덜컥.

넝마셔츠 좀비의 턱이 들리며 밖으로 삐져나와 있던 혀가 썽둥 잘려 나간다. 하지만 그 와중에도 녀석은 부러진 팔을 뻗어 진우의 전투화 끈 사이로 손가락을 쑤셔 넣었다.

으드득, 손가락이 뒤틀리는 소리와 함께 진우의 발이 휙 끌린다. 엄청난 힘이었다. 진우는 중심을 잃고 뒤로 넘어갔다. 그 바람에 손에서 총을 놓쳤다.

털썩, 엉덩방아를 찧은 진우를 향해 턱이 부서진 좀비가 몸을 날린다. 그러는 동안 전투화 끈 사이에 낀 놈의 왼팔도 180도 이상 돌아가며 뼈가 부러지는 소리를 냈다. 진우는 놈의 양쪽 어깨를 잡고 옆으로 돌렸다.

그롸아아—

놈이 성치 않은 두 팔을 미친 듯이 휘두른다. 조금 전, 전투화 끈 사이에 끼었다가 겨우 빠져나온 놈의 왼 손가락들은 고문이라도 당한 것처럼 엉망으로 꺾여 있다.

데굴— 데굴— 데굴—

서로 엉킨 진우와 좀비가 빙글빙글 돌며 비탈길을 굴러 떨어진다. 한 번씩 아래 깔린 채 땅에 튕길 때마다 튀어나온 돌과 나무뿌리 따위가 숨이 턱턱 막히는 고통을 안겨준다. 하지만 진우는 눈앞의 좀비에게만 집중했고, 결국 마지막으로 멈춰 섰을 때, 놈의 위에 올라탈 수 있었다.

그와아아아—!

물론 마운트 포지션을 차지했다고 능사가 아니다. 이놈은 자기 팔이 꺾이고 부러져도 그 잘린 뼈의 튀어나온 단면으로 진우를 할퀴어보려 애쓰는 놈이니까. 힘은 또 어찌나 센지 허리를 한 번씩 챌 때마다 몸이 휘청거린다.

진우는 무릎을 꿇은 채 두 다리로 놈의 팔을 봉인하고 하이바를 쓴 머리로 놈의 아가리에 박치기를 한 후, 그대로 꽉 눌렀다.

변형된 원산폭격 자세여서 영 꼴사나워 보일 테지만, 효과만큼은 확실했다. 거기에 더해 두 팔이 자유롭다는 장점도 있다.

으드득, 우두둑, 놈의 이빨이 안으로 꺾여 들어가고, 이미 덜렁거리던 아래턱도 더 벌어진다. 그러나… 그러나 이 정도로는 놈이 죽지 않는다. 더 확실한 방법을 찾아야 한다.

진우는 목에 힘을 꽉 주고 버티면서 좌우로 눈동자를 돌려 필사적으로 쓸 만한 물건을 찾았다. 돌, 바위… 묵직하고 단단한 것. 이 끔찍한 입 냄새를 뿜어내는 좀비 놈의 머리통을 완전히, 그리고 단번에 박살 낼 수 있을 만한 무기.

'저건…….'

몇 개의 자잘한 자갈 사이에 긴 나뭇가지가 떨어져 있다. 꽤나 굵고 단단해 보인다. 그의 손이 닿는 범위 내에서는 그게 그나마 가장 쓸 만한 도구다. 진우는 손을 뻗어 나뭇가지를 움켜

쥐었다.

으그르르, 으그그, 위에서 꽉 누르던 진우의 힘이 조금 분산된 틈을 놓치지 않고 좀비는 발버둥을 쳐 댄다. 진우는 얼른 목에 체중을 옮겨 실으며 버텼다.

"하이아~ 하이아~"

으그르르~

서로의 입김이 고스란히 교차할 만큼 가깝고도 치열한 대치 상황. 그래도 진우는 나뭇가지를 손에 넣었다. 당구 큐대보다 좀 더 굵고 길이는 1미터 정도. 진우는 더 뾰족한 방향을 왼쪽에 오도록 잡았다. 그러고는 뒤로 휙— 허리를 젖혔다.

아가리를 꽉 누르고 있던 하이바가 사라지자 좀비는 곧바로 몸을 일으키며 이빨을 드러낸다. 진우는 두 손으로 나뭇가지를 잡고 세워 힘껏 박아 넣었다.

꽉!

좀비의 아가리에 나뭇가지가 꽂힌다.

와가각!

이빨과 잇몸, 반 토막 난 혀가 다 안쪽으로 꺾여 들어가고, 입가가 찢어져 옆으로 벌어진다. 단번에 머리 뒤쪽까지 관통하지는 못했지만, 그래도 놈의 가장 크고 위협적인 무기가 완전히 봉인됐다.

익! 익! 진우는 나무 끝을 꽉 잡은 채 힘을 주어 누르고, 좀비는 몸을 계속 일으키려 든다. 둘이 힘을 합쳐 좀비 머리를 꿰뚫는 것이다.

"이야! 좀! 죽어라!"

마지막으로 한 번 더 힘을 콱 주려 할 때, 진우는 좀비와 눈이 마주쳤다. 눈알이 빠져 뻥 뚫린 왼쪽 안구가, 그 검은 구멍이 원망하듯 진우를 노려본다.

등골이 서늘해질 만큼 섬뜩하다. 하지만 진우는 놈의 눈을 피하지 않고 나뭇가지를 누르고 있던 손끝에 무게를 실었다.

콰직—!

뼈가 부서지는 느낌, 그리고 그 너머의 뭔가 물컹한 것이 한번에 뭉개지는 느낌이 손바닥에 전해진다. 진우는 눈을 가늘게 뜬 채 이제 더 이상 움직이지 않는 좀비의 모습을 내려다보았다.

내가 이겼어…….

"후우우~"

좀비의 입에 박혀 있는 나뭇가지를 지팡이 삼아 짚고 일어나며 진우는 거친 숨을 몰아쉬었다. 확실히 육박전은 힘들다. 그래서 실탄이 간절한 거다. 어찌나 힘을 주며 누르고 버텼는지, 양쪽 정강이뼈가 다 멍이 든 것 같다. 이놈과 엉켜 굴러 떨어질 때 작은 돌에 찍혔던 곳들도 뒤늦게 엄살을 부린다.

진우는 허리도 제대로 펴지 못하고 기다시피 비탈길을 올라가 총부터 집어 올렸다. K—2의 총신에 묻은 흙을 툭툭, 털고 다시 멜빵을 어깨에 걸었을 때, 진우는 고개를 푹 수그리며 한숨을 내쉬었다.

"으아, 진짜… 이런 식으로 할 거냐?"

건너편 비탈 아래, 조금 전 넝마셔츠 좀비가 서 있던 바로 그 위치 부근에 좀비들이 서 있다.

두 마리… 이거, 육탄전으로 승산이 있을까? 벅차지 않을까? 하지만 총소리가 들리면 너무 위험해지는데…….

진우가 쉽게 마음을 정하지 못하고 갈등하는 동안 또 한 놈이 나무 뒤에서 불쑥 머리를 내밀며 나온다. 세 마리. 그리고 또 두 놈이 수풀을 헤치고 돌아 나온다. 이제 전부 합쳐 다섯 마리다.

큭, 진우는 미치겠다는 듯 헛웃음을 웃었다.

이런 개새끼들… 차라리 처음부터 이렇게 한 번에 몰려와 줬으면 조금 전 그 피 말리는 몸싸움을 하지 않았어도 되는 거였잖아.

눈을 한 번 질끈 감았다 뜬 진우는 곧바로 사격 자세를 취하며 안전장치를 해제했다.

그렇게 총소리를 원해? 그렇게 내가 잘되는 꼴은 못 보겠어?

가장 왼쪽에 서 있던 아줌마 좀비의 부스스한 파마머리가 둥근 가늠자 안에 들어오자마자 진우는 방아쇠를 당겼다.

타아아아앙—

고요한 산속을 온통 뒤흔드는 거대한 총소리. 그와 거의 동시에 파마머리 좀비의 목이 뒤로 휙 젖혀진다. 나무 위에 앉아 쉬던 새들이 퍼드득거리며 날아오른다.

끄라아아아아—

네 마리가 한꺼번에 뛰어 올라온다.

칫, 진우는 한쪽 입술을 찡그리며 웃었다.

이것들아, 너희가 무서워서 오지 말라고 빌었던 게 아니야. 저 뒤 도로에 더 무서운 새끼들이 있으니까 그게 신경 쓰였던 거지.

진우는 시계 방향으로 몸을 돌리며 한 놈에 한 방씩 정확하게 머리를 꿰뚫었다.

타앙— 타앙— 타앙— 타아아아앙—

뇌수가 터져 나온 네 마리의 좀비가 나무 그늘 아래 자빠져 버렸고, 진우는 분하다는 눈빛으로 도로 방향으로 이어진 산길을 돌아보았다.

타아아아아— 아아아— 아아아—

아직도 메아리는 계속 울려 대고 있다. 이 정도면 제아무리 듣고 싶지 않은 놈들이라도 들을 수밖에 없었을 거다. 그리고 이제는 신경이 쓰여서라도 분명 쫓아오겠지. 그리 멀리 있지 않다는 것도 알았을 테니까.

'아우, 젠장! 내 총알! 피 같은 내 총알!'

도로의 반대편 산 쪽으로 내달리면서 진우는 마음속으로 악을 썼다. 분한 마음을 도저히 지워낼 수가 없다.

씨발, 트럭이 불타고 사방에 총알이 박히는 그 상황에서도 살아남아 여기까지 도망 왔는데! 사방이 깜깜해진 달밤에 피 흘리고 누워 있는 100구의 시체 사이로 기어 다니며 손으로 더듬어 탄창을 빼낼 각오도 다 했는데!

그런데 저 좀비 새끼들 몇 마리가 기웃거리는 바람에 모든 게 다 허사가 됐다.

내 총알! 정말 욕심 안 부리고 탄창 100개만 챙겨가려고 했는데!

피잉—

소름 끼치는 소리. 총성이 울린다. 진우는 자세를 바짝 낮췄다. 바로 곁의 나무껍질이 움푹 파여 날아간다. 뒤를 돌아보았다. 저 멀리 지금 막 산 위로 기어 올라온 군인들이 새우깡만 하게 보인다. 애초에 300미터 정도만 물러나 대기하고 있었기 때문에 거리는 그리 멀지 않다.

진우는 나무 사이사이를 헤집으면서 지그재그로 내달렸다. 이렇게 해야 저격하는 놈이 힘들어한다는 이야기를 어디선가 들었던 기억이 난다.

그런데 그게 대체 어디서 누가 한 말이지? 지금처럼 목숨이 걸려 있는 상황에서도 따를 만큼 신빙성이 있는 이야기인가?

아까 보았던 그 인원 그대로라면 추격해 오는 상대는 약 열댓 명. 좀비라면 우스운 수겠지만, 쟤들도 다 총으로 무장하고 있다. 그러니 혼자서 그들 전부와 맞서 싸운다는 건 정말 무리한 일이다. 아까 저놈들처럼 매복이라도 하고 있는 거라면 또 모를까.

열댓 명 중에서도 진우가 가장 신경 쓰고 있는 건 아까 보았던 두 명의 특수부대원 중 긴 총을 메고 있던 쪽이다. 그 새끼, 분명 총에 엄청난 광학 장비들을 덕지덕지 달아놨을 것이다. 총 자체도 아~주 비싼 외제 고급 저격총일 테지. 지금 나무에 박힌 이 한 발 역시 놈이 쐈을 가능성이 아주 높다.

타앙— 타앙—

또 총소리. 진우가 바위 뒤쪽으로 돌아 들어가던 순간이다.

팍, 놈이 쏜 총알은 근처의 다른 나무를 스치고 지나갔다. 패턴을 읽히면 안 된다고 생각해서 진우는 왼쪽, 오른쪽으로 미친 듯이 돌며 방향을 트는 주기를 계속 바꿨다.

문제는 그렇게 지그재그로 내달리다 보니 속도가 안 나온다는 거였다. 쫓아오는 놈들은 직선으로 달려오고, 자신은 좌로 갔다 우로 갔다 하면서 도망간다. 당연히 시간이 갈수록 양쪽의 간격은 줄어들 수밖에 없다.

대응사격을 해서 쫓아오는 속도를 늦추고 싶은 마음은 굴뚝같지만, 일단 한 번 발이 묶이면 저 뒤 어딘가에서 자신을 노리고 있을 저격수에게 기회를 주는 게 된다.

미친놈처럼 나무 사이를 헤치고 이리저리 내달리던 진우에게 기회가 왔다. 꽤나 큰 경사의 내리막길이 나타난 것이다. 평지가 끝나고 내리막이 시작되는 지점, 나무 뒤에 뛰어든 진우는 아래쪽을 굽어봤다.

30미터 이상의 길고 가파른 비탈, 그리고 그 너머에는 나무로 빽빽하게 뒤덮인 나지막한 언덕들이 몇 개나 이어지고 있다. 거기까지는 일반적인 산에서 흔하게 볼 수 있는 풍경이다. 다만, 멀리 우거진 수풀 사이로 뭔가 다른 것들이 움직이는 게 보인다.

좀비들. 규모는 그리 크지 않다. 전부 합쳐야 규모 삼도 안 된다. 하지만 놈들은 하나의 무리를 이루는 게 아니라 제멋대로 흩어져 돌아다니는 중이다. 그래서 저 아래로 내려가면 안전한 루트라는 게 딱히 없다. 그리고 저 언덕들을 넘어가면 대체 뭐가 나올지도 전혀 모르는 상황이다.

타타탕— 탕— 탕—

추격해 오는 놈들의 K—2 소리가 등 뒤에서 요란하게 울렸다. 물론 아직은 거리가 있으니 저건 별로 무섭지 않다. 근처를 때리는 총알도 없다.

하지만 이쯤에서 한 번 브레이크를 걸어줄 필요는 있을 것 같다. 진우는 총구만 밖으로 내밀고 좌우로 돌리며 세 번 3점사를 날렸다.

투투둑— 투투둑— 투투투—

진우가 두 번째로 방아쇠를 당겼을 때, 날카로운 소리가 울려온다.

피이잉— 피이잉—

그리고 그가 몸을 숨긴 나무의 귀퉁이가 팍 떨어져 나간다. 어찌나 가까웠는지, K—2의 총열에 놈이 날린 나무 파편이 튀었다.

이걸로 확실해졌다. 저격수 놈은 어딘가에 자리를 잡고 죽어라 자신의 얼굴만을 쫓고 있는 거다.

그리고 지금은 내가 이 나무 밖으로 벗어나기를 기다리고 있을 테지……. 좌인지, 우인지 고민하고 있나? 미안하지만, 난 옆으로 안 가. 뒤쪽으로 미끄러질 거야.

진우는 나무 뒤에 몸을 숨긴 채 비탈길 아래로 몸을 날렸다.

촤아아아아—

아무리 흙과 풀로 덮인 부드러운 산길이라고 해도 미끄러져 내려가는 동안의 마찰로 등과 엉덩이에 불이 나는 것 같다.

진우는 필사적으로 전투화 바닥을 끌며 속도와 방향을 조절했다. 몸이 좀 아프기는 해도 저격수 놈의 위협으로부터 벗어나려면 어쩔 수가 없었다. 자신이 내리막길로 사라져 버린 걸 저격수가 안다고 해도 놈이 있던 곳에서 여기까지 뛰어오려면 또 꽤나 시간이 걸릴 것이다. 진우에게는 그 몇 십 초가 필요했다.

쿵!

비탈이 끝나고 평지가 시작된 지점에 도착해 내동댕이쳐진 진우는 꼬리뼈를 문지르며 일어나 다시 뛰기 시작했다. 슬슬 어지럽고 목이 탄다. 아침에 자전거를 빼앗기고 뺨을 존나 맞았던 그때 이래, 수분이라고는 전혀 섭취하지를 못한 채 땀만 계속 흘렸다. 눈이 따끔거린다.

탁탁탁, 위에서 보아두었던 루트를 따라 나무 사이로 뛰었다. 벅찬 오르막의 정점에서 점프를 해 그다음 언덕의 중간 지점까지, 또 도움닫기를 한 후 점프를 하고…….

그렇게 죽어라 뛰고 있을 때, 오른쪽 저 멀리서 자신과 거의 나란히 달려오는 좀비를 보았다.

획— 획— 좀비의 방향이 슬쩍 사선으로 바뀐다. 아무리 열심히 뛰어도 놈과의 거리는 점점 좁혀진다.

진우는 속도를 늦추고 놈을 향해 총구를 돌렸다. 그러고는 격하게 뛰는 가슴의 움직임에 맞춰 방아쇠를 당겼다.

탕!

좀비의 왼쪽 귀와 눈, 그리고 뇌의 일부가 사라져 버렸다. 좀비는 달려오던 관성을 못 이기고 앞으로 고꾸라져진 뒤, 더 이상 움직이지 않는다.

"저기다! 저기!"

비탈 위쪽에 도착한 추격대 놈들이 아래 언덕에 있는 진우의 모습을 찾아내고 소리를 질렀다. 곧바로 정신없이 총소리가 울린다.

타타타타― 타타타타― 투투둑― 투투둑― 탕― 탕―

진우는 언덕 아래로 미끄러지며 몸을 숨겼다. 근처를 때리는 총알은 없다. 워낙 거리도 있고, 각도상으로도 사각이니까.

발사하는 쪽에서도 얼마 지나지 않아 그런 사실을 깨달았는지, 총성이 잠시 멎었다가 다시 시작되었을 때는 한결 단조로운 소리로 바뀌었다.

투투투투― 투투투투투― 투투투―

몇 놈만 제압사격을 하는 꼴을 보니, 아마 지금쯤 몇 명인가는 비탈 아래로 내려오고 있는 모양새였다.

그럼 이쪽도 슬슬 움직여 줘야 할 타이밍이다. 그 신경 쓰이는 저격수도 잠시 후면 도착해서 다시 자리를 잡을 테니까 그전에 멀어질 수 있는 만큼 멀어져 둬야 한다.

언덕에 몸을 숨긴 채 횡으로 이동하던 진우는 슬쩍 고개를 들어 비탈길 쪽을 돌아봤다.

추우우욱― 촤촤촤악―

가파른 언덕을 뛰어 내려오느라 병사들은 다들 애를 먹는 중이다. 이렇게까지 할 필요가 있냐고 물어보고 싶은 집요함이었다.

훗, 다시 달리기 시작한 진우는 코웃음을 쳤다.

오고 싶으면 와봐. 근데 조심해라. 여기에는 나만 있는 게 아니야.

4

추격대들은 진우의 예상보다 조금 페이스가 빨랐다. 쫓아올지도 모른다는 생각을 하긴 했지만, 저렇게 아무 고민 없이 곧바로 비탈을 뛰어 내려올 거라고는 예측하지 못했다.

저 위 능선에서는 이 아래 나무숲 사이로 언뜻언뜻 비치는 좀비들의 움직임이나 대강의 규모가 빤히 다 보였을 거다. 자신이 봤던 걸 저놈들만 보지 못했을 리는 없으니까. 그럼 좀 망설이기라도 하는 게 상식적인 일이다. 그런데도 이 병사들의 지휘관은 자기 새끼들에게 비탈을 미끄러져 내려가라고 명령했다.

'무조건 잡아! 반드시 죽여!' 라는 명령을 받은 걸까? 대체 내가 뭐라고 생각해서 그렇게까지 하는 거지?

대가리가 조금이라도 도는 놈들이라면 패잔병 하나를 잡자고 병사들을 여기까지 내려보낼 이유가 없다. 이 숲은 좀비라는 이동형 지뢰가 잔뜩 깔린 지뢰밭이다. 정말 위험한 사지다. 진우에게도, 그의 뒤를 쫓고 있는 저 추적자들에게도… 공정하게 위험하다.

어쨌든 진우로서는 추적자들의 병력이 둘로 갈린 게 그리 나쁠 것 없는 상황이었다. 그리고 아마 저 비탈 위에도 슬슬 좀비들이 모습을 드러낼 테니까 엄호사격을 하고 있는 놈들도 언제까지나 무작정 도망자의 꽁무니만 쳐다보고 있을 수는 없을 것이다. 트럭을 폭파시키고 불을 낸 덕에 사방에 흩어져 있던 좀비들이 하나둘씩 이 주위로 모여들고 있었다.

타타탕— 탕— 탕—

아래로 내려온 추격대 놈들은 아무렇게나 총을 쏴댔다.

피이잉— 피피잉—

탄두가 공기를 가르는 소리가 요란하게 울린다. 이 먼 거리에서 이렇게 나무들이 울창한데, 대체 뭘 보고 저렇게 쏘는 걸까 싶을 정도의 난사였다.

근처 나뭇가지에 달린 초록색 이파리들이 모두 멀쩡하게 붙어 있는 걸로 보아 당장 위협적이지는 않지만, 그래도 등이 서늘하다. 뒤를 한 번 흘끗 돌아본 뒤, 진우는 계속 나무 사이사이를 누비며 전속력으로 내달렸다.

몇 개의 구릉을 지나 산속으로 깊이 들어갈수록 더 큰 나무들이 빽빽하게 들어찬다. 그것과 비례해서 시야는 좁아지고, 어디에서 좀비가 튀어나올지 모르니 위험은 늘어난다.

이름도 모를 자잘한 나무들과 무성하게 자라난 잡초들이 여름의 햇살을 받고 제멋대로 쑥쑥 자라서 가슴 높이까지 올라와 있다. 덕분에 온통 녹색으로 뒤덮인 어떤 지점에서는 바로 몇 미터 앞도 제대로 보이지 않는다. 순식간에 진우의 팔은 가시나무에 긁힌 생채기로 가득해졌다.

진우는 머릿속으로 그려놓았던 루트를 따라가는 데 온 신경을 집중하려 노력했다. 하지만 어디까지나 계획은 계획일 뿐,

막상 내려와 직접 두 발로 달리다 보니 생각했던 것과 다른 부분들이 많다.

다 비슷비슷한 나무와 바위들이어서 어디가 어디인지 분간한다는 것도 그리 쉽지 않았고, 좀비들의 이동 속도도 그의 예상을 훨씬 웃돌았다. 특히 발목에 착착 휘감겨 오는 잡초들 때문에 죽을 맛이다.

그롸아아악— 그와아아—

사방에서 좀비들의 포효가 울린다. 간만에 사람들이 잔뜩 찾아와 준 덕에 좀비들도 꽤나 흥분해서 속도를 높여 뛰고 있다. 지금은 놈들이 마음껏 활개를 쳐줘야 진우의 부담도 좀 줄어든다.

확실히 추격대의 기세는 한풀 꺾였다. 비탈을 내려온 바로 그 순간부터 병사들에게는 모든 것이 미지와 위협으로 변했다. 더 이상 전체적인 판세 조망 같은 건 못한다.

나무와 덤불, 바위와 언덕이 시야를 가리는 이 상황에서 전후좌우를 파악하는 것만도 꽤 벅찬 일이다. 반면, 소리는 사방에서 증폭되어 더 크고 가깝게 느껴진다. 당연히 공포심이 들고 주춤거리게 된다.

그들이 머뭇거리는 동안 진우는 엄폐물이 없는 구간을 지나며 거리를 벌렸다.

핑— 총알이 근처의 땅을 때리는 것과 동시에 타아앙! 소리가 들려온다. 이건 그 저격수 놈이 멀리서 쏜 거다. 확실히 그 새끼가 제일 위험하다. 모습을 감춘 채 보병들만 앞세워서 토끼몰이를 하는 새끼.

진우는 얼어붙으려는 두 다리를 억지로 채찍질해 가며 지그 재그로 내달렸다. '어디, 두고 보자' 하는 마음으로 이를 부드득 갈면서…….

진우에게는 뚜렷한 목표 지점이 있었다. 왼쪽에 높게 튀어나온 바위 봉우리. 비탈 아래로 뛰어내리기 전부터 눈여겨보고 목표로 삼았던 곳이다. 봉우리의 기묘한 모양과 크기, 각도 때문에 저 안쪽으로 꺾어 들어가 버리면 위쪽 비탈의 능선에서 아무리 위치를 바꿔봐도 각도가 나오지 않는다.

그 말인즉슨, 일단 저 봉우리의 그림자 안쪽까지만 무사히 가면 잘난 저격수께서도 무거운 엉덩이를 끌고 친히 이 아래로 왕림해 주셔야만 진우의 모습을 볼 수 있다는 의미였다.

이리로 놈이 내려와 준다면, 그래서 서로 평지에서 겨루는 거라면 진우도 싸워볼 만하다.

그롸아아악—

수풀이 흔들리고 악취가 진동하더니, 나무들 사이에서 확 튀어나오는 두 마리의 좀비. 진우는 바위를 뛰어넘으며 놈들의 머리를 겨눴다.

탕— 탕—

한 마리는 앞으로 고꾸라지고, 또 한 놈은 뒤의 나무에 머리를 박고 넘어져서 주르륵 미끄러진다. 지금 두 발, 아까 제압사격을 위해 3점사 세 번이 아홉 발, 좀비들 다섯 마리에 각각 한 발씩. 도합 열여섯 발을 썼다. 이제 남은 실탄 수는 총 50발. 이 탄창에는 열네 발이 채워져 있다.

투투둑— 끄아아악— 타타타타— 투투투둑—

뒤쪽에서도 요란한 비명과 총성이 울려온다. 누군가 좀비와 맞닥뜨렸음을 알려준다. 그리고 또 잠시 후에 다른 방향에서 왁자지껄 떠드는 소리와 총성이 났다.

가끔 저격수 놈의 총알 때문에 심장이 멈칫멈칫하지만, 그래도 진우는 자신이 세웠던 계획대로 잘 달려가고 있다. 한 가지 문제는 그 역시 저 봉우리 건너편에 뭐가 있는지 전혀 모른다는 것이다. 이렇게 죽어라 뛰었는데 혹시라도 낭떠러지라거나 나무가 없는 넓은 평원을 만나게 된다면 정말 암담해질 텐데.

스사삿— 사사삭—

한 발, 한 발 내디딜 때마다 푸른 잎과 새로 돋은 가지들이 얼굴을 때려 댔다.

"하아아~ 하아아~"

계속 내달리던 진우는 심장이 터질 것 같아 잠시 속도를 늦췄다. 그러고는 역삼각형을 이루고 있는 세 그루의 나무 뒤에 몸을 숨겼다. 이제 봉우리까지 그리 멀지 않다.

타타타— 으아악—

뒤쪽에서는 아직도 총성과 비명이 난무하고 있다. 추격대가 상당히 분산되고 우왕좌왕하고 있다는 게 확실히 느껴진다.

그럼에도 불구하고 저격소총 특유의 그 발사음은 들려오지 않는다. 놈이 자기 아군을 위협하는 좀비들을 저격하는 데 관심을 좀 기울여 주면 그사이를 틈타 진우도 단번에 봉우리 너머까지 뛰어갈 수 있을 텐데, 그쪽으로는 전혀 신경을 쓰지 않는 모양이다. 어지간히 차가운 놈이다.

뒤쪽을 살피던 진우는 다시 그가 가야 할 방향으로 고개를 돌렸다. 여기까지 오니 봉우리가 가리고 있던 지역이 보인다.

다행히 절벽 따위가 아니라 나무가 울창한 숲이다. 그것도 꽤나 넓은 숲. 여기에서는 그 끝이 어디인지도 잘 알 수 없을 만큼 광활하다. 울룩불룩 수십, 수백 개의 높고 낮은 언덕이 그를 기다리고 있다.

저기까지만 가면……

진우는 생각했다. 저기까지만 가면 이제 게임의 절반쯤은 이쪽이 가져오는 거라고. 그를 쫓아 내려왔던 게 일곱인지 아홉인지는 모르겠지만, 그 병력들 중 상당수는 좀비에게 당했거나 당하지 않기 위해 도망치는 중이다.

그러니 저기까지 도달할 때쯤이면 놈들의 수는 얼마 되지도 않을뿐더러 이미 만신창이가 된 이후일 것이다. 그리고 저 봉우리의 그늘 뒤에 숨으면 그때부터는 저격수에 대한 걱정도 크게 덜어낼 수 있다.

하지만 이제 곧 그를 지켜주던 언덕과 숲이 끝나고, 그 뒤로 10미터가량은 큰 나무가 없다. 엄폐물로 삼을 만한 게 전혀 없이 그저 허리 높이로 돋아난 잡초들뿐이다. 잔뜩 도사리고 있는 저격수의 총구를 피해 저 구간을 무사히 주파하는 것이 관건이다.

진우는 나무에 기대 몸을 숨긴 채 비탈의 위쪽을 살폈다. 당연한 이야기지만, 저격수의 위치는 확인되지 않는다. 이제는 꽤나 멀어져서 육안으로는 잘 보이지 않는 거리가 되어버렸다.

하지만 녀석은 조준경을 통해서 나를 쫓고 있겠지. 내가 이 나무 뒤에 숨어 있다는 걸 알고 있을 테지…….

그건 꽤나 기분 나쁘고도 오싹한 이야기다.

가까운 나무까지 달려가 숨고, 또 그다음 나무까지 뛰고……. 땀이 비 오듯 흘러내렸지만, 그래도 여름이라 다행이라는 생각이 들었다. 만약 하늘 높이까지 무성하게 돋아난 저 나뭇잎들이 시야를 가려주지 않았더라면 이렇게 오랫동안 저격을 피할 수 없었을 것이다. 이제 곧 그게 없는 구간을 통과해야 한다.

'10미터. 뛰어서 가면 몇 초나 걸릴까?'

지금까지의 추격전을 통해 진우가 체득한 정보는 제아무리 뛰어난 저격수라도 방향과 높이를 바꿔가며 달리는 표적을 맞출 때는 실수를 한다는 거다. 하지만 어느 특정 지점에 조준을 맞춰두고 노린다면 이야기는 달라진다.

그롸아아아—

언덕의 끝에 도착한 진우가 고민을 하는 사이, 덤불 틈새로 뛰어 나오는 세 마리의 좀비. 진우는 얼른 방아쇠를 당겼다.

탕— 탕— 탕—

첫 두 마리는 단번에 이마를 꿰뚫었지만, 세 번째 놈을 노린 총알은 조준으로부터 조금 벗어나 놈의 광대뼈만 날렸다. 우득, 하는 소리와 함께 목이 휙 돌아간 좀비는 조금 비틀거리다가 이내 중심을 되찾고 달려든다.

젠장, 진우는 다시 한 발을 쏘며 혀를 찼다. 실탄이 줄어드는 것도 큰 문제지만, 자신의 낡은 총… 벌써 예전부터 한계까지

내몰렸던 총열의 수명이 다해가고 있다.

하긴 영문도 모른 채 헬기에 태워져 삼척으로 갔던 이래 지금까지 전부 합쳐 몇 발이나 쐈는지도 모를 정도로 정말 어마어마하게 혹사시키긴 했다.

혹시 지금의 총소리가 아래로 내려온 추격대에게 자신의 위치를 노출시킨 건 아닐까 하는 걱정이 잠시 들었지만, 그건 두려워할 필요도 없는 일이었다.

이미 사방에서 총소리가 바쁘게 울리고 있고, 그 메아리까지 더해진 상황이어서 소리로 방향을 특정한다는 건 불가능해 보였다. 하물며 바로 옆에서 좀비들이 '그라아ㅡ' 거리며 튀어나와 혼을 쭉 빼놓는 상황에서야 말할 것도 없다.

진우는 다시 저격수와 자신, 그리고 저 10미터가량의 엄폐물 없는 구간에 관해 고민하기 시작했다.

10미터. 아무리 잡초들이 많다고 해도 '하나, 둘… 셋'을 헤아리기 전까지는 주파할 수 있을 것 같다. 그러니까 2초, 더도 말고 딱 2초만 벌면 된다. 그러다 바닥에 뻗어 있는 좀비들의 시체로 눈길이 갔다. 순간, 뭔가가 떠올랐다.

"아, 진짜 그건 하기 싫은데……."

상상을 하는 것만으로도 구역질이 나서 진우는 입술을 깨물었다. 하지만 살아남으려면 해야 할 일이다. 역겨운 계획을 실행하기 전에 일단 테스트부터 해보기로 했다.

진우는 잡초들 사이로 넣고 흔들어보기 위해 근처에 떨어져 있는 나뭇가지를 집었다. 만약에 이게 날아가면 놈이 보고 있는 거다.

"아니지."

나뭇가지를 집어넣으려던 진우가 손을 멈췄다. 혹시라도 내밀자마자 놈이 총을 쏴서 그게 이 나뭇가지에 맞기라도 하면 잡고 있는 자신의 손에도 엄청난 충격이 전해질 테니까.

그 방법은 별로다. 결국 편한 길은 안 되는 거다. 진우는 가장 가까이 있는 좀비의 시체로 다가가서 발목을 잡았다.

"으……."

느낌이 이상하다. 예전에 중년 여자의 시체를 끌었을 때의 촉감과도 다르고, 살아 있는 좀비와 뒤엉켰을 때와도 또 다르다. 양말 아래 발목의 살이 뻣뻣하면서도 뭔가 물컹하다. 자칫 너무 힘을 줬다가는 살점이 뚝 떨어져 나갈 것 같다.

어으, 진우는 인상을 찌푸리면서 좀비의 시체를 잡아끌었다. 질질질, 박살 난 뒤통수가 흔들리고, 잡초 더미에 걸려 튕길 때마다 미쳐 빠져나오지 않은 뇌수가 찐득한 피와 섞여 흘러내린다.

"하아~ 하아~ 개새끼… 넌 진짜… 따라 내려오기만 하면 아주……."

두 번째 좀비의 시체를 끌어오면서 진우는 계속 솟구쳐 오르는 분노를 저격수에게로 돌렸다. 저 망할 놈 때문에 정말 별짓을 다 한다. 아주 돌아버릴 것 같다.

두 번째 좀비는 반바지 차림에 양말도 신고 있지 않다. 어쩔 수 없이 신발 뒤꿈치를 잡았더니, 이내 휙 벗겨져 버린다.

진우는 속으로 욕설을 내뱉으며 첫 번째 좀비의 허리띠를 끌러 진물이 질질 흐르는 좀비의 발목을 묶어서 끌었다.

좀비 시체들을 근처로 끌어온 진우는 일단 확인부터 해보기로 했다.

끄응차, 축 늘어져 있는 시체들 중 더 가벼워 보이는 놈을 골라 바닥에 눕히고 엄폐물이 없는 공간의 수풀을 향해 이를 악물고 두 발로 쭉 밀었다. 바닥과의 마찰 때문에 단번에 밀리지 않고 위아래로 꿈틀대는 모양새가 되었고, 그게 더욱 그럴듯한 움직임을 만들어냈다.

좀비의 머리가 잡초 사이로 밀려 들어가고, 빽빽하게 자라난 풀들이 좌우로 갈라지며 흔들린다고 느꼈을 때, 픽! 좀비의 몸통을 관통한 총알이 잡초 더미들을 뿌리째 날려 올린다.

진우가 서 있는 나무로부터 불과 1미터도 떨어지지 않은 곳이다. 이번에도 총성은 총알보다 약간 늦게 도착했다.

"하아~ 하아~ 보고 있기는 했구나……."

진우는 이마의 땀을 닦아내며 중얼거렸다. 두 가지가 확실해졌다. 하나, 놈은 내가 여기 있다는 걸 알고 기다리는 중이다. 둘, 저 놈의 총은 5.56㎜보다 훨씬 관통력이 뛰어난 총알을 쓴다. 7.62㎜일 거다. 그러니 좀비를 방패로 삼아 앞세우고 이동하는 건 안 된다.

혹시 이걸로 내가 죽었다고 생각해 줄까?

잠시 아주 조금 기대를 하던 진우는 이내 고개를 저었다. 그정도로 바보 같지는 않다. 놈도 나름 긴장해서 보고 있다가 얼결에 방아쇠를 당기긴 했지만, 아마 지금쯤은 엉뚱한 걸 잡았다고 깨달았으리라.

만약 저격수가 저 시체를 정말 나라고 생각했다면 지금쯤에는 확인 사살을 위한 한 발이 더 날아왔어야 한다. 자신이라면 그렇게 했을 테니까.

"좋아, 이제부터가 진짜다……."

진우는 고개를 끄덕이면서 하이바를 벗었다. 안쪽에 붙여뒀던 핑크 펀치의 사진을 떼어내서 접은 뒤, 건빵 주머니 안에 넣은 진우는 자신의 하이바에 입을 맞췄다. 그러고는 그걸 두 번째 좀비의 머리에 씌웠다.

터져서 두개골이 뭉개진 좀비의 머리에 자기 하이바를 씌운다는 게 뭔가 불길한 거 같기도 하고, 그동안 정들었던 놈과 이런 식으로 이별을 하자니 영 기분은 좋지 않지만, 그래도 해야 한다.

안 그러면 다시 되돌아가서 좀비들과 추격대를 다 죽이고 다른 방향으로 달아나야 한다. 46발의 총알만 가지고 있는 상태에서 저격수의 눈을 피해가며 그 일을 다 수행하는 것보다는 하이바에게 안녕을 고하는 편이 훨씬 수월하다.

좀비의 턱에 하이바 끈을 고정시킨 진우는 근처의 풀을 잔뜩 잡아 꺾어서 놈의 웃옷과 등 사이에 꽂았다.

그라아아아—

그렇게 바쁘고 중요한 일을 하는데 또 좀비 새끼들이 찾아왔다.

아, 정말 가지가지 한다.

진우는 저 멀리서 뛰어오는 두 마리의 좀비를 향해 총구를 돌리고 방아쇠를 당겼다.

타앙— 타앙—

좀비들이 풀숲 속으로 고꾸라지는 걸 확인한 진우는 다시 좀비에게 위장 작업을 했다.

"그래, 이만하면 절대 분간 못한다."

썩은 피부가 보이지 않도록 하이바 씌운 좀비의 온몸을 풀로 뒤덮고 나서 진우는 놈의 옆으로 가 허리끈을 잡았다.

끄응차, 진우는 안간힘을 쓰며 들어 올린 좀비를 수풀을 향해 쭉 밀어 넣었다.

하이바를 쓰고 위장을 한 좀비가 잡초 더미 위로 떨어질 때, 파아아앙— 이번에도 여지없이 총성이 울린다. 하이바가 뚫리고 좀비의 목이 반대 방향으로 완전히 꺾였다.

총알이 날아온 걸 확인하자마자 진우는 두 시 방향으로 내달렸다. 저격수가 보고 있는 조준경의 범위 밖이다. 아니, 범위 밖이기를 간절히 바라는 방향이다.

파아아앙—

채 두 걸음을 떼기도 전에 한 번 더 총성이 울린다. 오금이 딱 달라붙을 것 같이 무서운 소리지만, 멈춰 서거나 속도를 죽이지 않고 계속 뛰었다. 놈이 확인 사살을 할 줄은 예상하고 있었다. 그만큼 엄청나게 투자를 해서 만든 리얼한 미끼였으니까.

놈의 조준경이 좀비 시체에 가 있는 동안 약간의 거리를 벌리며 출발한 진우는 10미터 구간의 중간 지점을 돌파했다. 아마 지금쯤은 놈도 주변에 피가 터져 나오지 않았다는 걸 깨달았을 거다. 감적수가 있다면 목표가 저 위에서 뛰어간다고 일러줬을 수도 있고.

진우는 허리를 앞으로 굽히며 전속력으로 내달렸다. 놈의 조준경이 정신없이 흔들리며 자신을 찾고 있는 광경이 상상된다.

하지만 거리는 600미터 이상 벌어져 있고, 놈의 시야는 좁은 조준경 안으로 제한되어 있다. 자존심이 상해서 꽤나 흥분해 있을 테니 살짝만 방향을 틀어도 보이는 경치가 확확 달라질 거다.

기계라면 모를까, 1초 내에 표적을 다시 찾아내서 방아쇠까지 당길 수는 없다. 제발… 없어야 한다! 으아아!

진우는 나머지 절반의 구간을 정말 젖 먹던 힘까지 끌어다 쓰며 달렸다.

파아앙, 파앙, 파앙!

저격수도 어지간히 다급한지, 계속 난사해 대고 있다.

저 개새끼 총은 정확도도 높으면서 연발도 되나 보다!

1초가 이렇게 긴 시간인 줄은 몰랐다. 봉우리의 흰 화강암 재질이 눈에 들어왔을 때, 진우는 최대한 낮고 빠르게 슬라이딩을 했다. 지금쯤은 저격수가 자신의 위치를 찾아냈을 것 같아서였다.

촤아아아—

날카로운 풀들이 얼굴을 스치면서 베어 대지만, 그 느낌조차 좋고 반가웠다.

파아앙!

놈이 마지막으로 쏜 총알은 봉우리의 돌을 깨부쉈다.

딱 진우의 명치 높이 되는 지점이 팍 뜯겨 나가며 자잘한 돌 부스러기가 잔뜩 쏟아져 내린다. 사각 안으로 들어온 진우는 돌

부스러기를 뒤집어쓴 채 얼른 다리부터 배 쪽으로 끌어당겼다.

"하아아~ 하아아~"

진우는 가쁜 숨을 몰아쉬며 바위에 바짝 달라붙었다. 그러고는 고개를 오른쪽으로 돌렸다. 시야에 들어오는 것은 구릉과 숲뿐, 비탈은 더 이상 보이지 않는다. 지긋지긋한 저격수 놈의 총도 이제 더 이상 자신을 위협할 수 없다.

하아아~ 살았다…….

기다시피해서 숲의 안쪽으로 더 들어간 진우는 잠시 눈을 꾹 감고 그렇게 중얼거렸다.

천천히 걸어가며 주변을 둘러보던 진우는 얕은 비탈에 쓰러져 있는 큰 나무를 발견하고 그 뒤에 몸을 숨겼다. 나무 표면에는 이끼가 잔뜩 돋아 있고, 주변은 온통 초록색으로 덮여 있다. 잡초의 키가 자신의 허리보다도 높이 자라 있어서 완전하게 은폐가 가능해 보인다.

좋다. 여기서 기다려야겠다. 맨 앞의 저 봉우리 사이로 가장 처음 들어오는 놈, 딱 두 놈만 잡을 거다. 그런 후, 탄창과 총을 빼앗아서 이 자리를 뜰 거다.

5

쓰러져 있는 나무 아래 엎드린 진우는 잡초 사이로 총구를 내밀고 숨을 가다듬으며 기척을 죽였다. 그가 매복한 장소는 봉우리 입구로부터 60여 미터 더 들어온 지점.

우측으로 비스듬히 꺾여 있어서 정면으로 뛰어 들어오는 놈들이 무작정 쏴대는 총알에 맞을 위험은 없다. 울창한 나무숲도 꽤나 든든한 총알받이다.

그의 우측 바로 옆에는 작은 언덕, 더 멀리까지 가면 커다란 봉우리에 이어진 가파른 절벽이 있다. 웬만큼 숙련된 산악인이 아니라면 오르지 못할 것 같은, 험한 산세다.

왼쪽으로는 울퉁불퉁한 언덕이 넓게 펼쳐져 있고, 그 끝은 맞은편의 완만한 산기슭과 이어진다. 녹색 풀들 사이로 입구를 노려보며 진우는 땀을 훔쳤다.

찌르륵, 쨱— 쨱— 찌르르륵—

숲의 이편에서는 평화롭게 새가 울고, 저편에서는 총소리와 고함이 점점 가까워진다.

조금 전까지 표적이었던 진우는 이제 저격수로 변신해서 숨어 있고, 저 바위 봉우리를 왼쪽으로 끼고 들어올 누군가가 표적이 될 것이다.

두 명의 표적. 불과 60미터. 노쇠하고 닳아버린 자신의 K—2라고 해도 절대 놓칠 일이 없는 거리였다. 살았다는 안도감이 조금씩 분노로 변하며 머리를 뜨겁게 했다.

그의 분노 중 대부분은 자신을 이 어딘지도 모르는 사지까지 끌고 온 그 중위나 소령이 아니라, 저격수를 향한 것이었다. 몸 위로 떨어져 내리던 화강암 부스러기들……. 죽음이 바로 그의 곁을 스쳐 갔다.

좀비 세상에서 죽을 뻔했다는 게 뭐 그리 새로운 경험인가 하겠지만, 저격수의 총알에서 진우는 분명한 악의와 오만함을 느낄 수 있었다.

좀비들과 싸울 때는 느껴본 적이 없는 종류의 감정이다. 저격수는 자기 목숨을 내걸지 않은 채 아주 먼 곳에 숨어서 진우의 생명을 조롱했다. 당연히 그런 짓을 한 놈에게 복수를 하고 싶다. 놈이 자신을 깔본 대가를 치르게 하고 싶다.

하지만 저 봉우리를 돌아 들어오는 맨 앞의 두 놈 중에 저격수가 포함될 확률은 지극히 낮아 보인다. 아예 없다고 보아도 좋다. 앞장서서 달려가다가 가장 먼저 총알을 맞고 쓰러지는 것은 언제나 자신과 같은 평범한 병사들 몫이니까⋯⋯. 그러니 진우가 꿈꾸는 복수는 실현되기가 어렵다. 그것이 진우를 더욱 화나게 만들었다.

"진정해라, 진정. 그 새끼 하나 잡는다고 세상이 정의로워지는 것도 아니고, 뭔가 확 바뀌지도 않아. 그러니까 진정하고 네할 일 깔끔하게 하고 여기서 뜨자."

진우는 놈에 대한 복수심으로 이글거리는 자신을 달랬다. 이성적으로, 가장 합리적이고 생존 확률이 높은 방향으로⋯ 진우는 고개를 끄덕이며 결심을 다잡았다.

망설이지 마라. 지금 네가 하고 있는 건 전쟁이다. 사람을 함부로 죽이지 않겠다는 얄팍한 소리 따위는 꺼내지도 마라. 하중위를 능욕했던 탈영병들부터 오늘의 교전까지⋯ 너는 이미 많은 사람에게서, 한 손으로는 다 세지도 못할 만큼 많은 사람에게서 생명을 빼앗았다.

상대방도 마찬가지다. 너와 함께 트럭을 타고 왔던 수많은 병사들 전부가 저놈들 중 누군가가 쏜 총알에 의해 고통을 받다가 죽어갔다. 총을 사람에게 겨눈 그 시점부터, 빠르고 정확하고 더 독한 놈만 살아남는다는 사악한 계약에 서명을 한 거나 다름없다.

그렇게 스스로를 쉼 없이 채찍질하고 있던 진우의 시선에 좌측 언덕의 수풀 사이를 헤치고 이쪽으로 가까워지는 일군의 형체들이 들어왔다. 거리는 200 이상. 여섯 마리의 좀비다.

이동하는 속도가 느릿한 걸 보면 아직 자신의 존재를 눈치채진 못한 것 같다. 그저 불길이 올랐던 때의 그 열기에 홀려 멀리서부터 이 부근까지 와버린 좀비들이다.

하지만 깨끗이 무시할 수만은 없는 게, 놈들은 지금 진우와 봉우리의 중간 지점을 향해 걸어오는 중이다. 여기까지 도달했을 때, 과연 놈들이 어느 쪽으로 갈 것인지 전혀 예측이 불가능하다.

제일 좋은 건 이제 불도 다 꺼졌을 테고 열기도 사라졌을 테니 미친 척하고 휙 돌아서 얌전히 사라져 버려주는 건데, 지금 놈들의 분위기를 보면 그래주지 않을 듯하다.

덕분에 진우는 봉우리 쪽에도 주목하고 있으면서 동시에 저 좀비 놈들을 어떻게 해야 할지까지에 대해서도 신경 써야 하는 상황에 빠졌다. 만약 놈들이 너무 접근해 와서 사격으로 처리해야 한다면, 그때는 또 위치를 적에게 들키게 된다.

어쩔까 고민하고 있는 동안, 봉우리 쪽에서 병사 셋이 뛰어들어왔다. 모두들 어지간히 어리바리한 자세와 몸짓이다.

휙— 바람이 불어 전방의 수풀이 흔들리자마자 셋 중 한 놈이 곧바로 그쪽으로 총구를 돌리고 3점사를 퍼붓는다.

투투둑, 투투둑, 투투둑.

놈을 제외한 두 병사는 총소리가 울리자마자 납작 엎드리며 같은 방향을 향해 일제히 사격을 시작했다. 잠시 후, 그들이 방아쇠에서 손을 뗐을 때, 타아아아아아앙—! 마지막 발의 긴 메아리가 화약 냄새와 함께 숲을 가득 메웠다.

"자세 낮춰! 뭐, 뭐야? 뭘 쏜 거야?"

"잘, 모르겠습니다……. 전방에 뭔가가 휙 움직이긴 했는데 말입니다."

맨 처음 총을 쏜 놈이 엉거주춤하게 허리를 굽힌 채 전방을 손가락으로 가리켰다.

"그래? 맞춘 건가? 너 맞췄어?"

"그, 그것도 모르겠습니다. 제 딴에는 잘 쏜다고 쏜 건데, 확인을 해봐야 할 것 같지 말입니다."

총소리가 윙윙 울리고 거리까지 있어서 두런거리는 말소리가 정확히 들리지는 않지만, 대충 그런 대화처럼 짐작되었다.

세 놈은 허리를 낮추고 잔뜩 긴장한 채 숲의 안쪽으로 걸어 들어왔다. 놈들의 위치도, 사격한 목표 지점도 모두 진우가 매복한 장소와는 거리가 좀 된다.

진우는 수풀 사이로 놈들이 접근해 오는 모습을 빤히 내려다보고만 있었다. 논리적으로는 지금 방아쇠를 당기지 않아야 할 이유가 전혀 없다.

지금 저 셋을 먼저 처치하고 그들의 탄창을 획득한 다음, 좀비들까지 마저 처리하고 후속 병력이 도달하기 전에 이 숲을 떠나면 끝이다.

그런데 진우는 도저히 그렇게 할 수가 없었다. 셋 중 맨 끝에 선 병사의 얼굴 때문이다. 순진해 보이는 인상에 둥근 안경. 삼척에서 함께 분대를 이뤘던 강 일병님과 정말 닮았다. 얼굴뿐 아니라 체형이나 몸짓도 얼마나 유사한지, 강 일병의 친형제라고 해도 아무 의심 없이 믿을 수 있을 수준이다.

헉, 학, 뒤쪽에 처진 강 일병의 클론은 긴장한 표정으로 거친 숨을 몰아쉬며 나무와 잡초들 사이를 헤치고 들어온다. 나머지 두 놈도 긴장한 표정으로 주변을 살피며 천천히 전진하고 있다. 그러는 동안에도 진우의 시선은 강 일병 클론에게 고정되어 있다.

폭풍 속에서 삼척 원전 방어대가 궤멸되던 밤, 그는 강 일병에게 빚진 감정들이 좀 있다. 자신이 밀어 치는 바람에 나뭇가지에 팔이 찢겼던 강 일병……

좀비들의 습격에서 김 상병을 먼저 구했을 때의 미안함, 그리고 거의 마지막까지 살아남았던 강 일병은 지하 통로로 들어가기 직전, 좀비들을 저지하다가 그놈들에게 덮쳐졌었다. 그 가여운 마지막 모습……

조금 전까지 분노로 가득 차 있던 진우의 가슴이 연민 때문에 혼란스러워진다. 방아쇠를 당기는 것이 생각했던 것처럼 쉽지 않다. 저 녀석은… 차마 못 죽일 것 같다. 놈들이 차라리 되돌아갔으면 좋겠다.

그리고 동시에 또 한 가지가 이해되지 않았다. 이 세 놈, 그 누구도 자신들의 오른쪽에서 가까워져 오는 좀비 무리들에게 신경을 쓰지 않고 있다. 오로지 조금 전 쏴댔던 그 잡초 더미에 만 온 관심이 집중되어 있는 모양이다.

'…모르고 있나? 설마… 이렇게 악취가 진동을 하는데?'

부쩍 가까운 곳까지 다가온 좀비들은 언덕의 아래쪽에서 걸어 올라오고 있다. 거리는 이제 불과 70미터 정도. 세 명의 추격대가 선 위치에서 우측 하향으로 고개를 돌리면 발견할 수 있는 각도다.

그런데 지금 이 세 놈은 잔뜩 자세를 낮춘 채 전진하고 있으니 아래쪽이 더 잘 안 보일 것이다. 이대로라면 좀비들은 셋의 뒤를 치게 된다.

'미치겠군. 저 얼굴이 좀비에 물려 죽는 광경을 두 번이나 보기는 싫은데…… 이쯤 다가왔으면 알아채라, 좀!'

진우가 입술을 깨물었다. 하지만 간절한 바람이 무색할 정도로 세 놈의 신경은 무뎠고, 이후로 10초 이상 사방으로 고개를 돌리면서도 반드시 보아야 할 우측 후방만은 무시하였다.

진우로서는 보기 영 갑갑하고 기분 좋지 않은 상황이지만, 그렇다고 이쪽에서 먼저 위치를 드러내 가며 '거기, 좀비 조심해!' 라고 외칠 수도 없는 노릇이었다. 그랬다가는 저 떨떨한 놈들이 깜짝 놀라 진우를 향해 총알 세례를 퍼부어 댈 테니까. 그래서 결국 좀비들의 아주 공개적이면서도 느린 습격은 성공을 거뒀다.

그롸아아아!

세 병사보다 먼저 상대방의 존재를 알아챈 좀비들이 괴성을 내지르며 언덕을 뛰어오른다. 아직도 거리는 꽤 되니까 침착하게 대응하기만 하면 제압하는 데 문제는 없다. 물론 침착하게만 대응하면…… . 그러나 세 녀석은 다 침착하지 않았다.

"으아아아!"

세 사람 모두 비명과 함께 뒷걸음질을 치면서 총구를 돌려 사격을 개시했다. 조금 전까지 자신들이 개인화기로 무장한 패잔병을 뒤쫓고 있었다는 걸 새까맣게 잊기라도 한 듯 요란스럽고 부주의한 행동이었다.

게다가 명중률도 정말 형편없다. 가만히 서서 조준을 해가며 쏜다면 충분히 다 잡고도 남을 만큼 여유가 있는데, 울퉁불퉁한 산길을 뒷걸음질 쳐가며 쏴대는 바람에 정확도가 확 떨어졌다.

투투투— 투투둑— 투투둑— 투두둑—

계속 3점사를 퍼부어 대는데도 어찌 된 게 여섯 마리 중에 네 마리나 언덕을 다 기어 올라와 버렸다. 그중 세 마리는 총알에 단 한 발도 스치지 않아 멀끔하다.

그롸아아악—

좀비들은 포효와 함께 군인들을 덮쳤다. 세 병사는 필사적으로 재장전을 하고, 또 총알을 퍼부어 댔지만, 별 실효를 거두지 못했다.

파바박, 어깨와 팔을 맞은 좀비가 뒤로 쿵, 밀려났다가 다시 비틀거리며 일어나는 동안, 세 마리가 덮쳐든다.

투투둑, 한 마리가 다시 골반에 커다란 구멍이 뚫린 채 뒤로 날아갔다. 하지만 여전히 두 마리의 속도는 줄지 않았고, 나머지 두 마리도 온전하게 처리한 게 아니었다.

전세는 완전히 병사들의 열세로 기울었다.

피잉— 피잉—

빗나간 총알이 좀비 뒤쪽의 나무에 생채기를 낸다. 거리가 줄어들수록 병사들의 손과 그들이 들고 있는 총구는 격하게 떨려 댄다.

밀린다. 언덕의 경사로를 뛰어 올라오는 동안에도 제대로 제압하지 못했으니 빠른 속도로 평지를 달려오는 놈들에게 밀리는 건 당연하다고도 할 수 있는 일이다.

"으으… 으으으… 하아……."

병사들의 긴장된 숨소리가 멀리 숨어 있는 진우에게까지 고스란히 들릴 만큼 커졌다. 당연히 행동에도 실수가 따랐다. 턱, 뒷걸음질을 치다가 나무뿌리에 걸린 가운데 놈이 비명을 내지르며 뒤로 벌렁 넘어간다. 좀비들은 녀석의 몸 위로 덮쳐들었다.

"아아악! 끄윽!"

좀비는 총신을 잡은 병사의 왼팔을 꽉 깨물고 좌우로 마구 흔들어 댔다. 녀석에게 어깨를 잃은 좀비도 뒤늦게 합류해서 첫 번째 희생자의 다리를 물어뜯는다.

끄아아—

비명을 내지르던 병사가 방아쇠를 당겼다.

투투둑, 투투둑.

정확하게 겨냥되지 않은 총알이 사방으로 날아간다. 하지만 세 번째 좀비가 달려와 녀석의 오른 손가락들을 와자작 씹자 총소리는 이내 멎어버렸다.

까끄작— 꽈드득—

꿀럭— 꿀쩍—

찌이익—

솟아오르는 붉은 피와 함께 기분 나쁜 씹는 소리가 숲 속에 울린다.

"오 상병님!"

강 일병 클론이 울먹거리며 주변을 둘러본다. 그의 왼편에 서 있던 세 번째 병사는 이미 응전을 포기하고 봉우리 쪽으로 뒤돌아 저 멀리 달아나는 중이다.

그으으으, 네 번째 좀비가, 그러니까 골반에 총알을 맞아 엉망으로 부서진 네 번째 좀비가 덜렁거리는 다리를 질질 끌면서 앞으로 몸을 굽힌 채 세 발로 강 일병 클론을 향해 달려오고 있다. 중심이 맞지 않아 계속 몸이 흔들리는 기묘한 자세다.

"어어어—! 으어어!"

혼자 남은 강 일병 클론은 어쩔 줄 몰라 하며 계속 방아쇠를 당기고 뒷걸음질을 친다. 하지만 골반 날아간 좀비의 그 기묘한 들썩거림은 자연스러운 회피 동작이 되어 가뜩이나 부정확한 총알들을 모두 흘려 버렸다. 단 한 발만이 놈의 쇄골과 어깨 사이를 맞췄다. 좀비가 푹 앞으로 고꾸라진다. 이제 녀석은 두 발만으로 내달려야 할 것이다.

타타탕—

세 발을 더 쏘자 탄창이 바닥났다. 강 일병 클론은 '으아! 아!' 탄성을 질러가며 달아나다가 탄창을 빼고 전술 조끼에 손을 뻗는다. 그러는 동안에도 빈 탄창이 무슨 중요한 물건인 듯 왼손 끝에 꼭 쥐고 있다. 당황스러워 어쩔 줄을 모르겠는 모양이다.

꽈그작— 꽈드득— 꿀쩍— 우드득—

이쪽에서 난리가 나거나 말거나 세 마리의 좀비는 여전히 오 상병의 몸을 한 부분씩 차지한 채 성찬을 즐기고 있다. 두 팔과 다리가 피투성이로 변한 첫 번째 희생자는 거의 의식을 잃은 채 이따금씩 경련을 하는 것으로 아직 실낱같은 숨이 붙어 있다는 걸 알려주었다.

그르르르—

계속 허물어지던 네 번째 좀비가 겨우 두 발로 중심을 잡고 일어서려 한다. 그사이 뒤늦게 깨닫고 빈 탄창을 바닥에 버린 강 일병 클론은 새 탄창을 장착하려다가 뜨거운 총열에 손을 댔는지 화들짝 놀란다. 그러는 바람에 탄창은 잡초 더미 사이로 떨어졌다.

급하니까 일단은 다시 새로운 탄창을 뽑아 쓰고 일을 다 처리하고 난 다음 떨어뜨린 걸 주우면 될 텐데, 클론은 그 반대로 행동했다. 놈은 당황해하는 얼굴로 허리를 굽힌 채 풀숲 사이에서 탄창을 집어 올리려고 애를 썼다.

그롸아아아—

좀비가 그런 걸 봐줄 리가 없다. 겨우 팔 하나와 다리 하나로 몸을 추스를 수 있게 된 네 번째 좀비가 쓸 수 없게 된 팔다리 대신 대각선 방향으로 붙은 한쪽 팔과 다리를 기묘하게 질질 끌고 강 일병 클론에게 다가간다.

으어어! 탄성을 내지르며 겨우 탄창을 집어 올린 클론은 또 그걸 제대로 끼우지 못하고 떨어뜨렸다. 쫓아오는 놈이 워낙 느리니까 그깟 탄창 하나 포기해 버리고 틈이 있을 때 도망가 버리면 될 텐데, 그 정도도 생각이 미치지 않는 모양이다. 이러다가는 이제 정말 죽을 일만 남았다.

그 꼴을 더 이상 못 봐주겠어서 진우가 끼어들었다. 진우는 풀숲 사이로 겨냥하고 있던 총구를 좀비의 머리통에 조준하고 방아쇠를 당겼다.

퍼억—

뒤뚱거리며 기어오던 좀비의 머리통이 터지면서 뒤로 확 젖혀진다.

어! 강 일병 클론이 깜짝 놀라 뒤를 돌아보는 사이, 진우는 벌떡 몸을 일으켜 놈에게 뛰어갔다.

그러고는 아직도 탄창을 장착하지 못한 강 일병 클론의 뒤축을 걸어 바닥에 넘어뜨려 버렸다. 엉덩이를 뒤로 빼고 있던 클론은 맥없이 나뒹군다.

좀비에 이어 이번에는 자신이 쫓던 패잔병까지. 예상치 못했던 진우의 등장에 안경 너머 클론의 눈은 더욱더 큰 공포에 빠졌다. 진우는 놈의 총을 밟아 뒤쪽으로 밀어 치워 버리고 총구를 강 일병 클론의 턱에 바짝 겨눴다.

"덤빌 생각 마. 네가 뭘 하든 내 손가락이 더 빨라."

강 일병 클론은 땀을 줄줄 흘리며 고개를 끄덕였다.

꽈드득, 우드득.

20여 미터 떨어진 곳에서는 아직도 좀비들이 식사에 여념에 없다. 클론의 눈동자가 그쪽으로 돌아간다. 충격적인 장면을 보자마자 녀석이 옹알이하듯 웅얼거린다.

"조… 좀비가……."

클론이 떨리는 손으로 좀비 세 마리를 향해 손가락질하는 걸 무시하고 진우는 자기 할 일을 했다.

"탄창 다 빼. 천천히! 천천히 빼서 내 발밑에 던져."

명령이 떨어지자 강 일병 클론은 더듬거리며 탄창들을 빼내 진우가 시키는 대로 던졌다.

툭, 툭.

녀석의 전술 조끼에는 세 개의 탄창이 남아 있었다. 강 일병 클론이 탄창을 다 빼내자 진우는 녀석에게 다시 명령했다.

"엎드려. 머리에 깍지 껴. 두 다리 벌리고."

꽈드득, 꿀럭, 쩝쩝.

살과 뼈를 씹고 삼키는, 게걸스러운 소리.

"끄으으으."

희생자의 마지막 단말마.

강 일병 클론은 어쩔 수 없이 시키는 대로 하면서도 한 번 더 애원하지 않을 수 없었다.

"흐으으~ 조, 좀비가……."

때마침 씹어 삼키는 소리가 뚝 끊어졌다. 희생자가 죽어버린 것이다. 세 마리의 좀비는 약속이라도 한 듯 거의 동시에 피가 잔뜩 묻은 얼굴을 들고 진우와 클론을 돌아본다.

그르르르

놈들의 시뻘건 주둥이가 벌어지며 낮게 그렁거리는 울림이 터져 나왔다. 녀석들이 진우를 향해 뛰어들기 위해 일어섰다.

탕— 탕— 타앙—

진우는 한 걸음 물러나며 빠르게 네 발을 발사했다. 그러고는 곧바로 다시 총구를 클론 쪽으로 돌렸다.

풀썩. 세 마리의 좀비가 풀숲 위에 쓰러져 뒹군다. 네 발째 총알은 좀비에게 물려 죽은 병사의 미간을 관통했다. 클론은 순식간에 머리가 꿰뚫린 좀비들의 시체를 보며 벌어진 입을 다물지 못했다.

그렇게 강 일병 클론의 얼이 빠져 있는 동안 진우는 놈이 던진 탄창 세 개와 아까부터 제대로 끼우지 못한 탄창 하나를 집어 들었다. 진우가 놈의 얼굴이 보이는 쪽으로 돌아가서 물었다.

"너, 나 알아?"

클론은 겁먹은 눈으로 고개를 젓는다.

당연히 모르겠지. 서로 부대가 완전히 다른 졸병들끼리 알 일이 있나.

진우는 놈에게서 눈을 떼지 않은 채 탄창을 전술 조끼에 끼워 넣으면서 다시 물었다.

"누군지도 모르는 놈인데 왜 이렇게 목숨 걸고 맨 앞에서 쫓아와?"

"전원 섬멸이 목표니까⋯ 반드시⋯ 잡으라고 해서⋯⋯."

클론이 시선을 바닥에 떨군 채 힘없이 말했다.

후우~ 진우는 한숨을 쉬며 나무 옆으로 고개를 빼서 봉우리 쪽을 돌아봤다. 새로 들어서는 병사의 모습은 아직도 눈에 띄지 않는다.

진우는 좀비에게 물려 죽은 병사 쪽으로 걸어가서 그의 예비 탄창 세 개도 챙겼다. 제자리로 되돌아온 진우는 무릎을 굽혀 클론에게 얼굴을 바짝 가져다 댄 후 말했다.

"시켜서 마지못해 하는 일이면 그냥 하는 척만 해도 돼. 몸을 좀 사리라고. 알겠어?"

강 일병 클론은 고개를 끄덕인다. 진우는 녀석의 얼굴로 왼손을 뻗었다. 진우의 손이 다가오자 놈은 눈을 꾹 감고 진저리를 친다. 무슨 해코지라도 당할 거라 생각했던 모양이다. 진우는 그의 코끝까지 흘러 내려와 있는 안경을 톡 쳐서 제자리로 올려주며 경고했다.

"또 마주치면 죽일 거야. 농담 아니니까 잘 생각해서 결정해. 숨어 있든가, 따라오든가."

말을 마치자마자 진우는 강 일병 클론의 총을 들어 좀비가 왔던 숲 쪽으로 힘껏 던졌다. 그러고는 그와 직각인 봉우리 방향을 향해 탄창 하나를 집어 던졌다. 조금 전, 클론이 계속 제대로 끼우지 못하고 떨어뜨리던 그 탄창이다.

어, 어⋯ 자신의 총과 탄창이 분리된 채 각기 다른 두 방향으로 날아가는 것을 보며 강 일병 클론은 당황한 신음을 흘렸다.

그러거나 말거나 진우는 녀석을 내버려 두고 뒤돌아 달렸다. 발소리에 놀라 고개를 한 번 움츠렸던 클론은 진우가 멀어져 가는 것을 확인하고 황급히 일어나 총이 날아간 언덕 아래를 향해 뛰어갔다.

'총을 먼저 집는구나. 이제 탄창을 찾아 그 방향 그대로 너희 편 찾아가라.'

클론이 네 발로 기다시피 하며 총이 날아간 언덕 아래로 뛰어 내려가는 걸 보며 진우는 생각했다. 진우는 놈이 도망가 주기를 바라고 있었고, 그래서 의도적으로 탄창을 봉우리 쪽으로 던져 버렸다. 거기까지 도달했으면 뒤도 돌아보지 말고 봉우리 너머로 자신의 동료들을 찾아가면 된다.

"너는 너고, 내 문제가 어쩌면 더 크니까……."

진우는 봉우리 반대 방향의 숲 속으로 들어가 수풀을 헤치며 계속 빠르게 걸었다. 몇 개의 꼬불꼬불한 작은 비탈을 넘고 언덕 위에 올라선 진우는 나무 사이에 숨어 슬쩍 뒤를 돌아봤다.

클론은 아직도 탄창을 찾지 못했는지 구부정하게 허리를 굽힌 채 풀숲 위를 서성거리는 중이었다.

진우는 혀를 찼다. 이렇게 전쟁에 휘말려 버렸으니 저놈도 저 정도 감이나 실력으로 오래 살아남기는 텄다. 하지만 지금 당장은 주변에 별다른 위험이 없으니 저대로 내버려 둬도 될 것 같다. 이제 더는 강 일병 클론에게 관심을 두지 말자고 다짐하면서 진우는 다시 나무 사이로 내달렸다.

6

"하아~ 하아~ 큭, 컥! 컥!"

그렇게 험한 산속으로 점점 더 깊숙이 들어가며 언덕을 오르고, 다시 바위를 타 넘고, 나무 사이로 뛰어오르던 진우가 큰 바위 뒤에 주저앉았다.

목이… 갈증이 너무 심하다. 이건 껌을 씹는 정도로는 어떻게 해결될 것 같지가 않은 수준까지 왔다. 계속 기침이 나온다. 하지만 물은 없다.

진우는 줄줄 흘러내리는 땀이라도 핥아볼까 싶어서 바짝 말라 갈라지기 직전인 혀를 날름거렸다.

진우는 손을 뻗어 주변의 이름 모를 꽃들을 훑었다. 그러고는 그 연한 이파리들을 입에 넣고 씹었다. 혹시라도 단물이 좀 나오지 않을까 했는데, 그냥 쓰기만 존나게 쓰다.

윽, 진우는 인상을 찌푸리면서도 그 쓰고 떫은맛 덕에 침이 돌 때까지 꽃잎을 계속 질겅거렸다. 그러고는 땀으로 범벅이 된 몸을 억지로 일으켜 세웠다. 더 쉬고 싶지만, 아직은 안전하지 않다.

조금 높은 곳에 올라 후방의 시야가 확보될 때마다 진우는 뒤를 돌아보며 혹시 후발 추격대가 도착하지는 않았는지 확인했다. 그리고 그럴 때마다 봉우리 주변에는 아무도 없었다.

하는 척만 하라던 조언을 그 클론이 알아먹은 걸까?

적어도 동료들을 불러오지 않은 것만은 확실해 보인다.

깊숙하게 들어오면서 산세는 급격하게 험해졌다. 봉우리 지나서 나타났던 그 완만한 평지가 거짓말인 것 같다.

끄응~ 나무를 잡고 비탈을 오르는 진우의 입에서 저절로 앓는 소리가 터진다. 그리고 이 깊은 산속에 왜 그리 올무는 많은지, 그 가느다란 철사를 피해 다니는 것도 꽤나 신경이 쓰이는 일이었다.

시야를 가리는 게 없는 평지였다면 휙휙 넘어가 버릴 수 있겠지만, 온갖 풀들이 가슴 높이까지 자라 있고 낙엽도 발목을 덮는 이런 깊은 산에서는 이야기가 다르다.

"밀렵꾼 개새끼들……."

진우는 길게 쳐진 철사를 넘어가며 욕설을 내뱉었다. 뭔가가 발목에 걸린다 싶었을 때, '풀이겠지' 하고 그대로 다리를 뻗으면 확 당겨지는 구조다. 일단 올무가 조여지면 총 말고는 아무 이렇다 할 도구가 없는 진우로서는 정말 큰 고생을 해야 할 것이다.

그래도 몇 번 위험한 상황을 직접 겪어보고 나니 어느 정도 요령이 생겼다. 나무 사이의 간격이 노루 정도가 지날 수 없을 만큼 좁은 곳에는 올무도 없다.

그리고 다니기 더 편한 길목에 올무가 숨겨져 있다. 올무 주변에는 꺾인 나무가 보인다. 그리고 이런 모든 요령이니 식별보다 지팡이로 먼저 짚고 훑어가며 지나는 게 제일 효과적이라는 걸 배웠다.

"후우……."

긴 나뭇가지를 꺾어 지팡이로 삼고 수풀을 흩어가며 걷던 끝에 드디어 능선에 도착한 진우는 잠시 멈춰 서서 뒤를 돌아보았다. 어느새 그는 꽤나 멀리까지 왔다. 등 뒤로 보이는 봉우리는 이제 250사로보다 훨씬 더 멀게 보인다.

능선 너머에서 그를 기다리고 있는 것은 길게 이어진 좁은 협곡이다. 자동차 한 대나 겨우 지날 수 있을까 싶을 만큼 폭이 좁고 완만한 내리막길인데, 그마저도 드문드문 솟아 올라와 있는 바위 때문에 훤히 뚫려 있지는 않다. 양쪽으로 높게 솟은 언덕은 쉽게 기어오를 수 없을 만큼 가파르다.

그런 형태의 협곡이 아주 완만한 내리막 경사와 곡선을 이루며 길게 뻗어 있다. 다시 말해 일단 저기로 들어가기만 하면 이 길고 짜증스런 추격전도 끝이다.

100명이 쫓아온대도 저 협곡 안에 들어선 순간, 4열 종대로 스물다섯 줄을 만들어 전진하지 않으면 안 된다. 누군가 언덕 위쪽에서 매복하고 있다가 수류탄이라도 한 발 던지고 난사하면 순식간에 절반 이상이 궤멸되기 딱 좋은 구조였다.

그러니 저런 곳에까지 추격대를 내려보내는 미친놈은 없을 것이다. 아무리 일반 병사 알기를 우습게 여기는 지휘관이라고 해도 마찬가지다. 설사 보낸다고 해봤자 포위당하는 게 아니니 별로 두려워할 이유도 없고.

후우~ 진우는 안도의 한숨을 내쉬었다.

그래, 이젠 다 끝났다.

최고로 좋은 하루도 아니었고, 계획했던 것과는 완전히 다르게 흘러간 한나절이지만, 그래도 아직 살아 있어… 싸울 수 있는 실탄도 손에 넣었고…….

가슴에 꽉 차 터질 것 같은 불만과 답답함을 달래기 위해 진우는 최대한 긍정적인 생각들을 하려 노력했다.

능선 아래로 내려가기 전에 진우는 마지막으로 한 번 더 자신이 왔던 길을 되돌아보았다. 그리고 그걸 보고 말았다. 봉우리 안쪽에 병사들 한 무리가 도열해 있고, 그 맨 앞으로 사제 방탄조끼를 입고 긴 소총을 멘 놈이 나선다.

놈들을 보자마자 진우는 얼른 몸부터 숨겼다. 저격수다. 꽤 먼 거리에서도 확연히 구분될 만큼 놈의 사제 조끼 색깔과 긴 총열이 띈다.

너, 너… 이 새끼!

진우는 눈에서 불이 확 이는 것 같았다.

진우는 수풀 뒤에 몸을 숨긴 채 계속 놈들의 움직임을 살폈다. 사실 자신은 그냥 이 고개 아래로 내려가 산속으로 사라져버리면 그만이다. 그러면 저놈들이 쫓아오든 말든 더 부딪칠 일도 없고, 위험할 일도 없다.

이만큼의 거리를 확보했으니 이 넓은 산속에서 그를 다시 찾아낸다는 건 불가능에 가깝다. 게다가 정말 만약에 소수 병력이 협곡까지 따라온대도 두려워해야 하는 건 오히려 저놈들 쪽이다.

그런데… 왜 이렇게 가만히 여기 엎드려서 저놈들을 노려보고 있는지 묻는다면, 설명하기는 어려웠다. 하여간 뭔가가 진우의 가슴을 뜨겁게 만들어 발을 뗄 수 없게 했다.

'두 개 분대는 넘어 보이는데… 그럼 지원 병력이 추가로 온 건가…….'

병사들의 머릿수를 헤아려 보며 진우는 생각했다. 아까 도로 위에서 시체들을 확인하던 병력보다 지금이 더 많다. 놈들은 그 자리에 서서 좌우를 둘러보고 있다. 아마 '골치 아픈 패잔병 한 놈'이 어디로 도망갔을지 그 방향을 찾는 모양이다.

잠시 후, 추격대는 세 개의 그룹으로 나뉘어졌다. 제1대는 아까 여섯 마리 좀비가 걸어왔던 언덕 방향으로, 제2대는 그 반대 쪽으로 봉우리를 끼고 위쪽으로 이동한다.

마지막으로 제3대는 진우가 왔던 길 쪽으로 움직이기 시작했다. 진우가 눈독을 들이고 있던 저격수가 공교롭게도 이 제3대에 끼어 있다.

놈이 댓 명의 병사와 함께 숲 안쪽으로 들어오는 모습을 보자 진우는 자신이 왜 그냥 가버리지 않고 여기서 지켜보고 있는지를 깨달을 수 있었다.

아마 저격수가 다른 방향으로 가는 수색대에 끼었다면 그 역시 미련을 두지 않고 협곡을 향해 떠났을 것이다. 하지만 그는 복수를 원하고 있었다. 그리고 지금 그 기회가 왔다.

진우는 지팡이를 그 자리에 눕혀두고 힘들게 올라왔던 길을 조심조심 다시 내려가기 시작했다. 놈의 강점은 긴 사거리와 저 고배율 조준경이다. 그러니 미리 가서 전략적 우위에 있는 장소를 선점하고 조준경이 없는 자신이 육안으로 겨룰 수 있을 만큼의 거리까지 끌어들인 후, 저 밉살스러운 놈을 끝내 버리리라.

촤아아아—

시간을 단축하기 위해 내리막길을 미끄러질 때마다 낙엽과 풀들이 눕는다. 진우는 최대한 조용히, 그리고 기척을 죽인 채 산길을 미끄러져 내려갔다.

'복수의 기회'라는 어휘를 떠올리는 것만으로도 가슴이 두근거린다. 아직 멀쩡히 살아 있으면서 무슨 복수 타령이냐고 묻는다면 이렇게 대답해 주겠다.

만났던 모든 사람들이 자신을 공격하기만 했던, 이 기분 나쁜 하루를 그냥 이대로 흘려 버리기는 싫다. 이럴 때조차 화 한 번을 내지 못하고 무작정 도망만 쳐야 한다면 그건 숨을 쉬고 있어도 이미 살아 있는 게 아니다. 그리고 그 분노를 쏟아부을 만한 대상으로는 저놈이 가장 적합하다. 아직 살아 있는 놈들 중에서는.

추격대와의 거리를 좁히며 진우는 어떻게 싸울 것인지를 정리했다. 수많은 사투를 헤쳐 나왔다고는 하지만, 자신은 사람 대 사람의 전투에 대해서 잘 모른다.

반면, 적은 전술 교범이랄지 암살, 저격 따위를 전문가 레벨로 숙지한 놈이다. 장비도 그렇고, 동료의 화력지원도 그렇고, 여러 면에서 이 싸움은 자신이 불리하다.

하지만 저격수는 지금 조급할 것이다. 착용한 장비가 말해주듯 놈은 엘리트 군인이고, 오늘 진우는 놈의 총알을 피하며 그 엘리트의 단단한 자존심을 몇 번이나 상하게 만들었다.

그게 이 싸움에서 진우가 확보해 놓은 심리적 자산이자 중요한 이점이었다. 놈이 서두르는 마음, 약이 올라 평정이 흔들리는 그 상태를 파고들어야 한다.

10분여를 더 내려간 진우는 비교적 높고 가파른 언덕 위에 자리를 잡고 천연 참호 뒤에 몸을 숨겼다.

그 자리를 고른 이유는 몇 가지가 있다. 아래에서 올라오는 추격대는 완만한 산길을 지그재그로 한 번 왕복해야만 그가 있는 곳까지 닿을 수 있다.

직선으로 오고 싶다면 급격한 경사로를 60미터 이상 뛰어 올라와야 하는데, 그건 그냥 죽여 달라고 도발하는 것이나 다름없는 짓이다. 여기는 좀비들도 돌아다니지 않을 만큼 가파른 언덕이다.

그리고 아주 중요한 또 한 가지 장점을 꼽자면, 이 언덕은 저격수를 잡은 다음 빠져나가기 좋도록 뒤로 이어지는 길목이 튀어나온 바위와 나무로 잘 가려져 있다. 여차할 때 도망을 칠 수 있다는 건 정말 큰 강점이었다.

"후우~ 후우~"

진우는 호흡을 가다듬으며 잡초들 사이에 숨어 아래쪽을 노려봤다. 슬슬 나타날 때가 되었다. 하이바가 없지만, 어차피 풀이 높이 자라 있어 가려준다. 그리고 놈이 쏘는 7.62㎜탄은 하이바를 쓰고 안 쓰고에 상관없을 만큼의 관통력을 가지고 있다.

잠시 후, 억! 하는 소리가 작게 들려오고, 멀리 녹색 덤불이 흔들린다. 왜 그런 소리가 나는지, 그 소리가 난 지점이 어디쯤인지 진우는 잘 안다. 누군가 올무에 걸린 거다. 몇 십 분 전, 진우도 저기에서 아슬아슬하게 올무를 피했었으니까.

'좀 더 와. 무서워하지 말고.'

막연하나마 한 지점을 특정할 수 있게 된 진우는 가늠자를 천천히 그 방향으로 돌렸다. 머릿수 하나가 아쉬운 상황이니, 이제 놈들은 어떻게든 그 올무를 풀어낼 것이다. 그리고 잠시 후에는 저기 보이는 나무 쪽으로 한 놈씩 엉거주춤 걸어 나올 테지.

여섯이나 되는 사람을 다 죽이고 싶은 마음은 추호도 없으니, 진우가 방아쇠를 당기는 건 그 저격수 놈의 머리가 이 가늠자 안에 들어오는 순간이다. 녀석을 잡은 다음에는 곧바로 돌아서서 고개를 넘을 계획이었다.

그런데 놈들은 좀처럼 모습을 드러내지 않았다.

올무 하나를 푸는 데 너무 오래 걸리는 것 아닌가?

혹시 포위를 당하나 하는 생각에 가늠자에서 눈을 뗀 진우가 좌우를 둘러보려는 순간, 파아앙— 날카로운 총소리가 울렸다.

그리고 진우의 바로 곁으로 총알이 스치고 지나갔다. 계속 조준하고 있는 상태였다면 그대로 머리가 날아갔을 것이다.

"윽!"

진우는 황급히 머리를 숙이고 둔덕 아래로 엎드렸다. 바로 곁을 스치고 간 총알의 열기와 소리 때문에 귀가 찢겨 나간 것 같은 느낌이다. 귀 안쪽에서는 찌이이이이잉— 찌이잉— 엄청난 이명이 울려 댔다.

투투둑, 투투투, 투투둑.

계속 3점사가 이어지고 주변의 흙과 돌이 부서져 꺾인 풀들과 함께 날린다.

'뭐지? 어떻게 알았지?'

두려움보다도 놀라움이 더 컸다. 분명 노리고 쏜 거다.

자신이 매복하고 있던 지점을 처음부터 알고 있었단 말인가.

아니, 그랬다면 병력을 나눌 이유도 없고, 이렇게 가까이까지 접근해 올 이유도 없는데… 그럼 대체 뭐지?

투투투, 투투두, 투투둑.

그렇게 고민을 하는 짧은 동안에도 놈들의 제압사격은 계속 이어졌다. 언덕이 있어 직격당할 위험은 없지만, 도무지 고개를 들 수 없다는 게 문제다. 그리고 계속 흙먼지가 날려 눈을 똑바로 뜨기가 어렵다.

"총은… 총은 괜찮나?"

진우는 떨어지는 흙으로부터 총을 보호하기 위해 가슴 쪽으로 끌어당겼다.

반짝, 총열 덮개의 검은 쇠가 여름 오후의 강렬한 햇빛을 받아 반짝인다.

아하, 진우는 그제야 저격수가 어떻게 자신의 위치를 알아냈는지 깨달았다.

놈은 수풀 사이로 삐져나온 총구가 햇빛을 반사하는 것을 본 것이다. 놈에게 신통력이 있는 게 아니라는 점은 다행이지만, 제압사격으로 이쪽이 잔뜩 움츠러들어 있는 동안 놈이 어디로 도망가서 자리를 잡을지 모른다는 점이 걱정된다.

투투둑, 투투둑, 투투둑.

잠시 저쪽의 총성이 뜸해진 틈을 타서 진우도 대응사격을 했다. 총구만 위로 올리고 보지도 않은 채 대충 갈기는 것이지만, 그래도 효과는 있었다.

핑— 핑—

돌이 튀는 소리가 울리면서 저쪽의 총소리가 일시에 확 줄었다. 저쪽이 여섯 명이라고는 해도 어차피 저격수 한 놈을 제외하면 다 일반 병사들. 강 일병 클론 일행들의 모습으로 미루어 볼 때, 전투 경험도 풍부하지 않다. 이렇게 총알이 날아다니면 병사들은 저절로 위축될 수밖에 없다.

투투, 탕탕, 투투둑.

다시 놈들의 사격이 시작되었을 때, 총소리가 사방으로 분산된다는 게 느껴진다. 돌아서 빙 둘러 포위를 하려는 모양이다.

그건 아직 괜찮다. 어차피 놈들이 이 산비탈을 다 올라서 근처까지 뛰어오르려면 아직도 한세월은 있어야 한다. 그전에 저격수 놈만 잡으면 된다.

어차피 여기에 오래 있을 생각도 없고, 있어서도 안 된다. 총소리를 들었으니 양방향으로 분산되었던 병력들도 곧 여기로 합류할 것이다.

진우는 생각했다.

병사들을 분산시켜 놓은 시점에서 정작 놈은 어디로 갈까? 엉덩이가 무거운 저격수님께서는 어디로 이동할까?

자신은 안전하면서도 목표물의 총알은 잘 닿지 않을 만한 곳, 놈은 뒤돌아 내려가고 있다. 그리고 자세를 낮출 거다.

투투둑, 투투둑, 투투둑.

양방향으로 빠르게 한바탕 총알 세례를 퍼부어주며 올라오는 적 병력의 발을 묶으려던 진우는, 언덕 왼편 아래에서 힘차게 팔을 휘두르는 병사 한 놈을 보았다.

휘익—

수류탄. 전혀 예상치 못했다. 삼척에서 하도 폭발물과 멀리하고 싸워왔기 때문에 그게 전투의 한 도구로서 사용될 수 있다는 것조차 머릿속에서 깨끗이 지워진 상태였다.

'…좆 된 건가?'

일시적으로 머릿속이 하얗다. 당장 피해야 하지만, 지금 일어나거나 자세를 높였다가는 사방에서 조준하며 기다리던 놈들의 먹잇감이 될 뿐이다.

진우는 떨어지는 궤도에서 수류탄을 맞출 수 있을까 싶어 급하게 총구를 돌렸다. 그런데… 놈이 투척한 수류탄은 중간 지점에서 잎이 무성하게 달린 나뭇가지에 맞고 아래로 뚝 떨어져 버렸다.

나무가 높이 솟아 있는 숲 속에서 오르막을 향해 수류탄을 던지다니, 애초에 정신 나간 시도였다.

똑— 똑— 떼구루루—

잠시 총성마저 멎을 만큼 모두의 시선이 비탈을 타고 굴러 내려가는 수류탄에 집중됐다.

"미친!"

수류탄의 위치가 놈들 쪽으로 더 가까이 내려갔다는 걸 확인하면서도 진우는 얼른 머리를 감싸고 언덕 아래에 몸을 바짝 붙였다. 혼비백산하기는 아래의 추격대 놈들도 마찬가지였다. 우왕좌왕하며 당황한 목소리가 1초 정도 들려오는가 싶더니…….

쾅아앙—!

그야말로 엄청난 굉음이 산을 흔든다. 몇 십 미터나 떨어져 천연 참호 안에 몸을 숨기고 있는데도 텅 빈 위장이 흔들일 만큼 강한 진동이 몸 전체를 훑고 지나간다. 곧이어 돌과 나뭇조각, 흙더미들이 쏟아져 내렸다.

후드드득— 후드드득—

진우는 가능한 한 머리를 가슴속에 묻으려 애를 썼다.

탁, 날아온 돌조각이 팔과 허벅지, 머리를 때린다.

물론 더 큰 대미지를 받은 건 아래쪽에 산개해 있던 추격대 쪽이다. 한바탕의 흙더미 폭풍을 견뎌낸 진우가 혼란을 틈타 왼쪽으로 20미터쯤을 기어간 뒤 다시 시선을 언덕 아래로 돌렸을 때, 무참하게 박살 난 나무들과 움푹 팬 땅, 그리고 자욱한 화약 연기 너머로 신음하는 병사들이 기어 다니는 모습이 보였다. 하지만 그놈들 중에 저격수는 없다.

'어디냐… 어디…….'

진우는 K—2를 가슴에 꼭 끌어안은 채 살짝 눈만 돌려 놈의 위치를 추적했다. 총구로 위치를 들키는 실수는 한 번이면 충분하다.

좀 전의 흙더미 폭풍 덕에 얼굴 전체가 흙과 낙엽에 덮여 있어서 위장 걱정은 따로 하지 않아도 될 터였다. 총은 놈의 위치를 확인한 다음 빨리 꺼내서 당기면 된다. K—2 속사라면 누구랑 겨루더라도 해볼 만하다.

나와 봐, 이놈아. 총구를 내밀어. 내 총이 빛을 반사한다면, 네 총도 반짝이겠지… 그리고 총열도 더 길고. 넌 전술 조끼도 검은색이잖아……

진우는 최대한 기척을 숨긴 채 쑥대밭이 된 아래쪽 언덕을 훑었다. 원래 병사들이 있던 위치보다 먼 거리, 엄폐물이 있는 곳, 그리고 그중에서도 수풀이 무성하게 돋아 있는 지점들만을 골라 살폈다. 자신이 놈이라면 저런 곳 중 한 곳에 있을 테니까.

투투둑, 투투둑.

겨우 정신을 차린 병사들이 원래 진우가 숨어 있던 곳 부근을 향해 3점사를 퍼부어 댄다. 놈들이 그러거나 말거나 진우는 저격수를 찾는 일에만 집중했다. 그리고 마침내 찾았다.

다른 건 전혀 눈에 띄지 않았다. 하지만 놈의 저격소총에 붙어 있는, 그 요란스런 광학 조준경 렌즈가 아주 일순간 햇빛을 반사해 부자연스러운 반짝임을 만들어냈다.

미세했지만 진우의 눈길을 사로잡기엔 충분했다. 거기 있다는 걸 알고 집중하니 풀숲에 가려져 완벽하게 은폐되어 있던 놈의 모습도 조금씩 구체적으로 보이기 시작했다.

거리는 80? 어쩌면 100?

나무 두 그루 사이에 배를 깔고 엎드려 있다. 어찌나 신중하게 움직이는지, 총구가 미세하게 돌 때조차도 풀이 흔들리지 않는다. 놈의 총구도 막연하게나마 진우가 몸을 숨기고 있는 방향을 겨누고 있다. 결국 박빙의 승부가 될 모양이다.

진우는 기다렸다. 놈의 총구가 자신의 엄폐 지점에서 오른쪽으로, 놈의 시점에서 보자면 왼쪽으로 돌아갈 때까지 기다렸다. 조준경을 보고 있는 동안에는 오른쪽의 시야가 약점이 될 수밖에 없으니까.

아주 느릿느릿 돌던 저격수의 총구가 어느 정도 돌아갔다 싶었을 때, 진우는 재빠르게 몸을 돌리며 연사를 퍼부었다.

탕, 탕! 탕탕탕탕탕! 탕탕탕!

파앙, 파앙!

저격수 역시 재빠르게 반응을 하며 연발 사격을 시도했지만, 진우가 미세하게 더 빨랐다. 머리와 어깨, 등, 그리고 온몸에 열댓 발의 총알을 맞은 저격수는 조준도 하지 못한 채 두 발을 당기고 총을 놓쳐 버렸다.

탕탕탕탕탕!

놈의 고개가 힘없이 떨어지고 근처의 잡초들이 새빨간 피로 뒤덮인 걸 확인한 후에도 잠시 동안 진우는 방아쇠를 계속 당겼다. 그러고는 곧바로 천연 참호 뒤에 몸을 숨겼다.

ㄱ

투투투, 투투둑, 투투둑.

여기저기서 총알이 날아온다. 뒤늦게 진우의 위치를 파악한 일반 병사들이 당황해하며 3점사를 퍼붓고 있다. 그래봐야 이미 진우는 바위 뒤로 다시 몸을 피한 뒤다.

높은 곳에 숨은 그를 아래에서 쏴 맞춘다는 건 사실상 불가능에 가깝다. 군대에서 괜히 고지 선점을 중요하게 여기는 게 아니다.

진우는 쏟아지는 돌 부스러기와 흙먼지를 뒤집어쓰며 기다렸다. 어차피 탄창 한 개를 다 쓰면 놈들은 몇 초 동안을 더듬거리며 탄창을 교환해야 한다.

그때를 맞춰 이쪽에서 제압사격을 해주면 물론 그 공백기는 더 길어질 것이고, 그 정도 시간을 벌면 달아나는 데 아무런 장애도 안 된다.

복수는 성공했고, 위험 요소는 제거됐다. 저격수가 숨어 있던 숲 속을 어지럽게 물들이던 그 선명한 빨간색은 아직도 진우의 망막에 잔영을 남기고 있다. 웅크린 채 탄창을 교환하면서 진우는 틈을 기다렸다.

투투둑, 투투둑.

여섯 발을 끝으로 총성이 잠시 잦아들었다. 진우는 머리 위로 총을 올려 방향을 바꿔가며 3점사를 퍼부어줬다.

'웃', '엇!' 당황한 병사들이 황급히 몸을 숨기면서 내는 신음 소리가 여기저기서 울린다. 이제 뛸 때다.

진우는 엄폐물 뒤에서 한 번 더 아래쪽을 향해 총알 세례를 퍼부은 뒤, 나무들 사이로 몸을 던졌다. 그리고는 곧바로 다시 일어나 언덕의 위쪽으로 뛰었다.

자신이 달아나고 있다는 걸 지금쯤은 알아챘을 테지만, 어차피 지휘관 잃은 병사들일 뿐이다. 탄창 교환 시기를 조율하지 않는 것만 봐도 삼척에서 이 병장이 이끌던 분대처럼 일사불란한 움직임 따위는 없다는 걸 알 수 있다.

핑— 핑—

투투둑, 투투둑.

아무렇게나 쏴대는 총알이 어지럽게 바람을 가른다. 하지만 진우는 여기를 전장으로 정했을 때부터 이미 퇴로를 염두에 뒀고, 그 퇴로는 꽤나 많고 든든한 엄폐물로 보호되고 있다. 급하게 비탈을 올라 큰 바위 뒤에 몸을 숨긴 진우는 뒤를 돌아 한 번 더 제압사격을 가했다.

으윽! 쫓아오던 놈들은 구르듯 언덕 아래로 피하며 엄폐물을 찾았다. 병사들은 진우가 예상했던 것보다 훨씬 더 열심히 뒤를 밟고 있다. 명령을 내리는 놈만 조지면 알아서 흩어질 거라 생각했는데, 저 녀석들도 동료의 피를 보고 꽤나 흥분한 모양새다.

덕분에 도주에 걸린 시간이 조금 더 늘어나기는 했지만, 그래도 진우는 다시 산의 능선으로 돌아왔다. 아래쪽에서 꾸역꾸역 따라오는 추격대와의 간격은 100미터 이상으로 벌어졌다.

반대편의 협곡으로 내려가기 전에 진우는 다시 한 번 탄창을 갈아 끼우고 추격대 놈들이 고개를 들 생각조차 못하도록 오싹한 위협사격을 가했다.

핑— 핑—

놈들이 숨은 지점 하나하나마다 바로 머리 근처에 총알을 박아 넣었다. 간이 배 밖으로 나오지 않고서야 다시 고개를 들기까지 적지 않은 시간이 걸릴 것이다.

다른 방향으로 갔던 추격대가 합류해 저 멀리서 이쪽 산기슭으로 들어오는 모습이 보인다. 이제 정말 더 지체하지 않는 게 좋다. 진우는 한 번 더 위협사격을 해주고 협곡 아래로 내달렸다.

탁탁탁탁.

자갈과 흙이 반반씩 섞인 길 위를 뛰어가고 있을 때, 발소리에 섞여 누군가 건네는 말이 들려온다.

[큭큭큭, 이 새끼… 심장 콩닥거리는 거 봐라. 사람 죽이고 완전히 신이 났네. 왜? 피를 보니까 좋아? 흥분돼?]

젠장, 진우는 머리를 흔들었다. 힘들고 심각한 상황만 되면 나타나는 그 목소리. 진우가 '개 같은 혓바닥'라고 이름 붙인 또 다른 자아가 실실거리며 또 비웃어 대는 소리가 머릿속에서 울려온다.

'닥쳐, 이 개새끼야! 나도 살려고 발버둥친 거야! 쫓아온 건 저 새끼들이었어! 누구를 살인마 취급해?'

진우는 또 다른 자아에게 욕설을 퍼부으며 계속 내달렸다. 이따금씩 나타나는 커다란 바위들이 반갑다. 그 뒤쪽으로 숨어서 달리면 든든한 방패가 되어줄 것이니까.

[길 비켜라! 살인자 납신다! 앞을 가로막는 놈은 다 죽인다!]

"지랄하지 말라고! 난 한 놈밖에 안 죽였어! 여섯 놈 중에 제일 위험한 놈 하나만 죽였다고!"

[나는 휴머니스트다! 여섯 명 죽일 수 있는데 한 명밖에 안 죽였다! 골라서 죽였으니까 죄가 없다! 아아, 그러셨어요? 큭큭큭, 그런 논리면 이 세상에 죄인이 어디 있어? 열 놈 죽이고 열한 번째 놈 살려주면 그것도 착한 일 한 거겠네? 킥킥킥.]

'내가 죽어야 네 속이 시원하겠어? 좆 까! 난 살 거야! 꾸역꾸역! 악착같이! 다 이기고 살아남을 거라고!'

미친놈처럼 혼잣말을 중얼중얼거리면서도 진우는 이따금씩 뒤를 돌아보는 걸 잊지 않았다. 슬슬 추격대 애들도 산의 능선 위까지 도달할 때가 됐다.

[다 이기는 것 좋아하시네. 오늘만 해도 그 새끼가 멋 부리지 않았으면 넌 벌써 뒈진 목숨이야. 네가 엄청나게 대단하다고 착각하지 마.]

그 말을 남기고 또 다른 자아는 머릿속 어딘가로 숨어버렸다. 그 마지막 말에는 진우도 반박하지 않았다. 맞는 말이다. 만일 그 저격수가 단발 헤드샷을 고집하지 않았더라면 아까 총열로 위치를 들켰을 때, 벌써 게임은 끝났을 거다.

놈이 연발로 세 발 정도만 훑었으면, 피를 뿌리고 죽는 건 그 저격수가 아니라 진우 자신이었을 것이다. 그걸 알기에 진우도 놈을 잡을 때, 모드를 연사로 두고 최대한 많이 갈겼다.

'그래, 자만하면 안 돼. 오만해져서 허세 부리면 죽는 거야.'

굽이를 돌기 직전 진우가 다시 뒤를 돌아보았을 때, 100여 미터 떨어진 언덕의 능선 위로 추격대 병사 한 놈이 올라섰다. 당연히 서로 눈이 마주쳤다. 놈이 화들짝 놀라며 서둘러 사격 자세를 취한다.

진우는 왜 그 녀석이 얼른 자세를 낮추지 않고 서서쏴 자세로 총구를 들어 올리는지 이해할 수 없었지만, 그것에 대해 답을 찾기 전에 얼른 방아쇠부터 당겼다.

타앙!

진우를 쏘려던 병사는 눈 주위에서 핏빛 안개를 뿜어내며 뒤로 넘어갔다. 원하지 않는 상황이지만, 돌이킬 수도, 피해갈 수도 없는 일이다.

'씨발!'

저격수의 피를 보았을 때와는 다른 기분이어서 진우는 눈을 질끈 감고 돌아서서 뛰었다. 완만한 굽이를 돌아 더 이상 언덕 위쪽에서 뿌려 대는 총알에 노출되지 않게 되었을 때, 진우는 자신의 이마 주변을 마구 훑었다.

씨발, 바보 같은 새끼! 왜 얼른 엎드리지 않은 거지? 왜 그렇게 멍청하게 사격 자세를 취하냐고! 옆에 서 있는 나무가 보호해 줄 거라고 믿은 건가?

계획했던 것보다 한 사람을 더 죽였다는 게 영 기분이 좋지 않다. 게다가 그놈… 어쩌면 아까 그 강 일병 클론인지도 모르겠다. 거리가 100여 미터나 되고 단 몇 초 동안만 봤으니 정확하게 얼굴을 인식할 수는 없었지만, 놈이 안경을 끼고 있던 건 분명하다.

'잊어버리자. 아마 아닐 거야. 안경 쓴 군인이 그놈 하나만 있는 것도 아니고… 그리고 생긴 게 닮았을 뿐이지, 걔가 정말로 강 일병님인 것도 아니잖아. 난 분명히 경고도 했었어. 또 만나면 죽일 거라고……. 아, 젠장. 안 쐈으면 뭐 무슨 수가 있어? 네가 총 맞게 생겼었다고! 걔는 너 못 맞추라는 법 있어? 좀 전에 다짐했잖아. 자만하면 안 된다니까!'

그렇게 뇌리에서 조금 전의 그 병사에 대한 생각을 애써 지워 내며 계속 협곡을 따라 달리던 진우는 40여 분이 지난 뒤에야 처음으로 물을 만났다.

바위틈을 따라 졸졸 흐르는 개울물이 넓적한 큰 바위 위로 잔잔한 수면을 이루고, 그 옆의 흙바닥에 작은 웅덩이를 만들었다.

"하아… 물… 아아… 물이다."

물을 보고 안심을 하자마자 머리끝이 핑 도는 것 같다. 어지럽고, 뜨겁고, 정신이 하나도 없다. 일단 주변부터 훑어 안전을 확인한 후에 진우는 무릎을 꿇은 채 총을 옆에 내려놓았다. 그러고는 바위에 입을 맞추듯 흙먼지투성이 입술을 내밀어 잔잔하게 흘러 내려가는 물을 빨아들였다.

추르릅, 추릅.

수분이 위장과 뇌 양쪽으로 동시에 흡수되는 것 같은 기분이다. 너무나 시원하고 달다. 바짝 말라 있던 입술과 혀, 그리고 식도와 온몸 구석구석까지 천천히 수분이 충전된다.

"하아~ 고마워."

족히 1리터는 넘게 물을 마시고 난 뒤, 진우는 옆의 웅덩이에서 물을 퍼 올려 목덜미와 정수리에 부었다. 자신의 몸이 이렇게 끈적거리고 흙투성이인데다가 뜨거웠는지 몰랐다. 진우는 눈을 꼭 감은 채 몇 번이나 물을 끼얹어 얼굴과 머리의 흙을 털어냈다.

"어?"

옆머리를 씻던 진우가 손바닥을 보고 놀란다. 말라붙은 피딱지와 함께 붉은 피가 묻어 나온다.

뭐지?

머리 주변을 손가락으로 짚어보니, 관자놀이에서 손가락 두 마디 정도 위가 찢어져 있다. 아마 아까 수류탄이 터졌을 때 쏟아져 내린 돌에 맞은 자리인 모양이다.

"아야야……."

물로 씻어내는 동안 감각이 살아났는지 따끔따끔하다. 보이지는 않지만, 손가락 끝의 촉감으로 재보니 대충 3센티 정도 쭉 찢어져 있다.

뭐, 그리 대단히 깊은 상처는 아니어서 일단 안심하기로 했다. 사실 따끔거리는 건 머리의 상처뿐만이 아니다. 아까 풀을 뜯어내고 헤치고 꺾었던 손바닥은 실처럼 가늘게 베인 상처들이 셀 수 없이 많고, 온몸 여기저기가 긁히고 찍히고 멍이 들었다.

손톱이 빠진 왼손 검지를 싸뒀던 붕대는 어디로 날아가 버리고, 시꺼멓게 피멍이 든 살이 드러나 있다. 하 중위가 치료해 준 오른팔의 상처도 심장이 뛸 때마다 욱신욱신했다.

"오늘 죽은 놈들도 있어. 엄살떨지 마."

한 번 더 물을 마신 진우는 스스로를 다그치며 총을 집어 올렸다. 그러고는 지칠 대로 지친 두 다리를 질질 끌며 눈앞에 펼쳐진 또 다른 숲 속의 언덕을 걸어 올라갔다. 올무에 걸리지 않기 위해 나뭇가지부터 꺾어 지팡이로 삼는 것을 잊지 않았다.

우웁, 너무 지치고 덥고 힘이 들어서 걷는 내내 계속 구역질이 났고, 실제로 몇 번은 토사물을 게워내기도 했다. 물론 토사물이라고 해야 거의 다 물밖에 없다.

"케엑! 켁— 큭! 우욱!"

어지럽다. 뭔가… 열량을 섭취해야 한다. 하다못해 소금이라도……

머리가 핑 돌 때마다 진우는 나무를 짚고 서서 한숨을 몰아쉬었다.

입으로 들어오는 건 하나도 없이 계속 너무 많은 땀을 흘리고, 벅찬 운동을 한 덕에 긴장이 풀리자마자 극심한 무력감이 온몸을 덮친다. 이 상태대로라면 그리 길게 버티기 힘들 것 같다. 하지만… 근처에 먹을 것은 별로 보이지 않는다.

또 20분 가까이 땀을 흘리며 언덕을 오르자 지난 몇 시간 만에 처음으로 도로가… 사람이 닦아놓은 도로가 보였다. 뒤쪽에 추격대는 아직 눈에 띄지 않는다. 하긴 추격대라고 해서 무슨 전문가들도 아니고, 풀숲으로 덮인 이 넓은 산중에서 사람 하나가 어디로 갔는지 쉽게 찾아낼 수 있을 턱이 없다.

후우, 후우…….

산기슭에 도착한 진우는 숲 바깥으로 나가기 전에 까맣게 그늘이 진 눈으로 도로 주변을 둘러봤다. 그리고 별다른 위험 요소가 없다는 걸 확신한 후에 도로와 이어진 평지 위로 내려섰다.

"집이 있을 텐데… 인가가……."

완전히 탈진해서 멍하게 중얼거리던 진우는 자신의 발밑을 보았다. 발바닥을 통해 전해지는 땅의 울퉁불퉁함이 뭔가 자연스럽지가 않다. 그리고 깨달았다. 무성하게 자라난 이 녹색 풀은 단순한 잡초가 아니었다.

뭔가 심어져 있다. 흙 묻은 검은 비닐도 보인다. 야생동물들 때문에 엉망으로 파헤쳐져 있고, 주변에 다른 잡초들도 잔뜩 돋아 있어서 모르고 그냥 지나칠 뻔했지만, 여기는 고랑이 있는 밭이다.

'먹을 거다. 뭔가 먹을 게 묻혀 있다!'

땅속에 들어 있는 작물의 정체가 뭔지도 모르지만, 일단 침부터 고인다. 대검을 뽑기 위해 대검집이 달린 왼쪽 어깨를 더듬던 진우는 그제야 자신이 오늘 오전에 대검을 포함한 모든 무기를 압수당했었다는 걸 기억해 냈다.

"아, 젠장! 이 멍청이! 대검!"

진우는 끌탕을 하며 아쉬워했다. 아까 탄창만 빼앗을 게 아니라 대검도 빼앗아 왔어야 했는데! 좀비에 물려 죽은 병사가 있었으니 굳이 강 일병 클론의 것을 빼앗지 않았어도 됐을 텐데!

그때 당시에는 탄창을 다시 획득하는 것과 그 클론을 살려주려는 마음만 앞서 있어서 대검에까지는 생각이 미치지 않았었다.

어쨌든 이미 지나간 일이고, 일단 입에 뭔가를 넣고 싶었기에 진우는 나뭇가지 지팡이로라도 땅을 쑤셔봤다. 별로 능률이 없다는 걸 깨닫고 지팡이를 내려놓은 진우는, 근처에서 넓적하고 단단한 돌을 주워 와 두 손으로 꽉 잡고 땅을 내리찍었다.

그리고 부서져 나온 흙더미를 열심히 긁어냈다. 마침내 나타난 것은 뿌리줄기에 달려 있는 둥근 알맹이… 감자다. 감자가 나왔다.

"우와! 이게! 이게 웬 떡이야!"

돌로 찍어 떼어낸 흙투성이 감자를 군복에 문질러 흙을 털어내고, 서둘러 입으로 가져갔다.

아삭.

특유의 텁텁한 맛. 거기에 흙냄새가 강하게 첨가되어 있다. 하지만 진우는 아주 좋아 죽겠다는 표정을 지으며 계속 감자를 씹었다.

우걱우걱, 고소하다. 날감자 한 개는 순식간에 사라졌다. 진우는 곧바로 두 번째 감자를 뜯어내서 흙을 털었다. 그러고는 또 크게 한입을 베어 물었다.

후, 후, 껍질에 붙은 잔 흙을 불어내던 진우의 시선이 도로 너머 저편의 평원으로 향했다. 여러 겹으로 나란히 줄지어 서 있는 까만색 차양 막. 그게 뭘 의미하는지 알 것 같아서 진우는 벌떡 몸을 일으켰다.

그러고는 홀린 듯이 그쪽으로 걸어갔다. 두 번 이어졌던 태풍의 피해로 까만색 차양막들은 반쯤 부서진 채다.

하지만 그 아래 재배되고 있던 작물들이 망가지지는 않았다. 줄을 맞춰 심겨져 있는 이 수많은 녹색 풀들은 인삼이었다.

진우의 손에서 힘이 빠지며 지금껏 소중하게 쥐고 있던 감자가 떼구루루 굴러 떨어졌다. 흙 묻은 날감자 같은 걸 씹어 먹고 있을 때가 아니다.

인삼! 파워! 에너지!

진우는 인삼밭을 덮고 있는 가마니를 뜯다시피 해서 들어내고, 손으로 땅을 파헤쳤다.

잘 안 된다. 토양은 딱딱하고, 짚으로 짠 가마니는 쫀쫀하다. 마음이 급해져 도구를 찾던 진우는 옆의 차양 기둥용 각목을 잡고 뜯어냈다. 그러고는 뾰족한 부분으로 가마니를 찍고 땅을 파헤쳤다.

이윽고 파란색 줄기에 흙투성이 누런 뿌리, 무수한 잔털을 가진 손가락 굵기의 인삼이 자태를 드러냈다.

'인삼… 인삼!'

진우는 인삼을 집어 옷에 문대고 흙을 털어냈다. 급한 마음에 잔뿌리에 묻은 것들은 대충 손으로 뜯어내 버리고 입에 욱여넣었다.

와작, 와작.

쓰면서도 단맛이 난다. 흙이 씹혀서 도저히 못 삼키겠으면 그 부분만 뱉어버렸다.

켁, 켁… 이따금씩 사레가 들기는 했지만, 그래도 워낙에 맛있다.

진우는 인삼을 꼭꼭 씹으면서 새 뿌리를 파헤치기 시작했다. 인삼 밭이 여기에 있으니 근처 어딘가에는 이 밭을 관리하며 농사를 짓던 농가가 적어도 하나는 있을 거다. 위장이 조금이라도 차는 대로 찾아나서 봐야겠다.

적어도 펌프나 우물 정도는 있으면 좋겠는데……

인삼을 우걱우걱 씹으면서 진우는 멍하니 생각에 잠겼다. 연장도, 플래시 같은 것도 없고, 소독약과 물병도 꼭 필요하다. 머리에 쏟아지는 햇빛을 막아줄 모자도 있어야 하고……

하지만 인가를 발견해도 거기에서 오래 머물 수는 없다. 혹시라도 추격대 놈들이 뒤를 밟으면 당연히 집부터 뒤지고 다닐 것 같으니까.

뒤를 밟는다라……

아, 젠장. 그러면 인삼 파먹은 자리, 감자 파먹은 자리도 다시 풀로 덮어서 위장을 해놔야 하는 걸까? 지팡이로 쓸 나뭇가지 부러뜨린 것도 마음에 걸리는데……. 그리고 여긴 대체 어디야?

그렇게 진우가 상념에 잠긴 채 인삼을 씹고 있을 때, 콰아앙— 콰앙— 멀리서 포격 소리가 울렸다. 인삼을 씹어 삼키던 진우의 입이 움직임을 멈췄다.

그리고 잠시 후에 또 콰아앙— 콰콰앙— 쿠, 쿠쿵—!

거리는 꽤 있지만, 이건 뭔가 심상치 않다. 아무래도 군인들 간의 싸움이 여기 한곳에서만 일어났던 문제가 아닌 모양이다. 메고 있던 K—2를 꽉 잡으며 진우가 중얼거렸다.

"설마… 내전인가……"

3장

청춘, 아름다움, 그렇게 생존

1

"몇 개 더 뿌려놓을까?"

삼식이가 물었다. 해머를 짚고 서서 도로를 잠시 관찰하던 보안관이 고개를 끄덕였다. 보강할 필요가 있어 보인다.

"그러자."

삼식이는 두툼한 보호 장갑을 낀 손으로 가방에서 '덫'들을 꺼내 내려놓았다. 말이 '덫'이라 거창하지만, 실은 운동화 끈의 양쪽에 깡통을 달아놓은 것으로, 발을 묶어놓을 만한 위력은 없다.

만드는 방법도 간단해서, 캔커피 빈 깡통의 2/3 높이 정도에 구멍을 뚫고, 운동화 끈만 안으로 넣은 뒤 매듭을 지어 빠지지 않도록 하면 된다. 그리고 연결된 깡통 두 개를 거리를 벌려 세워두면 끝이다.

물론 캔커피 깡통이 없으면 다른 깡통을 사용해도 무방하다. 음료수 캔, 옥수수 깡통, 후르츠 칵테일 깡통, 스팸 캔… 종류 따위는 가릴 필요 없다.

공통적으로 안에다가 적당한 추를 좀 넣어두는 건 필수적이다. 삼식이와 보안관은 철물점에서 가져온 볼트를 넣고 테이프로 입구를 반쯤 봉했다.

이 덫을 도로의 이곳저곳에 지그재그로 장치해 두고 있다. 혹시 좀비가 이 위로 지나가다 줄에 걸리면 양쪽의 깡통이 휘리릭 발목에 감겨서 요란한 소리를 내줄 것이다.

운이 좋으면 그놈 발목에 착 달라붙어서 계속 따라다니며 고양이 방울처럼 위치를 알려줄 수도 있다.

"어디……."

삼식이가 시험 삼아 발을 걸고 당겨본다.

땡그렁, 깡통이 흔들리고 발목에 걸린 줄은 친친 감기지는 않았지만, 그래도 꽤 오래 따라오다 떨려 나갔다.

땡그렁, 땡그렁.

볼트가 깡통 안에서 튕기며 소리도 꽤 요란하다. 좀비처럼 다리를 질질 끌고 다니는 놈들에게는 훨씬 효과가 좋을 터이다.

"삼식아, 장난 그만 치고 옆 골목으로 가자."

피곤한 얼굴로 보고 있던 보안관이 재촉을 한다. 그들의 뒤에서는 제니와 태권소녀가 빨랫줄로 전봇대와 건물 문손잡이를 연결하고 있다.

좀비에게 쫓겨 몇 초의 시간이 간절할 때라면 2~30미터 간격으로 쳐두는 이 가슴 높이의 줄 한 가닥이 생명을 구해줄 수도 있다.

줄을 다 묶고 나면 은박 테이프를 길게 찢어서 세 군데 정도에 붙여 눈에 잘 띄게 해준다.

길가의 모텔 옥상에서 망을 봐가며 송곳으로 캔에 구멍을 뚫고, 볼트를 넣고, 끈을 연결하는 모든 수작업은 신입과 규영이 맡았다.

계단을 오르내리며 대로의 좀비 행렬이 지난 걸 확인하고 완성된 '덫'을 받아 내려오는 건 유빈의 몫이다.

이 모든 난리는 어제 골목 안으로 들어왔던 좀비들을 다 잡지 못한 까닭이다. 그새 다섯 마리를 더 죽이긴 했지만, 아무리 죽어라 쫓아다녀 봐도 여섯 마리는 끝내 자취를 찾을 수 없었다. 건너편 도로에서 사라진 놈들도 행방이 묘연하고…….

도대체 놈들이 어디까지 가버렸는지도 모르는 상태에서 무작정 그것들만 찾아다닐 수는 없는 노릇이라, 결국 골목 안에 트랩을 설치해 두고 기다리기로 했다.

어제 그 사건 이후로 안 그래도 조마조마했던 생활에 미묘한 위험이 더해졌다. 손톱 밑에 박힌 가시처럼 신경이 쓰인다.

길가의 모텔 옥상에서는 늦은 오후의 따가운 햇살을 받으면서 유빈과 규영, 그리고 신입이 '덫'과 '딸깍이'를 만들고 있다.

신입과 규영이 '덫'을, 유빈이 '딸깍이'를 담당한다. '딸깍이'는 못을 두어 개씩 박은 각목 조각을 바닥에 한 무더기 뿌려놓는 장치다.

이것 역시 좀비의 발을 묶어두기 위한 용도로 복지 센터 때부터 꾸준히 써먹던 것이다. 만약 쫓아오는 좀비가 있을 때 놈이

'딸깍이'를 밟고 그것 때문에 중심을 잃고 쓰러져 주면 제일 좋고, 두 다리의 균형이 깨져서 스피드만 조금 줄어도 감사하다.

대신에 혹시라도 사람이 넘어지면 그야말로 큰 비극이니까, 평소 잘 다니지 않는 외곽에만 설치해 둘 예정이다.

위력이 좀 약하더라도 트랩은 간단한 것이어야 했다. 동네 전체를 빙 둘러 쳐야 하는 거라서 너무 복잡하면 만드는 데도, 설치하는 데도 많은 시간을 필요로 한다. 놈들만 잡으면 세상 모든 고민이 끝나는 게 아니므로 그렇게까지 긴 시간을 투자할 수는 없다.

옥상 노동 현장의 분위기는 우중충하달까, 하여간 막 신이 나는 분위기는 아니었다. '단순 작업의 반복이라 일하는 재미가 없어서'라는 문제만은 아니었다.

규영과 신입, 둘 다 유빈 대신 제니가 여기에 있으면 좋겠다는 표시를 노골적으로 해 댔기 때문이다.

"씨발, 몸이 힘들면 눈이라도 좀 호강을 해야지. 이게 일을 할 맛이 나나?"

송곳으로 캔에 구멍을 뚫으며 신입이 툴툴거린다. 여간해서는 신입에게 동조하는 법이 없는 규영도 이 사안에 대해서만은 한목소리를 냈다.

"여자가 없다면 남자는 무엇이 되는 걸까? 그것은 결핍, 강력한 결핍이라네. 마크 트웨인. 이 자리에 땀 냄새에 찌든 누군가 대신에 제니 누나가 있다면 능률은 얼마나 오를까? 아마도 열 배, 잘하면 백배라네. 김규영. 뭐, 그렇다는 이야기야."

"캬! 그 새끼, 쪼그만 놈이 옳은 말도 잘하네! 옳소! 그렇지!"

그런 대화를 주고받으면서 두 놈의 시선은 유빈에게 고정되어 있었다. 뭐라고 칭얼대든 간에 유빈은 못 들은 척 뭉개고 묵묵히 못질만 했다.

어지간하면 이놈들 소원을 들어줘도 될 테지만, 옥상까지 여섯 층을 몇 번이고 오르내리는 건 여간 진이 빠지는 일이 아니다. 당장 자신이 빨랫줄 묶는 걸 하면 각목을 자르고 못을 박을 사람도 없다.

그렇다고 해서 전투병이자 망보는 사람인 보안관에게 이런 일까지 맡길 순 없다. 이래저래 녀석들의 요구는 무시하는 게 상책이다.

"앗, 아야! 씨발! 졸려서 손이 자꾸 헛나가네. 낮에 이 지랄을 하면 밤에는 좀 쉬게 해줘야 하는 거 아니야? 왜 밤에까지 편히 잠도 못 자게 계속 들락거리면서 망을 봐야 하는 건데? 이런 상황인데 다른 놈들이 몰래 들어오는 게 뭐가 무서워? 어차피 좀비들이 있어서 마음 편히 돌아다니지도 못하는데."

송곳이 미끄러져 손바닥을 찔린 신입의 짜증이 괜한 것을 빌미로 폭발했다. 보호용으로 두툼한 장갑을 끼고는 있지만, 그래도 아프긴 할 거다. 아프니까 또 성질이 나서 결국 밤에 보초 서는 일까지 불만을 삼는다.

유빈은 작게 한숨을 쉬며 두 녀석이 만들어둔 '덫'과 자신이 만든 '딸각이'를 가방에 담아 가지고 일어섰다. 가방 밖으로 삐죽삐죽 튀어나와 있는 못이 위험해 보였다.

"다치지 않도록 조심해 가면서 해. 내려갔다 금방 올게. 규영이, 틈틈이 망보는 거 잊지 말고."

지긋지긋한 계단을 뛰어 내려가면서 유빈은 창문을 통해 골목 안쪽을 힐끗 내다봤다.

무수한 빨랫줄이며 전깃줄 트랩, 깡통들, 그리고 각목들…….

모두 어떻게든 좀 더 안전해 보려는 안간힘이다.

위험한 좀비들이 돌아다니니까 자칫 외부 타인들의 침입으로 부터는 안전한 거 아닌가 하는 오해를 할 수도 있겠지만, 오히려 그 반대다. 좀비는 맹수도, 경비견도 아니고, 그저 좀비다.

다른 사람들이 몰래 이 동네로 들어왔다가 좀비한테 물리면 그냥 다치거나 죽어버리는 걸로 끝나는 게 아니다. 그놈들도 좀비가 돼버릴 터라 자신들 일행이 모르는 동안에 머릿수가 늘어나 버리는 거다.

남아 있는 좀비의 수가 여섯이라고만 기억하고 있다가 그걸 다 잡고 나서 마음을 턱 놓고 있을 때, 계산에 없던 놈들이 갑자기 튀어나오면 정말 아찔한 상황이 되는 것이다.

목숨이 위협 받을 수도 있다. 그런 일이 없으려고 보초도 서고, 다들 밤잠도 설치는 중이다. 어쩔 수 없다.

"오빠, 여기로 지나가요. 림보 하는 것처럼. 이렇게……."

유빈을 보자 제니가 환하게 웃으며 허리 높이의 빨랫줄 아래로 다리만을 굽혀서 지나는 시범을 보인다. 중간에 멈춰 서서 보안관의 박수를 유도하는 여유도 부렸다.

처음엔 어처구니가 없는 눈으로 보던 유빈의 입에서도 어느새 바보같이 헤벌쭉한 미소가 생겨난다. 격리되어 있는 옥상 위의 놈들이 열 받을 만도 하다고 유빈은 생각했다.

애를 만나지 않았다면 대체 우리는 어떻게 살고 있었을까?

제니가 보안관의 갈채를 받으며 깔끔하게 림보를 성공하자 태권소녀도 곧바로 그걸 따라 해보려 들기에 유빈이 얼른 말렸다.

아직 발목도 다 안 나았으면서 얘는 대체 왜 이렇게 승부 근성이 강한지…….

"자, 이것만 뿌려두고 나서 밥 먹어야 할 것 같다. 옥상 애들도 많이 지쳤고, 내 다리도 그렇고… 슬슬 해도 지니까."

삼식이에게 트랩들이 든 가방을 넘기며 유빈이 말했다. 오늘 오전, 예정해 뒀던 좀비 무리 합체 계획은 거의 다 성공을 시켰다. 이제 좀비는 딱 두 무리로 뭉쳐졌다. 빨간 좀비들과 나머지 전부, 그리고 며칠 내로 그것들마저 하나로 묶으면 이론적으로는 이 앞 도로에서 작업을 하고 돌아다니기가 한결 편해질 예정이다.

30분이 멀다 하고 한 번씩 호각 소리만 들리면 안으로 뛰어 들어와야 만했던, 암울하던 시절은 끝났다.

단, 둘 다 어지간히 긴 간격으로 오기 때문에 궤도가 다른 그 두 무리가 간발의 차이로 겹치는 타이밍을 잘 잡아서 합체시켜야 한다. 안 그랬다가는 공연히 진땀만 빼거나 또 새로운 이탈 좀비들이 골목 안으로까지 들어오게 될 테니까.

"그럼 나머지는 유빈이가 뿌려줘. 나는 신입이랑 자전거 타고 나가서 담배 피우고 올게."

장갑을 벗은 삼식이가 땀으로 축축한 손을 엉덩이에 닦으면서 말한다. 유빈은 선선히 고개를 끄덕였다. 어차피 다음 좀비 무리가 올 때까지는 몇 시간이나 여유가 있다.

기린처럼 긴 다리로 성큼성큼 달리던 삼식이가 제니가 아래로 지났던 빨랫줄을 훌쩍 뛰어넘는다. 저놈도 아까부터 참전하고 싶었나 보다.

"신입! 담배 피우러 가자!"

삼식이가 옥상에 올라와 기분 좋게 불렀을 때, 신입과 규영은 아예 손에서 일감을 놔버리고 난간에 바짝 달라붙어 아래를 내려다보고 있었다. 대로 쪽이 아니라 제니와 태권소녀가 있는 골목 쪽을······.

"하하하, 너희들은 진짜 감시하는 사람이 없으면 손을 딱 놓는 타입이구나. 내일부터는 유빈이한테 맴매 때찌를 좀 하라고 해야겠는걸. 뭘 보는 거냐, 근데?"

삼식이 신입과 규영의 가운데에 끼어들며 물었다.

찌이잉— 지지잉—

규영은 열심히 디지털카메라의 줌을 조절해 가며 화면을 들여다보고 있었다. 이놈 방에는 배터리가 박스째로 쌓여 있다.

찰칵, 제니의 옆얼굴이 비스듬히 찍힌다.

또 찰칵, 이번에는 태권소녀와 제니가 함께 마주 보고 있는 사진이다.

작품이 마음에 들었는지 규영은 씨익 웃었다.

"너, 사진 열심히 찍더라. 뭐하려고 그래?"

삼식이는 또 무심한 척 규영이의 머리카락을 헝클었다. 그럴 때마다 이놈이 생난리를 쳐 대고 질색하는 게 꽤 재미가 있어서다.

아니나 다를까, 이번에도 규영은 당장 한 손으로 머리카락을 매만지며 인상을 찌푸렸다.

"이건 나중에 좀비 세상 끝날 때까지 살아남으면 블로그에 올릴 거야. 제목도 정했어. '십오 세 여름, 아름다움, 그렇게 생존' 캬~ 어때, 죽이지?"

듣기만 해도 닭살이 돋는 제목이다. 삼식이가 환하게 웃으며 대꾸했다.

"하하하, 미치겠다. 아니, 아니, 그거 말고 '중2병, 허세, 10년 뒤 이불 킥'으로 정해. 그거 좋다."

"쳇, 뭐야… 블로그를 아주 졸로 아네. 그런 제목으로 퍽이나 사람들 모으겠다."

규영과 삼식이가 그렇게 투닥대고 있을 때, 신입의 눈은 태권 소녀에게 고정되어 있었다.

저 계집애, 성질머리가 사납고 아무 때나 발이 휙휙 올라와서 가까이에 있으면 영 껄끄럽지만, 이렇게 거리를 두고 보니까 나름 괜찮다. 게다가 오늘은 평소의 트레이닝복 대신 아주 타이트한 5부 레깅스만 입고 있어서 그게 또……

신입의 마음을 다 읽었다는 듯 규영이 씨익 웃으면서 옆구리를 툭, 친다.

"몸매 죽이지, 응? 알아. 크크크, 다 이해해. 그래도 남자라 이거지? 크크크, 제니 누나가 워낙 독보적이라 그렇지, 혜주 누나도 어디 가서 꿀리는 외모 아니야. 키 크지, 팔다리 길쭉길쭉 하지, 운동해서 군살도 없고 탱탱하지. 그러니까 내가 이렇게 렌즈를 통해 담아내고 있는 거잖아. 아름다움!"

신입과 삼식이가 어이없다는 눈으로 규영을 돌아본다. 잠시

어버버 하고 있던 신입이 입을 열었다.

"우와~ 이놈, 자기 가족 몸매를 이렇게 징그러운 눈으로 웃으면서 말하는 놈은 처음 보네. 일본 만화에 나오는 변태 중딩도 아니고… 뭐지? 야, 삼식아. 나 이 새끼 좀 무서운데?"

"누가 우리 가족이야? 하여간에 바보 같다니까. 아무렇게나 자기 마음대로 상상하고. 이러니 도통 존댓말이 나오지가 않는 거야. 존경하려야 할 수가 없다고!"

규영이 발끈 대든다.

엑?

삼식이와 신입의 입이 또 바보처럼 벌어졌다.

그렇게나 아끼고 보듬고 챙기는데 친누나가 아니라니, 이건 또 무슨 말인가.

삼식이가 물었다.

"…둘 다 김 씨잖아? 그러면 사촌?"

"참내, 한국에 있는 성씨 중에 김 씨가 이십 프로라고. 그 김 씨들이 다 가족이겠어? 수준이 뭐 이러냐?"

규영은 밉살맞게 대꾸하고는 또 카메라를 들어 제니를 찍어 댄다. 삼식이가 고개를 끄덕였다.

"아항, 알겠다. 애인이구나. 금단의 연하. 하긴 나도 일곱 살 차이 정도랑은 많이… 가만있어 봐, 오렌지 호프 누나는 그것보다 차이가 더 났겠는데? 열셋? 열다섯? 아우, 숫자로 계산하니까 또 이상하네."

"아… 진짜 수준 떨어지게 왜 이러지? 좀 그만하고 둘이 손

꼭 잡고 잘난 담배나 피우러 사라지셔."

자꾸 계속된 선문답에 신입이 인내심의 한계를 드러냈다.

"그럼 대체 뭔데? 애새끼가 똑바로 말을 안 하고 어른 앞에서 버르장머리 없이 자꾸 빙빙 돌리기만 하네. 네 말대로라면 그냥 생판 남이라고? 근데 그렇게 잘해주고 끔찍이 챙겨주고 한방에서 같이 자기까지 했다고? 뭐야, 이 새끼야! 잘해주는 무슨 이유가 있을 거 아니야!"

"아… 진짜 왜 그렇게 남의 사생활에 관심이 많아? 잘해주는 이유? 뭐, 내가 워낙에 귀여우니까 그런 거겠지. 됐어?"

규영은 더 이상 말하고 싶지 않다는 티를 확확 내며 인상을 찌푸렸다. 하긴 사생활이니까 꼭 답을 해야 할 필요는 없다. 하지만… 아무래도 좀 이해가 안 가는 관계인 것만은 확실하다. 뭔가 말하지 않고 있는 다른 사연이 있어 보인다.

뭐… 삼식이는 납득한다는 듯 고개를 끄덕였다. 어차피 앞으로 같이 시간을 보내다 보면 결국은 다 알게 될 이야기들이니까.

"오케이, 오케이. 알았어. 네 말이 맞아. 귀엽기는 하지. 에, 그건 그렇고… 어떤 게 내 거지?"

그러면서 삼식이는 옥상 구석, 눈에 잘 띄지 않는 자리에 놓아둔 1.8리터 페트병을 이것저것 살펴본다. 자기 것을 찾아낸 삼식이가 아무렇지도 않게 지퍼를 내리자 규영이는 또 진저리를 쳤다.

"아니! 진짜! 왜 그래? 왜 오줌을… 야만인이야?"

"응? 그럼 어디다가 싸? 여기다 싸고 가방에 담아서 버리고 오는 게 더 낫지. 그럼 오줌 쌀 때마다 길 건너 하수구까지 달려가야 되냐?"

삼식이는 당연한 걸 왜 따지냐는 표정이었다. 규영은 이런 게 싫었다.

아… 정말 존경할 사람, 하나도 없다. 키가 커다란 이것도 생긴 것만 기생오래비지, 완전 허당이다. 아무리 남자들 사이라고 해도 지켜야 할 매너라는 게 있는데, 무례해도 너무 무례하다.

하지만 규영이가 지랄을 하든, 신입이 손으로 눈을 가리든 삼식이는 의연하게 하던 일을 계속했다.

"아니! 여기가 무슨 목욕탕이야? 한쪽 구석으로 가서 벽 보고 누라고! 좀 부끄러워하란 말이… 헐!"

덜렁.

삼식이가 꺼내놓은 것을 보게 된 규영이는 말을 더 잇지 못했다.

이 남자는… 한국인의 한계를 넘었다. 아니, 동양인의 한계를 넘었다고 하는 게 더 적절할지도……. 오오, 대단하다. 삼식이 형은 부끄러워할 필요가 없었던 거다.

"땅꼬마, 그럼 잘 지키고 있어. 엉아들 금방 담배 피우고 올게. 아마 제나나 누가 좀 있다가 올라올 거니까 너무 무서워하지 말고."

오줌을 다 눈 삼식이가 규영이의 머리통을 한 번 더 쓰다듬고 지나간다. 평소였다면 오줌 묻은 손으로 어딜 만지냐고 길길이 뛰었겠지만, 규영이는 이미 완전히 압도되어 있었다. 그래서 멍청한 대답밖에 안 나왔다.

"…네."

그리고 몇 시간 후, 약속처럼 어둠이 또 찾아왔다. 야간의 첫 번째 경비조를 맡은 보안관은 2층 가발 가게에서 잔뜩 긴장한 표정으로 캄캄한 도로를 노려보고 있다. 보안관은 손에 해머를 계속 꽉 움켜쥐고서 손가락을 꼼지락거리며 심리적 안정감을 얻기 위해 애를 썼다.

좀비나 또 다른 침입자가 무서워서 그러는 건 아니었다. 불편하다. 보안관을 불편하게 만드는 건, 그의 바로 곁에 있는 경비조 파트너, 태권소녀였다.

저놈의 쫙 달라붙는 5부 레깅스, 어지간히 신경이 쓰인다. 발목의 압박붕대를 자주 고쳐 감으려면 트레이닝 바지보다 레깅스가 편하다는 게 태권소녀의 주장이다.

낮에처럼 길게 내려오는 박스 티라도 입으면 좀 낫겠는데, 오늘 밤 걸치고 나온 트레이닝복 상의는 슬림 핏이라 허리에 딱 걸려 있다.

TV에서 본 요가 강사를 제외하고는 국내에서 저렇게만 입고 돌아다니는 사람을 목도했던 기억이 보안관에겐 없다. 쟤가 있던 태릉선수촌에서는 저게 일상적이었는지 모르겠지만, 촌 동네에서 주로 서식하던 보안관으로서는 눈 둘 바를 모르겠다.

눈빛이 기분 나빴다는 소리를 듣지 않기 위해 보안관은 아무 것도 움직이지 않는 도로 위만 계속 노려보느라 애를 써야 했다. 태권소녀도 그리 말이 많은 편은 아니어서 둘 다 화난 사람처럼 입을 꾹 다문 채 한참을 보냈다.

"이거 원래 7부 바진데, 내가 입으니까 5부가 된 거야. 왜 그런지 알아?"

긴 침묵을 깨고 태권소녀는 갑자기 아무 의미도 없는 질문을 던졌다. 보안관은 그녀의 얼굴을 잠시 쳐다보다가 감정 없는 목소리로 대답했다.

"…네가 다리가 길어서?"

"맞았어."

그걸로 대화는 끝. 또다시 침묵이 이어진다. 그녀와 짝을 이뤄 경비를 보는 게 좀비를 발견했을 때 가장 잘 싸울 수 있는 조합이기는 하지만, 이건 정말 보안관에게 고역이었다.

차라리 이럴 때 좀비나 한 두어 마리 튀어나와 주면 우당탕탕! 하면서 시간을 보낼 수 있을 텐데. 하지만 언제 어떤 일이 일어날지 모르니까 아예 경비를 안 볼 수도 없다.

"아, 발목 아파서 붕대 다시 감아야겠다."

또 한참의 시간이 지난 뒤에 태권소녀는 벽에 기대앉으며 그런 말을 중얼거렸다. 보안관은 자기도 모르게 돌아다봤다. 달빛을 받은 태권소녀가 한쪽 다리는 쭉 펴고 한쪽 다리는 굽혀서 가슴에 붙인 채 붕대를 풀어 다시 감고 있다. 감는 솜씨도 아주 능숙하다.

확실히 운동을 하던 애는 다르구나…….

빤히 쳐다보고 있던 보안관은 태권소녀가 고개를 드는 바람에 눈이 마주쳤다.

"아니! 나… 보려고 했던 게 아니라… 그, 부, 붕대 감는 법이 신기해서! 진짜야, 안 봤어!"

잘못한 것도 없는데 변명이 터져 나온다. 보안관의 눈을 가만히 보고 있던 태권소녀는 다시 고개를 숙여 붕대에 시선을 두면서 퉁명스럽게 말했다.

"봐도 돼."

응? 보안관의 등에서 땀이 주르르 흘러내렸다. 가뜩이나 더운데 이건 무슨 당황스런 반응인가.

야, 나⋯ 진짜야. 네 다리랑 몸매라든가⋯ 훔쳐본 거 아니야⋯⋯.

아, 젠장 변명을 하는 게 더 쪽팔린 것 같다. 차라리 삼식이처럼 대놓고 위아래로 훑어보다가 걸렸으면 억울하지나 않지.

"너도 어제 좀 다쳤지?"

붕대를 다 감고 일어난 태권소녀가 가까이 다가오며 물었다. 보안관이 괜찮다고 대답하기도 전에 태권소녀의 손은 보안관의 뒤통수를 꽉 움켜쥐고 자신의 눈앞으로 얼굴을 끌어당겼다.

힘도 존나게 세다.

"이거 봐. 너도 얼굴 베였어, 유리 파편에. 얼굴만 그런 거 아니지? 또 베인 데 어디, 어디야?"

그러면서 태권소녀는 바닥의 배낭에서 뭔가를 주섬주섬 꺼냈다. 소독용 알코올과 소독 솜, 피부 재생 연고 등이다.

아, 저기, 나 어저께 제니가 다 치료해 줬는데⋯⋯.

보안관은 어쩔 줄 몰라 하며 눈만 껌뻑였다.

"앉아, 약 바르게. 이렇게 방치하면 염증 생긴다고. 좀 위생에도 신경 써라."

보안관을 반강제로 눌러 앉힌 태권소녀는 손가락으로 더듬거려 얼굴의 상처를 찾는다.

야이, 계집애야! 위생에 신경 안 쓰는 건 너지! 좀 전에 네 발이랑 붕대 주무르던 손으로 왜 남의 상처를……

보안관으로서는 할 말이 정말 많았지만, 그리 가까운 사이가 아니라 확 내뱉지도 못했다. 그러거나 말거나 태권소녀는 알코올에 적신 솜으로 우악스럽게 보안관의 상처를 누르고 쑤셔 댔다.

"아! 아야! 왜, 왜 이래!"

"시끄럿! 참아. 이래야 낫지. 따가우면 좀 불어줄 테니까."

그러더니 후우우~ 입김까지 분다.

이건 뭐, 곤욕도 이런 곤욕이 없다.

"후아~ 밤인데도 되게 덥네."

강제 치료를 하다 말고 태권소녀는 벌떡 일어나더니 트레이닝복의 지퍼를 내린다. 이런 젠장! 안에는 딱 달라붙는 탱크톱만 입고 있다.

아… 불편해, 불편해.

보안관은 얼른 시선을 옆으로 돌렸다.

야! 면 티 정도는 좀 입어주라고, 제발!

하지만 태권소녀는 막무가내로 다시 가까이 와 보안관의 얼굴을 자기 쪽으로 돌린 뒤, 소독을 하기 시작했다.

손길은 또 어쩌나 거칠고 섬세하지 않은지, 이건 소독을 하는 건지, 딱지를 떼어내고 상처를 다시 벌리는 건지 분간이 안 된다. 주먹을 꽉 쥐는 장갑 속 보안관의 손은 진땀으로 흥건히 젖어 있다.

이건… 이건 정말 못 참아. 내일은 다른 놈이랑 조를 짜든지, 아니면 삼식이를 데리고 올 거야……

己

제니는 파라다이스 모텔의 자기 방 침대 위에 누워 있었다. 아침 여섯 시부터 시작해서 하루 종일 바쁘게 일을 하고 계속 움직였으니 잠이 올 만도 한데, 눈이 말똥말똥하다.

이유 없이 불안하고 공연히 두렵다. 눈을 감으면 자꾸 추상적인 이미지의 공포가 확 덮쳐 오는 것 같아서 벌떡 몸을 일으키게 된다. 전등을 켜놔도, 철 지난 잡지를 뒤적거려 봐도 여전히 마음은 심란하다.

벽이 없는 한 공간에서 다 같이 마주 보고 잠들었던 복지 센터에서는 이런 기분이 한결 적게 느껴졌었다. 선로 자갈 위에서 박스를 깔고 잠을 청했던 때조차도 지금보다는 불안함이 작았다.

거기에서는 눈에 보이는 곳에 믿음직한 얼굴들이 있었고, 손만 뻗으면 언제라도 닿을 수 있다는 생각을 하며 잠이 들었었다. 하지만 지금은 벽과 문이 가로막고 있다.

침대라는 편안한 잠자리에 감동했던 것도, 마음 편히 옷을 벗고 물티슈로나마 몸을 씻으며 사생활이 보장되는 것에 기뻐했던 것도 모두 처음 이틀 정도뿐이다.

그 이후로는 석양이 지는 걸 보는 게 굉장히 무서워졌다. 다 같이 웃고 떠드는 낮의 고됨이 밤의 휴식보다 훨씬 편안했다.

불과 몇 주 전, 좀비 세상이 도래하기 전까지 고급 빌라의 화려한 사적 공간에서 눈부신 조명과 열광적 환호를 잊고서 잠시

라도 홀로이고 싶던 그 익숙한 일상이 무색할 만큼 혼자 남겨질
까 봐 두렵고, 혼자 남겨두고 온 테라에게 미안하다.

닫힌 창문 때문에 꽉 막힌 더운 공기 속에서 제니는 목이 조
여오는 것 같은 답답함을 느꼈다.

그래도 자야겠지… 라고 생각하며 불을 끄려 할 때, 똑, 똑,
누군가 그녀의 방문을 두드렸다. 목욕할 때를 제외하면 제니는
방문을 잠그지 않았다. 그렇게 상대방을 신뢰하고 있다는 걸 보
여주는 게 기본적인 예의라고 생각해서였다.

다급한 노크 소리는 아니었다. 제니는 누구냐고 묻지 않고
'들어와요'라고 하며 문을 열었다. 문 앞에는 가장 의외의 인물
이 있었다. 규영이다. 휠체어에 앉은 규영은 눈물이 그렁그렁한
눈으로 제니를 바라봤다.

"왜 그래? 무슨 일이야?"

제니는 규영의 눈물을 닦아주면서 물었다.

"저… 무서워서… 어제 그놈들이 이 골목 안으로 들어오는 걸
본 다음에는… 계속 무서워서 잠을 못 자겠어요. 혜주 누나도 없
고… 혼자서는 도저히 못 자겠는데… 깜빡 졸았다가도, 엄청 괴로
운 악몽 때문에 자꾸 깨요……. 방문을 볼 때마다 소름이 끼쳐요.
갑자기 저 문이 열리면서 좀비가 들어오면 어쩌지… 그런……."

제니는 규영을 가만히 바라보았다.

아직 어린 소년이라는 걸 알리는 듯한 하늘색 줄무늬 파자마,
두려움을 달래려는 듯 꼭 끌어안고 있는 작은 토끼 인형.

규영이는 고개를 푹 숙이고 작은 어깨를 들썩거렸다.

"내가… 다리만 건강했어도… 이렇게 겁쟁이가 아니라 오히려 내가 누나를 지켜줄 텐데… 너무 분해요… 누나… 미안한데요… 나 여기에서 오늘… 딱 하루만 재워주시면 안 돼요? 옆에 누워서 저 잠들 때까지 토닥거리면서 옛날이야기 해주시면 안 돼요… 네, 누나?"

그러더니 규영은 고개를 들어 눈물이 찔끔 배어 나온 눈으로 제니를 바라본다.

훗, 제니는 아주 자상한 미소를 지으며 천천히 규영의 머리를 두어 번 쓰다듬었다. 그러고는 엄지와 검지로 규영의 코를 꽉 쥐었다. 규영의 입에서 엷은 미소가 막 번지려던 시점이었다.

"후후후, 아주 좋은 시도였어. 일부러 소품까지 갖추시고… 후후후, 하지만 안 통해. 누나가 네 머리 꼭대기에 있어요, 요놈."

"아하하……."

규영도 어색한 미소를 흘린다. 제니는 녀석의 머리를 한차례 더 쓰다듬어 주면서 휠체어 손잡이를 잡고 녀석의 방 쪽으로 밀고 갔다. 방문을 닫아주려는데, 규영이 묻는다.

"근데 저 어디에서 걸린 거예요, 누나?"

"뭐, 전체적으로 다 조금씩 모자랐는데… 특히 눈물 연기가 좀 어색했달까? 억지로 짜내는 게 보였어. 잘 자."

제니가 손을 흔들어주자 규영은 파자마 품에서 얼른 카메라를 꺼낸다.

"누나, 누나. 잠깐만요. 지금 그 웃으면서 손 흔드는 거 한 번만 더요."

제니는 기꺼이 그렇게 해줬다.

찰칵, 찰칵, 어두운 복도에서 두 번이나 플래시가 터졌다. 혜주 언니가 봤으면 기겁할 일이다.

후후, 카메라를 숨기고 있었다는 걸 감추려고도 하지 않는군. 발칙한 녀석일세…….

제니는 웃으면서 자기 방으로 돌아왔다. 어쨌거나 아주 좋은 핑계를 배웠다. 즉각 써먹어도 될 만하다.

30분쯤 뒤.

똑, 똑.

이번에는 유빈의 방문에 노크 소리가 울렸다. 깜빡 잠에 빠져 들어 있던 유빈은 깜짝 놀라 벌떡 몸을 일으켰다.

"어… 뭐, 뭐야?"

비상사탠가? 무슨 일이 났나?

온갖 생각을 다 하며 황급히 침대에서 일어나 눈을 비비고 있을 때, 끼이익, 문이 열린다. 그리고 제니의 얼굴이 보였다.

"들어가도 돼요, 오빠?"

"무, 무슨 일 있어? 들어와, 들어와."

마음은 엄청 급한데 여전히 잠에서 덜 깬 혀는 자꾸 꼬인다. 제니가 방 안으로 들어와 살포시 문을 닫는 동안 유빈은 손바닥으로 몇 차례나 얼굴을 훑어 내렸다. 이제야 겨우 좀 정신을 차려진다. 눈에 힘을 주어 뜨며 유빈이 물었다.

"왜 그래? 무슨 일이야? 어엇, 너 옷이 왜…….""

상황이 좀 선명하게 인식되어 가자 제니의 옷차림이 눈에 들어온다. 그녀는 한쪽 어깨가 반쯤 드러난 오버 사이즈 티셔츠 한 장만 입고 있는 것 같다. 그녀의 희고 쭉 뻗은 맨다리 때문에 유빈이 당황스러워하자 제니는 태연한 표정으로 티셔츠의 한쪽 끝을 들어 올렸다.

"어휴~ 오빠, 무슨 생각 하는 거람? 반바지, 입었어요. 혜주 언니가 준 거."

그 반바지라는 게 올림픽 장거리 육상 선수들이 입는 경기복 수준이다. 유빈은 난감해하며 고개를 끄덕였다. 시선은 우측 하향 고정이다.

"그, 그래, 그렇구나. 근데 이 시간에 무슨……."

"무서워서 잠이 안 와요."

"응?"

"좀비들이 이 골목 어딘가로 돌아다니고 있다는 생각이 드니까… 너무 무서워서 도저히 혼자서는 못 자겠어요……. 깜빡 졸았다가도 계속 악몽을 꾸고… 금방이라도 닫힌 문을 열고 좀비가 들어올까 봐… 흑……."

제니는 비장의 눈물을 그렁거리는 연기를 시작했다.

규영아, 사람의 마음은 이렇게 흔드는 거란다.

유빈이 손사래를 쳤다.

"아냐, 그런 걱정 안 해도 돼. 저기… 아까 우리가 다 덫이며 줄이며 장치해 뒀잖아. 좀비들이 이 근처 두 블록 안에 들어오기만 하면 아마 땡그렁땡그렁 난리가 날 거야. 그럼 또 보안관이랑 혜주가 가만히 안 있을 거고. 그러니까 무서워하지 말고 푹 자."

유빈이 논리를 무기로 내세워 봤지만, 제니의 애절한 연기는 이제 막 시작되었을 뿐이다. 제니는 입술을 꽉 깨무는 척을 하면서 속삭였다.

"그렇게 차갑게 말하지 말고, 그냥 여기에 있어도 된다고 해 주면 안 돼요, 오빠? 조금 진정될 때까지 조용히 있다가 갈게요. 혹시 졸려지면 소파에서 잘게요."

하아~ 유빈은 어쩔 줄 몰라 하며 머리를 긁적였다. 그 순간, 제니는 약점을 잡은 맹수처럼 결정타를 날렸다.

"오빠는 제가 있는 게 싫어요? 그럼 나갈게요."

"아냐, 싫은 게 아니라… 왜 싫겠어. 그냥 네가 있으면 이번에는 내가 못 잘 것 같아서……. 하아… 알았어. 여기에서 자. 네가 침대 써."

헤헤헷, 유빈의 허락이 떨어지자마자 제니는 혀를 날름하고 발레리나처럼 가볍게 도약해서 침대 위로 몸을 날렸다. 조금 전까지 유빈이 베고 자던 베개를 꼭 끌어안고 엎드린 제니가 빙글거리며 물었다.

"근데요, 오빠. 내가 있으면 왜 못 잔다고 했던 거예요?"

조금 전까지 그렁거리던 눈물은 어느새 쏙 들어갔고, 대신에 장난기가 데굴데굴하다. 두 다리를 번갈아가며 달랑달랑 흔드는, 그 천진한 얼굴이 오히려 더 사악하게 느껴져서 유빈은 한숨을 쉬었다.

너랑 한방에 있는데 편하게 잠들 수 있는 남자가 너희 아빠랑 삼식이 말고 더 있겠어?

"그럼 나도 좀 물어보자. 잠이 안 온다는 것까지는 이해했는데, 꼭 나를 꼭 찍어서 놀렸어야 했냐?"

"어머, 처음부터 오빠 방에 들어온 거 아니에요. 웬일이야? 저요, 삼식이 오빠 방부터 갔었어요. 근데 문밖에서도 코 고는 소리랑 방귀 뀌는 소리가 다 들리잖아요. 그래서 어쩔 수 없이 여기로 왔다고요. 근데 오빠, 계속 서 있을 거예요? 여기로 와서 더 자요. 조금 전까지 잘 자고 있었잖아요. 코~ 자요."

제니는 자신의 옆자리를 톡톡, 두드리더니 빙글 한 바퀴를 굴렀다.

으아… 아찔하다 못해 찌릿하다.

그날 옥상에서 사투를 벌이고서 제니가 오줌 지린 바지를 갈아입던 순간이 오버랩된다.

유빈은 티 내지 않기 위해 애쓰며 마음속으로 주문을 외웠다.

서지 말아라… 서지 말아라… 제발 서지 마. 너 쟤한테 들키면 그때는 정말 계속 놀림 받는다. 이미 충분히 장난감 취급 받고는 있지만……

유빈은 애써 쿨한 척하며 소파에 기대앉았다. 시선은 일부러 커튼 쪽으로 돌렸다.

"오빠는 잠들기 전에 무슨 생각 했었어요?"

제니가 묻는다.

"그냥… 이런저런… 주로 걱정이었어. 제일 마지막으로 생각하다가 잠들었던 건 아마… 겨울이 되면 엄청 추울 텐데, 불도 못 피우고 어떻게 견디지? 뭐, 그런 거였던 것 같아."

"우하하하, 하여간 걱정왕이라니까. 겨울 걱정까지 미리 했어요? 그렇게 걱정이 많은데 잠이 와요?"

"뭐… 평생 걱정만 했으니까 그게 그냥 일상이지. 돈 걱정, 월세 올려 달라고 하지 않을까 하는 걱정, 아프면 큰일 나는데 하는 걱정, 나 군대 가면 할머니 용돈은 어쩌지 하는 걱정……. 걱정을 안 한다는 게 이제는 오히려 상상이 안 돼. 정말로 걱정을 안하고 사는 사람도 있었을까? 좀비 세상이 오기 전에 말이야. 하긴 너 같은 사람은 별로 걱정 없었겠구나. 넌 완벽하니까."

유빈은 아무 생각 없이 던진 말이었는데, 제니는 꽤나 심각하게 받아들였다. 까불까불 뒹굴던 제니가 침대에 걸터앉아서 조용히 말했다.

"…나도 걱정 있었어요."

"진짜? 그렇게 모든 걸 다 가진 사람처럼 보였는데… 하긴 정상에 서 있다는 건 또 그 나름의 고충이 있는 거겠지. 누가 내자리 빼앗으면 어쩌지, 뭐 그런 거?"

여전히 유빈은 그녀에게 등을 돌린 채 무심하게 지껄였다.

"아니요. 그런 건 별로 안 무서웠어요. 건방지게 들리겠지만, 자신이 있었거든요. '우리 둘은 절대 못 이길걸?' 하는, 그런 마음. 근데 다른 게, 정말 큰 걱정이 하나 있었어요."

제니의 목소리가 점점 작아져서 유빈은 얼굴을 찌푸리며 고개를 돌렸다.

"마지막에 뭐라고 한 거야? 잘 안 들렸어."

유빈의 베개를 꼭 끌어안고 앉아 있던 제니가 손짓을 한다.

"멀리 도망가 있으니까 그렇죠. 그런 아픈 얘기는 큰 소리로 말하기 싫다고요……. 소리 높이지 않도록 여기, 옆에서 들어주면 되잖아요."

그녀의 다리를 보는 것만으로도 아찔해져서 쉽사리 다가갈 엄두가 나지 않았지만, 유빈은 순순히 시키는 대로 그녀의 곁에 가 앉았다. 제니의 표정이 조금 전 방문을 두드렸을 때와는 다른 간절함을 담고 있었기 때문이다.

유빈이 옆에 앉자 제니는 엷은 미소를 지으며 손을 달라고 한다. 유빈은 땀이 송골송골 맺힌 손바닥을 그녀에게 맡겼다. 깍지를 껴서 유빈의 손을 차지한 제니는 커튼 쪽으로 시선을 돌리며 소곤거린다.

"나는요, 지금보다 더 어렸을 때 정말 기분 나쁜 거래를 했어요. 그 거래 자체를 후회하느냐고 물으면 그건 아니에요. 만약 지금 또 다시 그런 상황이 되더라도 아마 똑같은 선택을 할 것 같아요."

으아… 큰일 났다…….

유빈의 가슴이 미친 듯이 콩닥거렸다. 아까 제니가 속옷 뺨치는 반바지를 보여줬을 때보다도 훨씬 더 빠르고 강하게 심장이 펌프질을 하고 있다.

말을 딱 듣자마자 떠오르는 인물도 있다.

태양 그룹 작은 회장.

왜지? 왜 나한테 이런 이야기를? 이거, 뭔가 나 따위가 들으면 안 되는 은밀한 이야기인 것 같은데…….

하지만 제니의 깍지 낀 손가락은 유빈의 손을 놔줄 기미가 없다. 제니가 팔을 당기는 바람에 유빈의 손등은 제니의 허벅지에 닿았다.

심리적으로는 불안하고, 육체적으로는 흥분하고, 이래저래 유빈의 얼굴은 빨갛게 달아올랐다. 그 감촉을 인지하지 못하는지 제니는 평온한 표정으로 이야기를 계속했다.

"걱정되는 건… 나중에 내가 정말 좋아하는 사람이 생겼을 때… 예전의 그 기분 나쁜 거래를 했던 당사자가 그, 내가 좋아하는 사람을 만나서 나랑 자기가 했던 일을 이야기하며 비웃으면 어쩌지 하는 거였어요……. 나한테… 정말 소중한 사람이 내가 했던 일 때문에 비참한 기분을 느끼게 될까 봐… 그게 무서웠어요."

제니의 눈에서 눈물이 주르르 흘러내린다. 유빈은 당황스러워서 미칠 것 같았다.

이게 뭔 말이야, 도대체……. 뭘 어떻게 해야 하는지 도무지… 삼식이, 삼식이가 필요한데, 이럴 때는.

유빈이 그렇게 두꺼비처럼 눈만 껌뻑거리고 있는 동안 제니는 이야기를 계속했다.

"그래서… 고민 끝에 얕은꾀를 낸 게, 내가 먼저 살짝살짝 눈치를 주다가 용서해 줄 것 같은 사람이면 고백을 해야지 하는 수준이었어요. 참 얕죠. 그 나쁜 놈의 입을 통해 밝혀지기 전에 내가 먼저 말하면 충격이 덜할 거라고… 그렇게 나한테 거짓말을 하면서 불안을 좀 덜어내 보려고 했었어요. 바보죠. 누구 입을 통해서 듣는다고 뭐가 달라져요. 어차피 있었던 사실은 변함이 없는 건데… 그 사람이 비참해지는 건 똑같다고요."

제니는 또다시 눈물을 한 줄기 쭉 짜낸다.

"그, 그거, 얕은 생각도 아니고 바보 같지도 않아. 나름 굉장

히 현명하다고 생각해. 어떤 사람들은 과거 같은 건 그렇게 중
요하게 생각하지 않는 사람들도 있대……. 아, 아니, 그런 사람
들도 있어. 그리고 정말 좋아하는 사람은 그런 걸로 화내거나
비참해하지 않을 거라고 생각해. 그냥 같이 아픈 거지. 왜 그렇
게 자꾸 울어? 누구한테 그런 말 했을 때 그 사람이 화냈어? 그
럼 그 사람이 문제가 있는 거야."

"아니요. 지금까지 한 번도 말한 적 없어요. 너무 창피해서…
아무한테도… 엄마도 몰라요."

제니는 힘없이 고개를 저었다. 유빈은 멍해져서 이 눈물 많은
소녀의 울음을 그치게 할 방법을 궁리했다. 또 걱정거리 하나가
늘었다.

"아까… 어떤 사람들은 과거 같은 건 중요하게 생각하지 않
는다고 했었잖아요. 그리고 정말 좋아하는 사람은 옛날 일 때문
에 화를 안 낼 거라고 했잖아요."

하도 울어서 목소리가 갈라진 채로 제니가 속삭였다. 유빈은
고개를 끄덕였다.

"응, 그래. 당연히 그렇지. 그런 사람들이 의외로 꽤 많아.
그러니까 그만 걱정해."

잠시 뜸을 들이던 제니가 고개를 돌려 유빈을 보며 물었다.

"오빠는요? 오빠는 어떤 타입이에요? 정말 좋아하는 사람이
옛날에 부끄러운 일을 했던 걸 알아도 그것 때문에 상처 받지
않을 자신이 있어요?"

아… 유빈의 정신이 아득해지면서 아주 멀리 안드로메다까지

찍고 다시 돌아왔다. 차라리 얘가 섹시 코드로 자신을 장난감 취급 하면서 놀렸을 때가 백배는 편하고 행복했다. 이건 완전히 늪에 빠져 버린 상황이다.

애 지금 대체… 술을 이빠이 마신 건가? 아닌데, 술 냄새는 나지 않는데…….

무슨 이유에선지는 몰라도 그냥 감정이 굉장히 과잉되어 있는 모양이다. 그런 생각을 하는 동안 0.5초가 흘렀다.

여기에서 긍정을 하면 그때부터는 더 듣기 힘든 이야기를 들어야 할 것 같다. 이미 지금까지 들은 것만으로도 가슴에 담고 살기 벅찰 정도인데… 그렇다고 '아니, 나는 그런 성격이 아니야' 라고 말해 버리는 건 얘한테 울라고 스위치를 눌러 버리는 거나 다름없어진다.

제니의 눈이 자신의 눈과 입술만 보고 있다.

거리는 불과 30센티나 될까? 내쉬는 숨결이 고스란히 느껴진다. 또 0.5초가 흘렀다.

이제 더 딜레이는 두면 안 된다. 뭔가 말을 해줘야지. 그렇지 않고 시간만 보내면 그냥 'No' 나 마찬가지다. 유빈은 입을 열었다.

"나… 나는…….."

제니는 깍지 낀 손 위에 또 손을 포개서 자신의 품으로 끌고 간다. 그 눈빛이 너무 간절하다. 그때…….

덜크럭, 덜크럭.

방문의 손잡이가 반쯤 도는 소리.

'어, 뭐야? 유빈아' 라고 문밖에서 부르는 삼식이의 목소리.

그때, 유빈은 처음 깨달았다. 제니를 들이고 난 뒤 자신이 방문을 잠가뒀다는 사실을…….

나라는 놈, 하여간에 속속들이 음흉하다.

느닷없는 삼식이의 개입으로 고조되었던 감정은 순식간에 가라앉았고, 제니와 유빈은 당황한 얼굴로 마주 봤다.

쿵, 쿵, 쿵.

삼식이는 문을 두드리고 있다. 이 정도 답이 없으면 자나 보다 하고 좀 그냥 갈 것이지, 어지간한 녀석이다.

제니가 침대 옆으로 몸을 숨기는 걸 확인하고, 유빈은 얼른 일어나 방문을 열었다. 삼식이는 맥주 두 캔을 들어 보이며 밝게 웃었다.

"하하하, 뭐야? 갑자기 문을 다 잠그고 그래? 유빈이 너도 신입 흉내 내냐? 맥주 한잔하고 자자. 더워서 영 잠이 안 온다."

"아니, 아니, 나… 술 안 마실래. 머리 아파서 못 마셔. 컨디션 너무 안 좋아. 지금 막 자려던 참이야."

아무렇지도 않게 방으로 들어오려는 삼식이를 필사적으로 막으며 유빈은 진땀을 흘렸다. 뭐, 도무지 핑계가 떠오르지 않아서 눈앞이 캄캄하다. 불알친구가 방에 좀 들어오겠다는데 그걸 막을 만한 타당한 이유 같은 게 있을 리가 없다.

"어? 왜 이러지? 이제는 방에도 못 들어오게 하네? 뭐야, 문 잠근 거랑 무슨 연관이 있어? 그리고 보니 이 방, 왜 이렇게 더워? 후끈후끈하네."

삼식이는 수상하다는 듯 유빈을 위아래로 훑어본다. 유빈은 땀이 삐질 솟았다. 하나는 뜨거운 눈물을 펑펑 쏟아내며 울고, 또 하나는 그 옆에서 당황한 채 머리와 몸이 각각 다른 사유로 열을 내고 있었으니 이 방의 공기가 그사이 더 더워진 건 당연한 일이다.

이놈, 구구단은 못 외우지만 눈치 하나는 기가 막힌 놈. 뭔가 이상한 낌새라도 느낀 걸까?

빨리 보내야 한다. 지금은 그게 상책이다.

"응, 이 방이 좀 더워. 문 잠근 건 그냥… 홀떡 벗고 시원하게 좀 자보려고 그랬어. 어제는 옷을 입고 잤더니 땀이 너무 많이 나서 잠을 좀 설쳤거든……. 그래서… 다 벗고 잘 건데 문을 어떻게 열어와. 근데 그때 네가 막 문을 두드린 거야."

"그러니까, 늦게 문을 연 게 옷을 다시 주워 입느라고 그랬다고?"

"응, 응."

"하하하, 뭘까, 유빈 군? 엄청 수상해~"

어처구니없어 하며 껄껄 웃던 삼식이가 '아하!' 하는 표정을 지었다.

"에헷~ 그거구나, 그거. 알았어, 알았어. 그럼 나 혼자 마시지 뭐. 이따가 경비 서러 나갈 때 보자."

"응, 그래. 미안해. 내일 같이 마셔."

삼식이가 말하는 '그게' 뭔지는 모르겠지만, 일단 납득하고 돌아가 준다니 그저 고마울 따름이다. 상황이 종료되는구나 싶어 유빈이 안도의 한숨을 내쉴 때, 삼식이가 다시 문을 밀고 들어와 방 안을 훑어보더니 은근하게 속삭였다.

"네 방 달력은 산수화네? 내 방에 맥주 회사 달력 걸려 있던데, 그거 가져다줄까?"

"응? 맥주 회사 달력?"

"그런 달력 있잖아. 외국 여자들 수영복 입고 있는… 뭐, 엄청 야한 거는 아니지만, 그래도 아무것도 볼 게 없는 것보다는 도움이 될 텐데."

하하하…….

유빈은 힘없이 웃었다.

'그거'가 그걸 말한 거였어?

"아냐. 너 그거 오해야. 그냥 정말로 피곤해서 좀 시원하게 자보려던 거라고. 그거 아니야."

"아니긴. 지금 생각해 보니까 아까 문 열었을 때부터 숨결이 장난 아니었는데… 난 황소인 줄 알았어."

"아니라고요. 삼식아, 좀. 사람 추잡스럽게 만들지 말아라."

그렇게 문을 닫으려는데 삼식이가 한 번 더 고개를 삐죽 내밀었다.

"로션은? 너 로션 있어?"

"하하~ 어? 너는 그… 로션 쓰냐? 아니, 그런 이야기는 됐고 좀! 아으! 상상했잖아, 이 새끼야! 어쨌든 필요 없다고. 그거 아니야! 잘 자!"

유빈은 결국 삼식이를 내쫓는 데 성공했다. 반쯤은 억지였다.

하아아~ 죄짓고 사는 사람들은 도대체 간이 얼마나 큰 걸까? 이 정도로도 나는 심장이 떨어지는 것 같은데…….

다시 문을 잠근 유빈이 진땀을 닦고 돌아서자 침대 옆에 숨어 있던 제니도 손으로 입을 가리며 일어난다. 금방이라도 웃음이 터질 것 같은데 꾹 참는 얼굴이다.

풋, 푸풋, 소리를 죽여 웃음을 터뜨린 제니가 침대에 벌렁 드러누우며 말했다.

"우와! 오빠, 거짓말 진짜 잘하네요. 후후, '아냐, 삼식아. 나 홀딱 벗고 잘 거야. 아주 홀딱!' 큭큭큭."

하지도 않은 말까지 덧붙여서 유빈의 말투를 흉내 내던 제니는 다시 또 웃음보가 터졌다. 도저히 못 참겠는지 유빈의 베개를 얼굴에 덮어 소리를 죽이며 끅끅거린다. 유빈은 힘없이 중얼거렸다.

"거짓말을 잘한다고? 그건 내가 하고 싶은 말이다. 삼식이가 코를 골고 방귀 뀌면서 잔다며?"

"아까 내가 찾아갔을 때는 분명히 그랬어요. 아니라는 걸 오빠가 증명할 수 있어요? 그러니까 거짓말이라고 단정하면 안 되죠."

제니는 정색하는 척하더니 곧바로 또 웃음을 터뜨리며 말을 이었다.

"하지만 오빠는 이제 홀딱 벗고 자야만 거짓말을 안 한 게 되는 거예요. 그러니까 거짓말쟁이라는 말 듣기 싫으면 얼른 계획대로 하세요. 후후후, 나는 아무것도 안 볼게요. 자, 이거 봐요. 눈 다 가렸잖아요."

손가락 틈으로 빤히 쳐다보면서 그런 말을 하며 놀리는데도… 젠장, 정말 예쁘다.

제니가 들어온 후 켜놓았던 미니 램프의 약한 조명 아래서 그 애를 보고 있자니 꿈을 꾸는 것 같은 기분이다.

물론 삼식이가 문을 두드리기 전까지는 에로틱한 악몽에 가까웠다. 진땀이 뚝뚝 떨어지고 정신이 아득해지는 악몽.

어쨌든 그녀가 조금 전의 한껏 과잉된 감정에서 벗어난 것 같아 유빈으로서는 다행스러운 일이었다. 자신이 그녀를 책임질 것도 아닌데 감당 못할 만큼 깊은 비밀을 알게 되는 건 사양하고 싶다.

"근데 오빠, 맥주 달력 정말 필요 없어요? 내 방에도 그거 걸려 있던데. 푸하하하—!"

말을 해놓고 자기가 부끄러운지 제니는 또 베개에 얼굴을 묻고 웃었다. 맥이 탁 풀려서 소파에 걸터앉은 유빈은 힘없이 말했다.

"비위도 좋다. 베개 그거, 냄새 엄청 날 텐데… 계속 땀 흘리면서 씻지도 못하고 베던 거라."

킁킁, 냄새를 맡아보던 제니가 고개를 저었다.

"아뇨, 나쁜 냄새 안 나요. 그냥 오빠 냄새."

"칭찬이야, 뭐야? 잘 모르겠네. 땀에 찌든 냄새가 내 냄새라고? 후후, 악취맨인가?"

유빈은 소파 팔걸이에 머리를 기대며 중얼거렸다. 두 다리를 쪽 편 채 침대 옆자리를 두드리며 제니가 또 야릇한 미소를 보낸다. 사람 가지고 놀 때의 그녀로 돌아왔다.

이건 애완견이나 뭐, 그런 취급이구나……. 에휴~

내일부터는 보안관이랑 경비조를 바꿔야겠다고 유빈은 생각했다. 얘가 이렇게 야밤에 노크하는 데 재미를 들렸으니, 돌아가라는 말을 매몰차게 못할 바에야 아예 한동안 피해 있는 편이 좋겠다. 잠이 깊이 들어 있는 새벽에 들어오면 그때는 좀 낫겠지…….

힘들어서 왔다는 애를 외면해 버리는 것 같은 모양새라 마음이 편치는 않지만, 정 무서우면 보안관 방문을 두드리면 된다. 보안관이야 물론 엄청 기뻐할 거고. 그리고 정말로 잠만 잘 재워줄 수도 있는 녀석이다.

"오빠, 일루 와요. 이렇게 넓은데 왜 불편하게 거기서 자려고 그래요? 자, 내가 이만큼 더 비켜줄게요."

그러면서 한쪽 엉덩이를 살짝 든다.

어이쿠, 유빈은 차라리 눈을 감았다.

어차피 내가 욕심내면 안 될 사람이다. 참아야 한다. 참아야 한다. 이런 추세라면 얘 덕분에 가까운 미래에는 정말 득도의 경지까지 오를지도 모르겠다.

유빈을 마주 보도록 옆으로 기대 누운 제니가 중얼거렸다.

"이상하다. 어떤 남자들은 여기 누워보는 게 소원일 텐데……. 오빠는 그것보다 달력을 더 좋아해."

"어후~ 제니야, 얼마나 더 놀릴 거니. 나 정말 힘들어."

더 이상은 스트레스를 못 참겠어서 유빈은 두 손으로 얼굴을 감싸며 애원하듯 본심을 털어났다.

이건… 정말 이상한 형태의 지옥이다. 눈은 즐거운데, 그걸 제외한 나머지가 다 괴로운.

"불쌍해라. 세상에… 이렇게 착한 오빠를… 내가 무슨 짓을 한 거야? 알았어요. 이제 그만 장난칠게요. 자, 여기 와서 편하게 자요. 전 여기 안 넘어갈게요. 정말로! 약속!"

제니는 침대의 3분의 1 지점으로 옮겨 누우며 손으로 선을 쭉쭉 그었다. 유빈이 대꾸하지 않자 제니는 천연덕스럽게 말을 덧붙였다.

"그렇게 하는 게 제가 소파로 가는 것보다는 훨씬 편할걸요?"

정말 그런 장난을 치고도 남을 애라서 유빈은 얼른 몸을 일으켰다. 그러고는 침대에 눕기 전 한 번 더 확인을 했다.

"각자 방에서 잔다는 선택지는 없는 거야?"

"없어요. 아까 다 부탁했는데 왜 치사하게 그래요? 자, 얼른 누워요. 에이, 걱정하지 말라니까요. 장난은 이제 안 쳐요."

영 찜찜해하면서도 유빈은 침대에 누웠다. 이따 보안관이랑 교대를 해주려면 잠을 자기는 좀 자둬야 한다.

뭐… 환경이 쉽게 잠들 수 있기는 텄지만, 유빈은 침대 모서리에 자리를 잡고 투탕카멘처럼 두 팔을 가슴에 모은 채 눈을 꾹 감았다. 제니와 유빈은 침대 가운데를 무서워하는 사람들처럼 구석에 몰려 있다.

빠르게 뛰던 유빈의 심장이 조금 안정을 찾아갈 무렵, 옆으로 누워 한동안 그를 보고 있던 제니가 속삭였다.

"그거 봐요. 막상 옆에 누우니까 별거 아니죠? 우리, 복지 센터에서는 늘 이런 각도로 누워서도 잘 잤었잖아요. 자리도 바로 옆이었고요."

"…그땐, 우리 둘만 있는 게 아니었잖아. 다 한 군데에서 같이 잤으니까 이거랑은 다르지."

"오빠는 나랑 둘만 있는 게 뭐가 그렇게 무서워요? 후후후, 평소에 대체 무슨 생각을 하는 거예요?"

대답이 궁한지, 유빈은 눈을 가리며 '장난 안 치겠다고 했잖아'라고 중얼거렸다.

알았어요, 알았어요.

고개를 끄덕인 제니는 질문을 바꿨다.

"몇 시에 경비 보러 나가요?"

"두 시에 교대야. 한 10분 전에 나가면 안 늦어."

제니는 침대 머리맡에 있는 시계를 봤다. 열한 시가 막 지났다.

"어머, 몇 시간 못 자네요. 그때 나갔다가 언제 다시 들어와서 자요?"

"안 들어와. 여섯 시 반까지 쭉 있어."

"그럼 오빠네만 너무 조금밖에 못 자는 거잖아요."

"아니야. 다 비슷해. 보안관도 겨우 네 시간 자는 거고, 경비안 보는 애들은 그 대신에 여기에서 내일 쓸 물건 만들다가 자잖아. 아침에도 일찍 일어나고."

유빈의 말끝이 조금씩 늘어진다. 정말로 어지간히 피곤한 모양이다. 이쯤에서 놓아주고 재워야 하는 걸 아는데도 제니는 자꾸 말이 걸고 싶었다.

언제 또 이렇게 단둘이서만 은은한 조명을 받으며 한 침대에 누울 수 있을지 아무런 기약이 없으니까. 운이 없으면 내일 당장이라도 둘 중 한 사람이 어떻게 될지 모른다. 생각하기도 싫은 불길한 이야기지만, 엄연한 현실이다.

그녀를 포함한 일곱 명의 일행 중 그 누구도 삶을 온전히 보장 받지 못했다.

"내가 장난치는 거 싫어요? 짜증나요?"

"…싫은 게 아니라 그냥 힘든 거야."

반쯤 잠든 목소리로 유빈이 느릿느릿 대답한다. 잠결에 나오는 말이라 그런지 평소보다 훨씬 무장이 해제된 것처럼 들려서 제니는 귀를 쫑긋 세우며 속삭였다.

"왜요?"

"뭐… 예뻐서라고 하는 게 제일 맞겠지. 친동생처럼 대해야 하는 거 아는데… 그게… 네가 장난을 치면언… 그게 잘 안 돼. 그래서… 힘들어. 내가… 실수할까 봐. 내가 워낙에… 속물이라서… 푸우우~"

마지막에 가서는 아예 푸우, 푸우, 숨을 불면서 잠에 곯아떨어졌다. 제니는 아주 살살 거리를 좁혀 다가갔다. 마침내 둘의 간격이 30센티 이내로 줄어들 때까지도 유빈은 전혀 눈치 못 채는 것 같다.

가느다란 손가락으로 유빈의 떡 진 머리카락을 살살 쓸어주자, 유빈의 입에서는 강아지처럼 낑낑 앓는 소리가 흘러나온다.

풋.

그 모습이 귀여워서 제니는 소리 죽여 웃었다. 계속해서 머리카락을 쓸어주며 제니가 물었다.

"기분 좋죠? 잠이 저절로 오죠?"

"……"

"오빠, 기분 좋냐고요?"

"…응? 으응~"

대답인지, 무의식적인 반응인지 잘 구분이 안 가는 목소리로 유빈이 대답을 한다. 응, 어지간히 짧은 모음이다.

"내가 가까이 오는 거 안 싫죠?"

"…응."

대답 옵션이 하나뿐인 모양이다. 그럼 물어보고 싶은 게 더 늘어난다. 제니는 빙글거리면서 아주 낮게 속삭였다.

"전에 내가 뽀뽀 한 번 해주기로 했던 거 기억나요? 빚진 거 있는데."

"…응."

"언제인지 정말 알고 있어요? 오빠가 볼라 만들어줬을 때예요."

"…응."

"그거 지금 해줄까요?"

"…응."

제니는 미소를 지으며 잠든 걱정왕의 떡 진 머리카락에 가볍게 입을 맞췄다. 그러고는 그의 베개를 안고서 침대 밖으로 내려섰다. 아직 잠이 오진 않지만, 이걸 끌어안고 있으면 한결 덜 무서울 것 같다.

"나중에라도 무서워지면 또 와도 되죠?"

잠긴 문을 열고 나가기 전, 제니는 침대 위의 유빈을 돌아보며 물었다. 물론 답은 같았다.

"…응."

제니는 만족한 미소를 지으며 아주 살짝 손잡이를 열고 살며시 복도로 빠져나왔다.

4장
불길한 균열

1

    아침이 밝았을 때, 건대 쉘터 내 자신의 숙소에서 일어난 박 소위는 눈을 비비며 좀처럼 야전 침대에서 벗어나지 못하고 있었다. 잠이 떨쳐지지를 않는다. 온몸이 노곤하다.

    안 그래도 빡세게 돌아가는 근무 일정인데, 거기에 더해 매일 밤마다 가희와 나누는 뜨거운 시간들이 있으니, 아무리 젊고 건강한 몸이라도 슬슬 여기저기서 삐걱거림이 들려온다.

    "아… 머리야."

    박 소위는 지끈거리는 골을 감싸 쥐고 한숨을 내쉬었다. 그러는 동안에도 온몸 구석구석에 어젯밤의 감각이 스멀스멀 되살아나는 것 같아 가볍게 전율이 인다.

대단한 쾌락이었다. 요즘 들어 그는 자신을 새로 발견하고 있다. 이전에도 몇 번 이성을 사귄 적이 있고, 그중에는 깊은 관계로까지 이어진 드문 경우들도 존재했지만, 가희처럼 이렇게 완전히 사람을 녹이고 빠져들게 하는 여자는 처음이었다.

그녀를 안을 때면 너무 황홀하고 뜨거워서 몸 전체가 다 아주 작은 파편으로 부서지는 것 같다. 게다가 일을 다 치르고 나서 그녀가 자신을 바라봐 주는 그 사랑스러운 눈빛.

그녀를 만나지 않았더라면 내 인생은 얼마나 텅 빈 것이었을까?

박 소위는 요즘 하루에도 몇 번씩 그런 생각을 한다. 이전까지 그가 여자들과 나눴던 즐거움을 모두 다 더해도 가희와의 하룻밤에 댈 게 아니었다.

하지만 그렇게 활활 타오르는 만큼 체력과 정신력이 소진되는 것은 그가 감수해야 하는 몫이다. 의무대에서 받아 왔다며 밤마다 가희가 챙겨다 주는 비타민을 먹는데도 사랑을 나누고 나서 몰래 숙소로 돌아올 때쯤이면 반주검이 되어 있다. 하루 종일 계속 몸은 축축 처지고 생각나는 건 오직 그녀뿐이다.

"아… 또 하고 싶다……."

아무 생각 없이 말을 내뱉고 나서 박 소위는 어처구니없어 하며 웃었다.

무슨 중독자가 된 건가… 사랑 중독…….

그 단어의 어감이 나름 괜찮아서 박 소위는 빙긋 웃으며 일어났다.

자, 나가서 얼른 세수하고 담배 한 대 피운 다음 오늘 하루 시간을 보내야지. 그래야 밤에 또 몰래 옆 건물로 가서 가희를 만나지…….

그렇게 하이바와 개인화기를 챙겨 쉘터 주차장으로 나간 박 소위가 담배 한 대를 막 피워 물었을 때, 뒤에서 그를 부르는 목소리가 들려왔다. 문형식 대위다.

"박 소위, 지금 시간 괜찮으면 잠깐 이야기 좀 할까? 아, 담배 끄지 마. 나랑 같이 한 대 피우지."

물어보는 것 같지만, 엄연한 명령이다. 게다가 우연히 만난 것도 아니다. 자신을 기다리고 있었던 인상이다.

뭐지? 내가 또 뭘 잘못했지? 도로 차단 작업 속도 때문에 짜증을 부리나?

박 소위는 서둘러 담배를 끄고는 그런 걱정들을 하며 문형식의 뒤를 따랐다.

"하하, 이 친구… 끄지 말라니까. 왜? 내가 불붙여 주는 담배가 더 맛이 있어서 그래?"

다른 사람들의 시선이 닿지 않는 구석으로 박 소위를 데려온 문형식은 직접 담배를 권하고 불도 붙여줬다. 그러고는 자신도 길게 연기를 내뿜는다. 침묵 속에서 두어 번 더 담배를 빨던 문형식이 박 소위의 눈을 보면서 물었다.

"박 소위, 지금 자신과 관련해서 어떤 추문이 도는지 알고 있나? 짐작 가는 건?"

당혹스럽다.

소문?

박 소위는 빠르게 머리를 굴렸다. 아니, 굴리려고 노력해 봤다. 하지만 그게 잘되지 않는다. 워낙 잔꾀와는 거리가 있게 타고난데다가 특히 요즘은 더 멍해져 있어서 뭔가에 집중이 안 된다.

"…잘 모르겠습니다. 대한민국 군인으로서 부끄러운 일은 하지 않았습니다."

할 수 있는 대답은 그게 다였다. 물론 가슴을 짓누르는 큰 걱정거리가 하나 있지만, 그건 아닐 거다.

가희와는 몰래 만난다. 낮에는 서로 특별히 친밀한 내색을 하지 않고 있다. 따로 건물로 와서 달빛 속에서 정사를 나누고, 또 따로 쉘터로 돌아간다. 그러니 소문이 나려야 날 수가 없다.

"그래……."

문형식은 무표정하게 고개를 끄덕이며 또다시 담배 연기를 길게 내뿜은 뒤 말을 이었다.

"나도 그런 대답을 들어서 기쁘다. 박 소위와 가희라는 여성 수용자가 민망한 사이라는 이야기가 돌고 있어서 꺼낸 말인데, 사실이 아닐 테니까 곧 수그러들 테지. 그렇게 진정이 되도록 자네도 노력할 거라 믿겠다."

문형식의 지적은 박 소위에게 충격이었다. 그는 땀을 뚝뚝 떨어뜨리면서 자신의 앞에 서 있는 문형식을 보았다.

도대체 어떻게 이 사람이 나와 가희의 일을 알고 있는 거지?

대체 누가… 어떤 때려죽일 새끼가 소문을 퍼뜨려서 그게 중대장의 귀에까지 들어갔단 말인가. 아니, 대체 어디에서 말이 나온 거지? 아무도 눈치채지 못하도록 그렇게 조심해서 행동했는데…….

그리고 그는 곧바로 가희에 대해 걱정하기 시작했다. 그러면 사람들이 가희를 볼 때마다 뒤에서 흉을 보며 수군댄단 말인가.

아… 불쌍한 가희. 그 여리고 가여운 여자가 그런 모멸감을 이겨낼 수 있을까?

당장에라도 달려가서 우울해져 있을 그녀를 달래주고 싶다.

"이런 준전시 상황에서 기강 문제는 무엇보다도 중요해. 장교에 대한 신뢰가 없다면 자기 생명을 맡기고 전투에 뛰어드는데 주저함이 생겨날 수밖에 없지. 그래서 특히 장교들이 더 모범을 보여야 하는 거라고 생각한다. 박 소위도 항상 그 점을 염두에 두었으면 해. 지휘관으로서도 휘하 장교들이나 부사관들이 안 좋은 소문에 휘말리면 읍참마속의 심정으로 징계를 내릴 수밖에 없는 상황이니까……. 이봐, 박 소위. 자네 괜찮나? 안색이 별로 안 좋은데?"

담배 연기를 내뿜으며 문형식이 물었다. 박 소위는 서둘러 아니라고 대답했다. 가뜩이나 이렇게 계속 마주 보고 서 있는 게 부담스럽고 힘든데, 징계라는 말까지 나오니 정신이 하나도 없었다.

문형식의 사람을 꿰뚫어 보는 것 같은 무서운 눈빛으로부터 해방되고 싶다. 하지만 문형식은 아직 그를 놓아줄 생각이 없는 모양이다. 철책으로 연결된 대로 건너편의 건물들 중 하나를 눈짓으로 가리키며 문형식이 물었다.

"저 건물인가?"

"네? 잘 못 들었습니다."

박 소위는 가슴이 뜨끔했다. 문형식이 지목한 건물이 바로 자신과 가희가 매일 밤 찾는 사랑의 도피처였기 때문이다. 박 소위의 표정을 가만히 보고 있던 문형식이 다시 물었다.

"이번에 새로 보안 작업 마무리한 건물 말이야. 저기까지 철책을 연장했다고 하지 않았나?"

"아… 네, 네. 그렇습니다."

박 소위는 그제야 안도하며 고개를 끄덕였다.

젠장, 문형식이 들고 있는 담배는 왜 이리 잘 타들어 가지도 않는지, 저걸 다 피워야 이 대화도 대충 마무리가 될 텐데…….

애가 타서 어쩔 줄 몰라 하는 박 소위와 달리, 문형식은 느긋하게 이 상황을 지배하고 있었다.

"그런데 왜 사용하지 않고 그냥 방치해 두나?"

"그… 저 건물을 사용하기 위해서는 서치라이트 설치와 같은 몇 가지 사전 준비가 필요한데, 현재까지는 동원 가능한 인력들을 도로 봉쇄 작업에 집중 투입하고 있는 중입니다. 그 작업이 마무리되면 곧바로 저 건물을 사용할 수 있도록 조처하겠습니다."

"음, 그래. 소수 인원만 출입할 수 있는, 은밀한 공간이 있으면 거기에서 일탈이 벌어지기 마련이다. 박 소위가 신경을 써서 그런 불상사가 일어날 가능성을 미연에 방지하도록 해."

"네, 잘 알겠습니다."

그렇게 어지간히 대화가 마무리되었을 때, 멀리 쉘터 마당에서 두 명의 병사가 여자 수용자들과 밝게 웃으며 이야기를 건네는 모습이 눈에 띄었다.

아마도 교대해 들어와 휴식 중인 병사들일 것이다. 친밀하게 대화를 나누는 네 남녀의 모습에서 주위 시선에 대한 우려 같은 것은 찾아볼 수 없었다.

방금 전 추문이니, 기강 확립이니, 읍참마속의 징계 따위를 들먹였던 문형식조차도 그들을 보면서 흐뭇한 미소를 짓고 있다.

박 소위는 그런 문형식이 이해되지 않았다. 결국 박 소위는 마음을 숨기지 못하고 치졸한 질문을 하고 말았다.

"저… 중대장님, 질문드려도 되겠습니까?"

"음, 말해봐. 뭔가?"

"제 눈에는 지금 저기 두 병사가 민간인 여성 수용자들과 불건전한 교제를 시도하려는 것 같은데, 저런 상황을 발견하면 그것도 처벌합니까?"

박 소위는 자신이 정곡을 찔렀다고 생각했다. 아마 건대 쉘터에서 근무하는 군인 중 절반은, 어쩌면 그 이상이 민간인 수용자들과 이성 교제 경험이 있을 것이다. 그것이 이 쉘터를 지배하는 분위기인데도 이 도덕 교과서 같은 중대장만은 그걸 모르는 것 같다.

박 소위는 이 질문을 던짐으로써 자신의 상관에게 저 많은 애들을 다 처벌할 셈이냐고 따지고 싶었다. 그리고 덩달아 자신의 허물도 덮어버릴 수 있길 바랐다. 하지만 문형식은 박 소위의 기대와 전혀 다른 대답을 했다.

"하하, 무슨 소린가, 박 소위. 쟤들을 왜 처벌해? 자기 근무 시간도 아닌데 젊은 애들이 이성이랑 좀 어울렸다고 문제를 삼으면 되겠나? 그건 너무 가혹하지."

"네? 하지만 제가 기억하기로는 중대장님께서 조금 전 제게 추문에 휘말린 장교들은 징벌 대상이 된다고 말씀하신 걸로……."

"음, 잘 기억하고 있는 거다. 장교들의 이성 교제는 징계 이유가 맞아. 그리고 지금 같은 상황에서 내가 내릴 수 있는 징계는 근무지를 이동시키는 정도일 테지. 아쉽기는 하지만… 다른 쉘터나, 아니면 여타 위수 지역으로 보낼 생각이다."

박 소위는 혼란스러웠다. 자신의 상관이 대체 왜 이렇게 왔다 갔다 하는 건지 이해할 수가 없었다.

"똑같은 이성 교제 문제인데 장교들을 대할 때와 병사들을 대할 때 차이를 두시는 이유를 모르겠습니다. 다른 분도 아니고, 언제나 공명정대를 중요하게 여기시는 중대장님께서 그렇게 말씀하시니까 제가 더 혼란스러워집니다."

"박 소위, 병사들은 좋아서 여기에 군복을 입고 있는 게 아니야. 쟤들은 그저 의무를 수행하기 위해서 징집되어 온 것뿐이라는 말이네. 군이라는 직업을 선택한 우리와는 당연히 다른 처우를 받아야지."

문형식은 단호하게 말했다.

"하지만… 국방의 의무는 신성한 것이어서… 그… 충실히 의무를 수행한다는 점에서는 예외가 없어야 한다고……."

"좋은 이야기야. 일반인이었던 국민들은 잠시 자유를 반납하고 병사가 돼서 규율을 따르며 의무를 수행하지. 그럼 직업군인들의 의무는 뭐지? 박 소위나 나, 더 나아가서는 장성들까지도 포함하는, 군이라는 조직의 상시적 구성원들 말이야. 그런 '군'의 의무는 뭐라고 생각하나?"

"국가의 안전보장과 영토 방위라고 알고 있습니다."

박 소위가 판에 박힌 대답을 하자 문형식은 고개를 저었다.

"아니. 그건 일반 병들도 마찬가지지. 그 논리라면 우리는 직업으로 의무를 대신하고 있다는 말이 되지 않나. 그건 너무 편리한 발상이야. 흔히들 잊고 있지만, 군에도 아주 분명하고 신성한 의무가 있다. 그 의무라는 건 병사들이 안전하게 병역을 마치고 사회로 복귀할 수 있도록 하는 거다. 일반 사회로부터 잠시 빌려온 소중한 국민을 의무 기간 동안 아껴서 잘 사용하고, 그 기간이 끝나면 육체적으로나 정신적으로 건강한 상태로 다시 돌려보내는 것이 우리들의 의무라는 이야기야. 그런데 이미 우리는 그 의무의 일부를 성공적으로 수행할 수 없게 되어버렸어."

문형식은 두 개비째 담배를 물고 불을 붙인 뒤, 다시 이야기를 이었다.

"군은 국가의 안전보장에 실패했어. 그 결과가 이거지. 병사들은 돌아갈 사회를 잃었고, 지난 7월 14일부터 국방부 시계는 멈춰 버렸네. 지금 복무하고 있는 병사들의 전역일은 무기한으로 미뤄졌어. 진급조차도 이뤄지지 않고 있지. 의무가 늘어난 거야. 그러니 거기에 맞춰 당연히 보상도 조금은 늘어나 줘야 하지 않겠나? 나는 그 추가적인 보상으로 아주 작은 자유를 허용해 주려고 하는 거다. 저들의 헌신에 비하면 내가 줄 수 있는 보상은 정말 보잘것없는 수준이지만, 그 정도라도 안 하는 것보다는 나을 테니까. 무슨 말인지 알겠나?"

이쯤에서 수긍하고 대화를 끝내야 하는 게 맞지만, 박 소위는 좀처럼 고집을 꺾을 수가 없었다. 문 대위의 운용 원칙을 긍정해 버리면 자신은 가희와 더 이상 만나지 말아야 한다. 그렇게 하지 않았다가는 다른 부대로 쫓겨나 버릴 상황이니까.

가희가 없는 삶이라고?

지금 박 소위는 그런 게 어떤 것일지 상상조차 되지 않았다. 단 하루도 그녀를 품에 안지 않고는 배길 수가 없다. 박 소위는 억울하다는 듯 입을 열었다.

"그럼… 장교들에게는 어떤 보상이 더 주어집니까? 제 짧은 생각으로는 이 난국을 헤쳐 나가고 있는 장교들과 군에도 추가적인 보상이 필요하지 않을까 싶습니다. 그런데 중대장님께서는 오히려 더 엄격한 규율을 말씀하시니……."

"박 소위, 정말 몰라서 묻는 건가? 군은 평시에 계속 보상을 받아왔어. 우리의 봉급, 관사, 병사들의 복종과 존경, 예정되어 있던 퇴직 수당이나 연금까지… 풍족했다고 할 수는 없지만, 그래도 전부 다 보상이었네. 그렇게 미리 지속적인 보상을 해줬던 건 바로 지금과 같은 상황이 왔을 때 우리가 가장 치열하게 헌신해 줄 것이라는 믿음 때문이었던 거야. 지금은 우리가 쓰여야 하는 때야, 보상을 받을 때가 아니고. 그걸 망각하는 장교가 있다면 병사들의 신뢰는 기대할 수 없네. 신뢰 받지 못하는 장교는 무능한 장교고, 무능한 장교는 적보다 더 무섭지. 나는 그렇게 생각한다. 그리고 그 생각을 바꿀 의사도 전혀 없고! 그러니 만약 박 소위가 거기에 동의하지 않는다면 다른 부대로의 이동을 신청하도록. 알겠나?"

문형식은 평소보다 조금 격앙된 어조로 단호하게 말했다. 그의 눈빛이 너무 강렬하게 번뜩여서 박 소위는 더는 반론을 펼수 없었다.

돌아가도 좋다는 말을 듣고 씩씩거리며 걷는 동안 박 소위는 분해서 도저히 견딜 수가 없었다. 아주 엿 같은 상황이다.

문 대위, 저 철두철미한 인간이 저렇게까지 말했을 때는 이미 꽤 많은 걸 알고 있다는 이야기였다. 건대 쉘터 최고의 미녀 가희가 자신의 여자라는 것도, 그 가희가 자신과 매일 밤을 같이 보낸다는 것도, 그리고 사랑을 나누는 장소가 어딘지도 다 아는 모양이다. 큰일 났다.

이제 저 건물은 쓸 수 없다. 그럼 당장 오늘 밤부터 어디에서 몰래 만나지? 어디로 피해야 문 대위의 눈을 속일 수 있을까? 젠장, 겨우 둘만의 밀회를 위한 장소를 마련해 놨는데… 보안 핑계를 대고 건물로 이어지는 게이트 열쇠를 장교들에게만 줘서 가능한 한 사람들의 발길을 차단했는데…….

박 소위는 신경질적으로 이마를 긁으며 이를 바득바득 갈았다.

추문? 씨발, 나와 가희의 이 아름답고 뜨거운 사랑을 추문이라고? 미친 새끼들. 솔직하게 말을 해, 차라리! 질투가 나고 배알이 꼴린다고 말을 하라고! 사랑은 국경도 초월한다는데, 장교가 수용자 좀 사귀는 게 뭐가 문제냔 말이야!

소문이 만들어지려면 필연적으로 처음에 주둥이를 턴 새끼가 있어야 한다. 어떤 개새끼일까? 소문의 원흉을 찾아내기만 하면 아주 곤죽을 만들어 버리고 싶다.

경비병 새끼들인가? 아니면 옥상에 배치해 둔 저격조 새끼들이 보라는 도로 방향 좀비들은 안 보고 엉뚱하게 저희 상관을 엿봤나?

용의자들을 하나하나 짚어가는 동안 떠오르는 얼굴이 있다.

설마… 강 소위? 그 얍삽한 새끼가?

생각해 보니 말이 된다. 강 소위는 저 건물을 출입할 수 있는 열쇠도 가지고 있다. 게다가 그 새끼는 가희를 어지간히 짝사랑하던 놈이기도 하다.

가희가 나한테 푹 빠져 있다는 것도 모르고… 바보 같은 새끼가 혼자서 똑똑한 척은 다 하더니. 그랬구나. 네가 꿈꾸던 여자를 내가 차지하니까 아주 눈이 돌아갔구나, 강 소위, 이 등신아. 질투도 적당히 해야지, 이건 너무 추하잖아.

박 소위의 마음속에서 이미 소문의 근원지는 강 소위라고 결론이 나버렸다.

어디 두고 보자, 이렇게 하고도 앞으로 내가 네놈을 도와줄 것 같으냐?

박 소위는 언젠가 한 번 아주 단단히 강 소위에게 쓴맛을 안겨줄 것이라고 다짐했다.

그래도 여전히 화는 안 풀린다. 이런 상황을 만든 문 대위에게 제일 화가 난다.

혼자서만 올바른 척하는 역거운 위선자, 꽉 막힌 꼰대, 개뿔도 모르는 주제에 잔소리만 처해 대는 인간, 죄수 한 놈 죽었다고 자기 부하 장교에게 눈을 부라리는 등신, 제 식구도 챙길 줄 모르는 밥통……

나만 헌신하라고? 병사 새끼들은 아무 데서나 계집 끼고 낄낄거려도 되고, 더 계급이 높은 나는 안 된다고? 그게 무슨 개 같은 논리야? 당연히 그 반대여야지! 장교가 더 권한이 커야지! 기강이 어쩌고 어째? 말 같지도 않은 소리……

박 소위의 숨결은 점점 더 거칠어졌다. 주변에 온통 다 좆같은 새끼들뿐이다. 이런 멍청이들밖에 없으니 일이 제대로 될 턱이 있나!

멧돼지처럼 씩씩거리며 빠르게 건물 안으로 걸어 들어가던 박 소위는 나오던 고 하사와 부딪쳤다.

"억! 죄송합니다, 박 소위님. 괜찮으십니까?"

비틀거리는 박 소위를 향해 고 하사가 손을 내민다. 박 소위는 그 손을 탁, 후려치며 악을 썼다.

"똑바로 보고 다녀! 비켜!"

그러고는 곧바로 자신의 관사를 향해 가버렸다. 고 하사는 멋쩍은 표정으로 얻어맞은 손등을 비비며 중얼거렸다.

"와, 뭐지? 오늘 기분 어지간히 안 좋은가 보네. 애들한테 조심하라고 얘기해 줘야 되나……."

고 하사는 박 소위가 별로 마음에 들지 않았다. 고지식하다는 표현만으로는 부족할 만큼 미련한 구석이 있는데다가, 가끔 저렇게 폭발하면 사고를 친다.

며칠 전에도 저 장교 때문에 수감자가 하나 죽었다는 이야기를 들은 적이 있다. 그리고 가희라는 여자와 아주 뜨겁다는 소문도 돌고 있고…….

"저런 사람이 왜 좋지? 하나도 재미없을 것 같은데……."

가희의 얼굴을 떠올리며 고 하사가 고개를 갸웃거렸다. 자신이 좋아하는 타입은 아니지만, 그래도 꽤나 미인인데… 하필 남자를 골라도 왜 저런 걸…….

잠시 생각해 보던 고 하사는 고개를 절레절레 흔들고 흡연 구역으로 뛰었다. 환자들 더 밀려들기 전에 얼른 한 대라도 빨고 와야 한다.

ㄹ

"의사 군인 오빠!"

담배에 불을 붙이던 고 하사에게 다가와 말을 거는 여자가 있다. 초희다.

"아, 안녕하셨습니까? 여전히 그 미모 그대로시네요. 한 대 드릴까요?"

"어머, 이 오빠 매너 좋다아~ 다시 보이네. 아니지, 근데 지금은 그런 이야기 할 때가 아니고요."

초희는 고 하사가 내미는 담배를 마다하고 바짝 다가와서 물었다.

"우리 강 실장 오빠, 어디 있어요? 네?"

"강 실장 오빠요? 그게 누구… 제가 워낙 돌보는 환자가 많아서요."

"아이, 진짜. 이 오빠 왜 이래? 강 실장 오빠요. 저랑 같이 잠실에서 온 사람이요. 왜, 그 옆구리에 총 맞아서 빵꾸 난, 성질 더러운 사람. 오빠가 직접 치료하고 그랬잖아요. 붕대도 감아주고. 나한테 최선을 다할 테니까 걱정하지 말라고, 그런 소리도 했었잖아요. 바로 여기에서 담배 피우면서."

일부러 초희가 장황하게 떠들도록 내버려 두고 그동안 여유롭게 담배 연기를 내뿜던 고 하사가 고개를 끄덕였다.

"아~ 아~ 그분, 총상당하신 분, 초희 씨 일행분. 예, 기억납니다. 그렇게 말씀해 주셔야 알죠. 갑자기 강 실장이라고 막 내지르시면… 여기 아픈 사람이 한둘이 아니거든요. 그렇게 한 분, 한 분 다 이름을 기억 못해요. 근데 그분이 왜요?"

고 하사는 태연하게 거짓말을 했다. 민구를 잠실로 이송시킨 일에서 자신의 역할을 지우고 싶다. 그래야 그제 밤, 민구를 죽이기 위해 찾아왔던 놈인지, 놈들인지로부터 주목을 덜 받고, 주목을 덜 받아야 감시하기도 편하다.

이 경박하지만 예쁘장한 여자도 어차피 그 기동인지 뭔지 하는 말썽꾸러기와 일행이다. 그녀를 얼마 정도나 신뢰할 수 있는지 전혀 감이 안 온다.

"왜요는 무슨 왜요예요? 저 건물 병실에 강 실장 오빠 없잖아요. 어디로 보낸 거예요? 헐, 설마 죽었어요?"

"아, 그분 어제 잠실로 되돌아가셨어요. 제가 계속 여기 치료가 약의 질이든 뭐든 더 낫다고 했는데도 자기는 의사한테 치료받고 싶다고 그러더니, 획 가버리더라고요. 뭐, 저희야 일거리 줄어드니까 더 홀가분하기도 하지만."

초희가 당혹스러운 표정으로 중얼거렸다.

"잠실로 돌아갔다고요? 나한테 말도 안 해주고⋯ 아니, 여기에서 강 실장 오빠 오기만 기다리던 사람들 다 완전히 바보 됐잖아요. 아유~ 웬일이야. 당장 내가 큰일 났네."

"저한테도 인사 하나를 안 남기고 갔더라고요. 참내, 사람이 그렇게 매몰찰 수가 있나요? 그런데 왜 큰일이 나요?"

"강 실장 오빠 말도 없이 가버린 거 알면 다 나한테 돌아오니까 그렇죠. 어후~ 어떡해. 완전 죽었네."

"아니⋯ 이렇게 예쁜 초희 씨를 누가 죽인단 말입니까?"

고 하사는 너스레를 떨었다. 초희는 울상을 지으며 말했다.

"누구긴 누구겠어요, 육 회장이 그러지. 아, 진짜 그 앞에 가서 보고할 생각만 해도 후달린다. 의사 군인 오빠, 저도 한 대

줘요. 일단 한 대 빨면서 생각 좀 해봐야겠어요."

정말로 무서운지 초희는 담배에 불을 붙이는 동안에도 이마를 찌푸리며 발을 동동거렸다.

육 회장이라······.

고 하사는 연기를 내뿜으며 그 이름을 머릿속에 입력하려고 노력했다. 그게 골치 아픈 놈들의 대빵인 모양이다.

"그 육 회장이라는 사람이 어지간히 무서운 사람인가 보네요. 혹시 부하가 많은가? 초희 씨는 공주님 같은 외모하고 달리 강단이 있어서 어지간한 일로는 그리 겁먹을 것 같지 않아 보이는데."

고 하사는 은근히 캐물어봤다. 칭찬을 받은 게 기분 좋았는지 초희는 배시시 웃으며 고 하사의 어깨를 툭, 쳤다.

"아우, 이 오빠 진짜, 완전 사람 볼 줄 아는구나. 맞아요, 나 그런 말 많이 들어요. 곱게만 자랐다고 생각했더니 장군감이라고."

기분을 맞춰줘서 입을 열게 한 건 좋았는데, 주제가 벗어나 버렸다. 초희는 자신이 얼마나 외모가 뛰어난지, 그러면서도 대범하고 깡이 좋은지 등을 자랑하느라 육 회장에 대한 걱정은 아예 잊은 사람처럼 수다를 떨기 시작했다.

"···그래 가지구 그때 감독님이 그러시는 거예요. 이거 웬만한 배짱으로는 못한다. 그러니까 못 뛸 거 같으면 지금 이야기를 해라. 그럼 내가 대역 배우 불러준다. 그래서 내가 그랬죠. 감독님, 그 대역한테 같은 옷 입힌다고 해서 표가 안 날까요? 제

몸매 따라올 대역 없을 텐데요? 그랬더니 감독님도 고개를 끄덕 끄덕하더라고요. 결국 직접 뛰었어요. 그랬더니 영화관에서 막 난리가 난 거 있죠? 저 배우 누구냐고. 연기도 진짜 짱이고, 몸 매도 끝내준다. 진짜 죽은 거 아니냐. 후후후, 뭐 그래요. 의사 군인 오빠도 그 영화 봤죠? 그 장면만 머리에 콱 박혔죠?"

고 하사는 멍한 얼굴로 고개를 끄덕여 줬다. 제목을 들어본 적이 없는 걸로 봐서 아마 개봉하자마자 VOD 서비스로 직행한 영화인 모양인데, 지금의 초희가 이렇게 열을 내고 있는 상황에 서 안 봤다는 말을 할 용기는 없었다. 그 긍정에 초희는 더 기분 이 좋아져서 까르르 웃었다.

"그렇다니까요. 사람들이 그래요. 이상하게 그 영화 내용이 고, 여자 주연이고 뭐고 하나도 기억 안 난다고. 왜 그런지 나는 알지. 내가 압도했거든. 완전 신 스틸러인 거지. 호호호… 에휴, 그런 훌륭한 배우가 강 실장 오빠 때문에 지금 이게 무슨 꼴이 야……. 그러면 군인 의사 오빠도 자세한 건 모르겠네요? 그냥 잠실 간 거 같다는 것밖에."

"아, 네. 뭐, 그쪽 군인 애들이 제 허락 받고 이동하는 건 아 니니까… 저는 그날 얼굴도 못 봤어요."

고 하사는 자칭 대배우 초희 앞에서 철저히 모르는 사람 연기 를 했다. 그렇게 속여둬야 기동이라는 놈도, 육 회장이라는 놈 도 자신을 귀찮게 굴지 않을 거다.

조금이라도 내막을 아는 낌새를 보여봤자 공연히 놈들의 경 계심만 북돋을 뿐, 좋을 게 별로 없다. 초희는 아쉬운 듯 입술을 삐죽거리더니 고 하사에게 제안을 했다.

"그럼요, 군인 의사 오빠, 이렇게 해요. 지금 나는 강 실장 오빠 관리 제대로 안 했다고 엄청 깨지게 생겼거든요, 그러니까 육 회장님한테 살짝만 구라를 칠게요. 내가 간호 진짜 열심히 했는데, 강 실장 오빠 상태가 갑자기 너무 안 좋아서 어쩔 수 없이 수술하려고 잠실 쪽 군인들이 자기네 집에 데려간 거라고. 네? 그렇게 얘기를 맞춰놔요, 우리."

"에… 저보고 그런 말을 하라고요? 나는 그 강 실장이라는 분도 몇 번 못 봤고, 육 회장이 누군지도 모르는데요. 나는 앞에 나서서 책임지고 이러는 거 굉장히 싫어하는 사람인데."

"아니, 아니. 그런 거 아니고요. 지금 말은 내가 할 건데, 그냥 나중에 아~주 만약에라도 초희가 거짓말하는 거 아니냐고 누가 오빠 찾아와서 물어보면 꼭 기억했다가 그렇게 얘기해 주라고요. 나를 도와주는 의미에서… 팬이니까 그 정도는 해줄 수 있잖아요."

고 하사는 잠시 고민을 해봤다. 짚어보면 어차피 변화랄 것도 거의 없다. 민구가 자발적으로 갔느냐, 아니면 잠실 군인들이 억지로 데리고 갔느냐 정도의 차이뿐이니까. 불안한 표정으로 머리카락을 꼬고 있는 초희에게 고 하사가 역제안을 했다.

"그러세요. 제가 돌팔이여서 민구라는 분이 싫어했고, 그래서 초희 씨가 간호를 거의 다 도맡아 했던 걸로 해요."

"그거 좋다! 그렇게요! 의사 군인 오빠, 짱! 짱! 고마워요."

약속을 받고 돌아가려는 초희에게 고 하사는 한마디를 더 보됐다.

"건성으로 치료했던 돌팔이 군인이 누구냐고 그러면 하사라고 하세요. 그래야 그 사람들이 확인하려고 할 때 나한테 물어보러 오지. 아니면 엉뚱한 군인들한테서 딴 이야기 들을 수도 있잖아요."

"푸훗, 알았어요. 그럴 수도 있었겠네. 음, 기억했어요. 하사, 하사… 후훗."

변명거리를 얻어낸 초희는 뒷걸음질을 쳐서 멀어지는 내내 연달아 손 키스를 날렸고, 만족한 웃음과 함께 돌아갔다.

"와, 어지간히 부산스럽구만……."

멀어져 가는 초희의 뒷모습을 보면서 고 하사가 중얼거렸다. 그가 굳이 자신의 신분을 밝힌 것은 혹시라도 저 말썽꾸러기 새끼들이 다른 의무대 병사에게 무슨 해코지라도 할지 모른다는 걱정 때문이었다.

자신의 행동 때문에 순진한 애들에게까지 피해가 가면 안 된다. 물론 이런 상황에서 감히 군인을 건드리는 미친놈은 거의 없겠지만…….

"기동이, 육 회장… 젠장, 이야기는 한참 했는데 알맹이가 없네. 생각해 보니까 한 놈은 성을 모르고, 또 한 놈은 이름을 모르잖아. 뭐, 대충 그 정도면 될 것 같기도 하고. 육 씨가 몇 명이나 되겠어. 이 새끼들, 아주 싹 다 입영을 시켜 버려야지."

아직 공문 하달이 지연되고 있지만, 징집은 곧 닥친다. 고 하사는 기동이라는 놈의 이름을 들었을 때부터 그 징집을 노리고 있었다. 서류 업무를 담당하는 장교에게 부탁해서 육 회장, 기동이 전부 다 집어넣어 버리면 꼼짝없이 끌려가는 수밖에 없다. 강 소위는 그 정도 융통성을 언제든 발휘해 줄 수 있는 장교다.

이미 징집 동의서에 사인은 다 했겠다, 총을 든 군인이 바로 곁에서 지키고 있다가 다른 줄로 밀어 넣어버리면 끝이다. 폭력이니 조직이니 좋아서 껍죽거리는 놈들이니까, 두 가지 특성 모두의 최고 전문가 집단인 군에 넣어주면 아주 좋아서 죽겠지. 흥, 불법에서 합법으로 넘어가는 게 좀 빡세겠지만.

"시간 날 때마다 저 여자한테 이름 좀 몇 개 더 들어놔야겠는걸. 어째 두 놈만 숨어 있는 것 같지가 않아."

머리를 긁적이며 의무대로 돌아가려던 고 하사는 체육관 앞 마당에 서 있는 임수정을 보았다. 그녀는 잠시 기지개를 켜다가 다시 목을 갸웃갸웃하며 머리를 짚는다.

두통이 있는 사람이 흔히 취하는 자세다. 그냥 지나쳐야지, 하는 생각과 달리 고 하사의 발길은 어느새 임수정 쪽으로 돌아 있다.

참… 사람에게 끌린다는 건 정말 숨기기가 어려운 모양이다.

"머리가 계속 아프세요? 진통제 안 드셨습니까?"

고 하사는 임수정의 두통을 주제로 대화를 열었다. 임수정도 고 하사를 알아보고 멋쩍게 웃는다.

"아… 안녕하세요. 네, 먹기는 했는데, 좀 이쪽이 묵직하달까… 그러네요. 약 기운이 아직 퍼지질 않았는지."

"뒤통수를 바닥에 부딪치신 지 얼마 안 됐다고 하셨죠? 거기가 아직도 아파요? 혹이 있습니까?"

전에 의무대에서 그녀는 13일 밤늦게 머리를 다쳤다고 했다. 워낙 심하게 부딪쳐서 이틀인가 사흘인가를 계속 의식을 잃고 있었다고…….

말이 사흘이지, 수십 시간 동안 의식 없이 누워 있었다는 건 죽었다가 다시 살아난 것이나 다름없다. 임수정은 자기 뒤통수를 살살 눌러보더니, 걱정스러운 눈으로 고개를 끄덕인다.

"제가 좀 자세히 봐도 될까요? 이제 시간도 꽤 지난 것 같은 데……."

고 하사는 은근슬쩍 뒤로 가서 그녀의 머리에 손을 댔다. 임수정도 목을 살짝 움츠리기는 했지만, 그다지 거부하는 의사는 없어 보인다.

손으로 촉진을 해보니 혹이 분명하게 느껴진다. MRI도 CT도 다 불가능한 현 상황에서는 이게 가장 첨단의 의료 행위다.

"이 손가락 따라 눈만 움직여 보시겠습니까?"

고 하사는 임수정의 눈앞에서 검지를 세워 천천히 좌우로 움직여도 보고, 구토나 메스꺼움 증상이 있는지도 물었다. 그런데 사실 이런 질문들… 다 소용없다.

큰 병원 가보라는 말도 못하는 이런 상황에서 만약 그녀가 '네'라고 해버리면 후속으로 해줄 수 있는 조처는 전무하다. 하다못해 얼음주머니를 대라고도 할 수 없다. 얼음 같은 건 구할 수도 없으니까.

"아뇨. 구토나 메스꺼움 같은 건 그냥 이따금씩 한쪽 머리가 좀 욱신거리는 정도예요. 아… 며칠 전에 좀비들이 쳐들어왔던 날 밤, 그때에는 좀 토할 것 같기는 했어요. 그 외에는 달리……."

"그때야 뭐, 병사 애들도 긴장해서 다 게워 올리고 그랬으니까 특별한 게 아니고요. 내부 출혈이 걱정돼서 여쭤봤던 건데, 그 정도시라면 그렇게 걱정하지 않아도 될 것 같습니다. 대신에 통증이 있을 때 억지로 참지 마시고 진통제라도 드세요. 거기에 소염 성분도 있으니까요. 제 기억이 맞나 모르겠는데, 에… 이부프로펜 성분 들어간 약이 더 잘 든다고 하셨던 것 같습니다. 맞나요?"

"와아, 놀랐어요. 약 성분까지도 일일이 다 기억하시네요. 수용자들이 몇 백 명이나 되는데."

임수정이 감탄한 표정을 짓는다. '뭐, 일이니까요……' 라고 대꾸했지만, 그런 걸 다 기억할 수 있을 리가 없다. 자신에게 특별한 사람이라 저절로 각인된 것뿐이다. 그녀가 더 마음에 든다는 약을 미리 쟁여놓기 위해서.

아, 이쯤에서 저녁때 뭐하냐고 물어볼까? 그때 나도 근무 교대하는데…….

고 하사는 잠시 망설이며 입술을 달싹거렸다. 하지만 이내 포기했다. 그런 말을 했다가는 조금 전에 머리를 만졌던 것도 다 음흉한 의도를 가진 행동처럼 보일 것이다. 고 하사는 결국 중간 정도 지점에서 타협을 했다.

"지금 이부프로펜 진통제가 좀 귀해서요. 외부로 징발 나가는 애들한테 말을 해놓기는 했지만, 언제 들어올지 장담을 못합니다. 그리고 들어와도 금방 다 나가고. 사람들이 워낙 약을 엄청나게 복용하거든요. 그러니까 시간 나실 때마다 자주 의무대에 들르셔서 약이 있나 확인을 해주시는 수밖에 없습니다. 아마오늘 오후에도 들어올 겁니다."

반은 사실이고, 반은 거짓이다. 사람들이 약을 과용하고 있다는 건 사실이다. 수용자, 병사 가리지 않고 다들 뭔가 트라우마를 치료하듯 약을 먹어 댔다. 조금의 통증도 못 견뎌 하고, 또언제라도 움직일 수 있도록 항상 몸의 컨디션을 좋게 유지해야한다는 강박관념이 생긴 것 같았다.

하지만 임수정에게 줄 약은 서랍 안에 잔뜩 쌓아놨다. 언제라도 그녀가 오면 줄 수 있다. 다른 의무병들이 건드리지 않도록, 약을 모아둔 비닐봉지에 〈특수 관리 품목〉이라고 표기까지 해뒀다.

"네, 그럴게요. 저야말로 이렇게 신경 써주셔서 고맙습니다."

임수정은 꾸벅 고개를 숙였다. 고 하사의 입안에서는 사심 가득한 말이 맴맴 돈다.

고마우면 같이 달 보면서 캔커피라도 한잔 기울여 주세요. 마음에 빚을 쌓아둬 봤자 소화도 잘 안 될 텐데…….

하지만 끝내 하지 못했다. 그녀에게 인사를 하고 돌아선 고하사가 몇 걸음을 뗐을 때, 뒤쪽에서 누군가가 목을 콱 끌어안는다.

"야아~ 우리 고 하사, 아주 인생의 봄날이 왔구나. 내가 지켜본 게 몇 분 안 되는 것 같은데, 그 짧은 사이에 여자를 둘이나 바꿔가며 만나네? 너무 잘 나가시는 거 아닙니까? 응? 어떻게 하면 그렇게 카사노바가 될 수 있는지 나도 좀 배우자. 담배 한 갑 주면 가르쳐 주나?"

강 소위다. 야간 근무를 마치고 돌아와서 담배를 피우러 가는 길이었는지, 온몸이 땀으로 흠뻑 젖어 있다. 고 하사는 피식 웃었다.

"아이 참, 강 소위님… 오해십니다. 수용자들 의료 상담해 주는 거 아닙니까. 그걸 왜 그렇게 불온하게만 보십니까?"

"뭔 놈의 의무 상담을 담배를 마주 피우고 실실 웃으면서 하냐? 응? 후후후후, 그리고 좀 전의 그 여자분 머리 만질 때, 어떤 표정이었는지 고 하사 본인은 모르지? 참내, 배짱도 좋아. 중대장님이 이런 걸 아시면 어떻게 하려고 이렇게 아침부터 공개적으로 열애를 하시나."

강 소위가 빙글거리며 억지로 흡연 구역에 끌고 간다. 불편한 제약이지만, 일면 이해가 가는 부분도 있다. 사랑을 하면 아무래도 공정해지지 못한다. 당장 고 하사 자신만 해도 임수정이 좋아하는 진통제는 따로 서랍에 쟁여두고 있으니까……

장교들이 여자에 홀려 누군가만 특별 대우를 하면 분위기가 개판 되는 건 아마 금방일 거다. 고 하사는 능글거리며 받아쳤다.

"강 소위님, 대한민국 군대에서 하면 안 되는 게 어디 있습니까? 요는 안 걸리면 되는 거 아닙니까."

"지금 나한테 걸렸잖아."

"강 소위님은 그런 걸 거시는 분이 아니잖습니까. 그 정도는 압니다. 아, 그리고 솔직히 부사관 자원이 부족해서 저 안 쫓겨납니다. 이 원사님 보시면 알지 말입니다. 오죽 행정이 꼬였으면 중대 단독 주둔하고 있는 부대에 상사도 아니고, 원사를 다 배정하겠습니까."

"후후후, 야, 너 뻔뻔하다, 고 하사. 근데 그렇게 잘 나불거리시는 분이 좀 전에 저 여자분 앞에서는 왜 어버버거리며 앓기만 하셨어요? 응? 아, 눼에~ 의무대에 약 받으러 오세요오~ 큭큭큭, 그게 데이트 신청이라고 하는 거냐? '라면 먹고 갈래~' 도 들어봤고 '커피 마시고 갈래~' 도 들어봤지만, '진통제 먹고 갈래~' 는 너한테 처음 듣는다, 새끼야."

"아, 그게 말입니다……."

고 하사는 강 소위의 담배에 불을 붙여주면서 계면쩍어 했다.

"…참 우습습니다. 긴장하지 말고 잘하자고 마음먹는데도 영 안 됩니다. 자꾸 말이 입안에서만 빙빙 돌지, 밖으로 나오질 않으니까……."

"그럼 이야기 잘되는 사람하고 어떻게 해봐. 너랑 맞담배 피우던 연예인은 네가 무슨 말만 하면 아주 깔깔 넘어가더라. 수다도 엄청 떨고."

초희의 이야기가 나오자 고 하사는 천만의 말씀이라는 듯 손사래를 쳤다.

"아니, 그건 진짜 오해십니다, 강 소위님. 그분은 다른 일이 있어서 오신 거지 말입니다. 그리고 암만 예쁘면 뭐합니까, 제 타입이 아닌데. 뭐, 물론 그분도 저한테 마음이 있는 건 아닐 테지만 말입니다."

"그래? 의원데? 그 연예인보다 조금 전 그 여자분이 더 좋다는 거잖아. 근데… 저분은 너보다 좀 연상처럼 보이는데, 아니야? 어쨌거나 티 나지 않게 잘 추진해 봐. 정말로 걸리지 말라고. 요즘 안 그래도 분위기 영 안 좋으니까."

강 소위의 말속에는 걱정이 담겨 있었다. 고 하사가 눈치를 보다가 물었다.

"그… 박 소위님 소문 때문에 그러십니까?"

"음, 다들 아나 보네. 뭐, 파다하게 퍼진 모양이니까 숨길 것도 없나? 그제인가 중대장님도 불러서 물어보시더라고. 난 그냥 잘 모르겠다고 했어. 내가 알아서 먼저 박 소위에게 브레이크 걸어줬으면 하시는 눈치던데, 그게 연애 문제가 남이 잔소리한다고 되겠어? 완전히 눈이 멀었는데. 그 성깔에 괜히 성질이나 부리지."

그렇게 두 군인이 이야기를 나누고 있을 때, 앞쪽 건물 옥상에서 확성기 소리가 울려왔다.

치익—

"5번 사대! 사격합니다!"

그러자 게이트를 지키고 있던 경비병들도 큰 소리로 복창을 했다.

"5번 사대! 사격합니다!"

마당과 주차장에 서 있던 수용자들은 이제 별다른 동요도 보이지 않는다. 이게 예고의 힘이다. 예전에는 좀비가 철책에 너무 근접하면 예고 없이 그냥 쏘고 봤다.

그럴 때마다 수용자들이 패닉을 일으키는 바람에 뭔가 다른 방법을 생각해 낸 게 이 사격 예고다. 총소리가 날 거라는 걸 몇 초 일찍 아는 것만으로도 민간인들의 동요는 훨씬 적어졌다.

탕— 탕— 탕탕탕— 탕탕— 탕— 탕— 탕탕— 탕—!

몇 초 후, 5번 사대에서는 총성이 요란스럽게 울려 댔다. 아마 그들이 담당하고 있는 북동쪽 철책 쪽으로 좀비들이 너무 근접하고 있는 모양이다. 사격하는 시간이 길어지자 담배 연기를 내뿜던 고 하사가 이마를 찡그리며 물었다.

"엄청 쏴댑니다. 쟤들 맞추기는 잘 맞추면서 저렇게 쏩니까?"

"사격 훈련 때도 20발 만발 꽂는 애들이 드문데, 뭐, 얼마나 잘 쏘겠어. 게다가 이건 가만히 서 있는 표적이 아니고, 자꾸 움직이잖아. 존나 어렵지. 그냥 제 돈 내고 산 총알 아니니까 맞을 때까지 갈기는 거야. 뭐, 그러다 보면 눈먼 좀비 몇 마리는 잡는 거고."

강 소위는 글렀다는 듯 고개를 저으며 눈을 가늘게 떴다. 어림없다는 표정이다.

"그러면 실탄 소비도 어마어마할 것 같은데 말입니다. 중대 전체에서 하루 실탄 얼마나 사용합니까?"

"글쎄… 건물 옥상에 배치해 놓은 사대가 여섯 개에다가 외부로 사제 물건 징발하러 나가는 트럭까지 더하면, 대충… 600발? 700발? 평소에는 그 정도면 넉넉한 것 같고, 며칠 전 밤처럼 떼로 몰려오면 그때는 그런 거 셀 여유도 없는 거고. 애들이 멀리 있는 거 쏠 때는 좀 나은데, 좀비들이 접근해 버리면 머리가 아주 하얗게 되나 봐. 그냥 자동으로 놓고 꽉 누르는 거야. 왜? 총알 떨어질까 봐 걱정돼? 설마 대한민국 국군이 빈총으로 싸우는 수준까지야 떨어지겠어?"

강 소위는 길게 연기를 내뿜으며 여유롭게 말했다. 그건 고 하사의 생각에도 의심의 여지가 없는 이야기로 들렸다.

3

"테라 양, 도대체 얼마나 더 가야 이 지독한 운동을 그만하게 해줄 건가? 과자 하나에 너무 심한 걸 요구하는 것 아니야? 이 땀을 보라고. 이러다가 탈진해서 죽어."

젠킨스가 헥헥거리며 뒤를 돌아본다. 내야석 중단을 한 바퀴 정도 돌았을 뿐인데 그의 얼굴과 몸에서는 땀이 비 오듯 흘러내리고 있다. 2미터 정도 뒤처져서 따라 걷고 있던 테라는 조용히 말했다.

"물을 좀 드세요. 한결 나아질 거예요."

"아니, 저기… 당 수치가 떨어진 거야. 물로는 안 돼. 아무거나… 헥, 좀 줘. 초콜릿이든, 아니면 사탕이라거나. 눈앞이 어지러워지기 시작했어. 이러다가 계단 아래로 굴러 떨어질까 봐 무섭다고. 이까짓 물로는 안 된다는 말이야!"

젠킨스는 아예 멈춰 서서 무릎을 짚고 애원을 한다. 양복 주머니에 꽂힌 물병 따위 지금 당장이라도 바닥에 내팽개쳐 버릴 기세다. 하지만 테라는 흔들리지 않았다.

"젠킨스 씨, 지방이 연소되면서 에너지가 생겨요. 수분을 섭취해서 몸을 살짝만 도와주면 돼요."

사실 조금 전 과자 한 봉지를 다 게걸스럽게 해치웠으니, 아직 지방 분해는 일어나지도 않을 시점이다. 하지만 테라는 그렇게 독려를 해줬다.

"혹시 모아둔 과자가 다 떨어졌나, 테라 양? 그래서 이렇게 나를 기만하고 가혹행위를 하는 건가? 더 이상 줄 과자가 없다는 걸 속이기 위해서? 아니면 갑자기 과자가 아까워졌나? 내 이야기가 가진 가치를 너무 무시하는 거 아니야? 헥, 헥……."

말로는 그렇게 툴툴거리지만, 젠킨스도 알고 있다. 저 가냘픈 계집애의 창고는 비는 속도보다도 더 빠르게 찬다. 수많은 군인들이 지치지도 않고 찾아와 조공을 바쳐 대는 덕이다.

수천의 군인들이 주둔하고 있으니, 매일 열 명씩 찾아와 과자 한 봉지씩만 준다고 해도 일 년 내내 행렬이 끊이지 않을 것이다. 물론 그가 관찰한 바에 따르면, 실제로는 그보다 훨씬 더 많이 받는다.

"무슨 말을 하셔도 소용없어요. 전 빈손이잖아요. 사물함에 넣어뒀다고요. 저기 문을 통과해서 건물 내부로 가신 다음 사물함에 도착하셔야 다음 과자도 있는 거예요."

"대체 나를 왜 이렇게 괴롭혀? 그냥 아무 데나 앉아서 이야기를 듣고 과자를 주면 되잖아. 오, 하나님."

젠킨스가 토실토실한 털북숭이 손을 꽉 맞잡으며 애원을 한다. 테라는 이미 듣고 있지 않다. 그녀는 쭈뼛거리며 다가온 두 명의 군인과 가벼운 인사를 나누고 있었다. 언어를 알아듣지 못하는 젠킨스가 보기에도 그녀의 태도는 예의가 바르고 상냥하다.

잠시 후, 군인들이 수줍게 주머니에서 꺼내 내미는 간식거리를 테라는 두 손으로 받고 정말 고맙다는 표정으로 고개를 숙인다.

초코파이! 맛있는 거다! 저건 포기할 수 없지!

젠킨스가 매의 눈을 번뜩인다. 군인들에게 손을 흔들어주고 돌아선 테라가 과자를 주머니에 넣으며 말했다.

"젠킨스 씨가 본인의 입으로 말했잖아요. 당신은 엄청 중요한 사람이라고. 그런데 제가 보기엔 그 엄청 중요한 사람의 건강이 지금 굉장히 위험한 수준까지 와 있어요. 이야기를 듣는 것도 좋지만, 그렇게 계속 자신의 몸을 망치는 걸 그냥 보고만 있고 싶진 않아요. 아무 잔소리도 않고 계속 과자를 제공한다면 저 역시 그 파괴적인 과정에 협조하는 걸 테니까요."

"그… 엄청 중요한 사람이 명령한다! 파괴고 협조고 따지지 말고, 지금 당장 초코파이를 내놔! 받은 거 다 봤어!"

젠킨스가 위엄을 부려보려 했지만, 땀이 비 오듯 쏟아지는 그의 겉모습 때문에 우스꽝스럽기만 하다. 결국 젠킨스는 항복했다.

"그럼… 조금만, 조금만 쉬었다가 마저 걸을게. 무릎이 너무 아파… 옆구리도 죄고… 나는 이렇게 걸어 다니는 사람이 아니었다고."

의자에 털썩 주저앉은 젠킨스는 연신 땀을 훔치고 물을 마셨다. 누가 보면 엄청난 하드 트레이닝이라도 마친 사람인 줄 알 정도로 지쳐 있고 괴로워한다.

어차피 오늘은 시작한다는 것에 의미를 두기로 한 날이라 테라는 더 잔소리하지 않고 두어 칸 떨어진 좌석에 앉아 얌전히 기다렸다. 그녀 역시 속이 편치만은 않은 상황이었다.

젠킨스의 말에 의하면, 물렸던 곳 부근이 잘 아물지 않는 건 아나필락시스 진, 다시 말해 단발성 면역자의 특징이라고 한다. 사실 그건 그녀가 기대할 수 있는 경우의 수 중 가장 덜 반가운 것이었다.

드물게 타고난 면역자라고는 하지만, 백신을 맞아 항체가 생기는 사람들보다도 못하다. 앞으로 한 번 더 물리면… 좀비가 되어버린다. 그건 정말 생각하는 것만으로도 끔찍하다.

그녀가 젠킨스로부터 듣고 싶은 말은 이런 게 아니었는데, 실상을 알고 나니 뭔가 더 비참해져 버렸다. 하지만 아직 희망이 있다고 자신을 속이고 싶다. 젠킨스가 말한 백신이나 혈청의 개발이 진행되면 자신 역시 그 혜택을 받을 수도 있다고… 그렇게 생각하며 스스로를 다잡았다.

한데… 이 모든 고민들의 근원에는 한 가지 해결되지 않은 의

문이 무겁게 자리하고 있었다.

그의 말을 정말로 신뢰할 수는 있는 걸까?

그가 했던 말들 중에 믿을 수 있는 근거가 있는 말은 딱 하나뿐이었다.

좀비에 물리고도 살아남은 사람이 있다는 것.

그건 신뢰할 수 있다. 테라 본인이 살아 있는 증거인 셈이니까······.

하지만 그 외의 모든 이야기들, 앱테크나야의 비밀 연구소라든가, 세 가지 종류의 면역자라든가, 남극 기지에서의 이상한 사건, 배에 태워 보낸 좀비들 이야기 따위는 정말 일말의 증거물도 존재하지 않는 것들이다.

그냥 그가 망상 속에서 마구 지껄여 댄 이야기라고 해도 하나도 이상할 게 없다. 거짓말을 하지 말라고 단단히 못을 박아두기는 했지만, 그 약속이 지켜졌는지 아닌지도 모른다.

테라는 옆자리에서 숨을 헐떡이고 있는 젠킨스를 가만히 쳐다봤다. 그가 구사하는 어휘나 사치스러운 양복, 매너 같은 것은 분명 꽤나 상류 계층의 느낌이 든다. JL의 간부였다는 말도 그리 어색하지 않다.

하지만 그렇다고 해서 그것이 그의 황당하기까지 한 이야기들을 믿어야 하는 이유는 되지 못한다.

뭔가··· 증거가 있으면, 눈에 보이고 손으로 잡을 수 있는 증거가 있으면 좋을 텐데. 그래야 희망이든 기대든 포기든 어떤 판단을 내릴 수가 있을 텐데······.

그렇게 테라가 고민에 잠겨 있을 때, 외야석 쪽에서부터 웅성거림이 번지기 시작했다. 담배를 피우고 있던 사람들이나 산책을 하던 사람들, 심지어 작업하던 군인들까지도 모두 멍해져서 하늘을 보며 웅얼거렸다.

"어어, 저거 뭐야?"

"풍선인가? 아니면 비행기? 비행기면 얼마나 높이서 날고 있는 거지?"

"저거, 무슨 소리야?"

그 웅성거림은 내야석 구석에 앉아 있던 테라에게도 전해졌다. 테라는 사람들의 시선과 손가락이 향하는 방향으로 고개를 돌렸다. 그러고는 창공을 가로지르며 날아가는 비행기와 거기에 매달린 암호문을 보았다.

① RM, KF, FD.

숫자와 여섯 개의 영문자. 그게 전부다. 글자는 선명하게 보이지만, 의미를 찾을 수가 없다.

뭐지? 대체 어떤 메시지인 거지?

생각에 잠긴 테라는 가슴이 두근거리는 걸 느끼며 비행하는 물체의 움직임을 따라 목을 돌렸다.

그리고 나머지 수많은 사람들의 고개도 똑같은 방향으로 움직인다. 마침내 그것이 시야 밖으로 사라진 뒤에도 한동안 사람들은 마치 홀린 것처럼 야구장의 지붕을 바라보며 멈춰 서 있었다.

좀비들 외에는 놀랄 만한 일도, 여흥거리도 거의 없었던지라 그 정도만 해도 꽤나 흥미로운 관심사였던 것이다.

"후후후후, 봤지? 하늘에서 신호가 온다고 했지? 내가 주목하고 있지 않아도 사람들이 다 알려줄 거라고도 했지? 어떤가, 테라 양. 복종하고 싶어졌나? 후후후."

테라가 다시 고개를 바로 했을 때, 젠킨스가 아주 교만한 표정으로 웃으며 중얼거렸다. 테라는 제일 중요한 것부터 물었다.

"뭐예요? 지금 저거… 어떤 암호예요? 네?"

"이런이런… 뭔가 잊은 것 아닌가, 테라 양? 우리의 관계는 애초에 호의의 증여로 형성되어 있지. 그렇게 아무 선물도 없이 물어본다고 해서 내 입이 열릴까? 으히히힛."

젠킨스는 탐욕스럽게 웃으며 손바닥을 비볐다. 테라는 귀찮다는 듯 고개를 저으며 주머니에서 조금 전 군인들로부터 받은 초코파이를 꺼냈다.

"자요, 이제 말씀해 주세요, 젠킨스 씨. 궁금해요."

젠킨스는 미동도 않고 가만히 앉아 있다. 평소의 그였다면 재빨리 다가와 과자를 덥썩 집었을 텐데, 이 순간만큼은 여유를 부린다. 뭔가 더 큰 걸 얻어낼 수 있다고 생각하는 모양이다.

테라가 먼저 다가가 의자 팔걸이 위에 초코파이를 올려주기까지 해도 그의 눈은 테라만을 바라보고 있다.

"발가락."

계속 뜸을 들이던 젠킨스가 콧구멍을 벌렁거리며 말했다.

"발가락 상처 보여주면 기쁘겠어, 테라 양. 여기 앉아서 그 작고 가녀린 손으로 흰 붕대를 살살 푼 다음 상처를 보여줘. 응? 그걸 보고 나면 나도 기꺼이 저 암호가 뭔지에 대해 말해줄 수 있을 것 같은 기분이 드는걸."

테라는 그의 탐욕스러운 눈을 빤히 쳐다보며 고개를 저었다. 따지고 보면 별것도 아니지만, 저렇게 상대방이 의미를 부여하고 있으면 그때는 그게 '별것'이 된다.

자존심을 꺾어가면서 그의 변태적 취향을 맞춰주는 거래는 하고 싶지 않다. 테라가 거부하자 젠킨스는 어린아이처럼 짜증을 터뜨렸다.

"왜? 왜 나에게만 보여주지 않는 거야? 응, 테라 양? 그 붕대를 받으러 가서 군인들에게는 보여줬을 거 아니야?"

"의무병들은 보여 달라고도 하지 않지만, 설사 그렇게 말했다고 해도 젠킨스 씨처럼 그렇게 숨을 헐떡이지 않아요. 젠킨스 씨, 기분 나쁘니까 앞으로도 그 요구는 하지 마세요. 제 상처는 안 보여 드려요. 과자와 교환하는 게 싫으시면 말하지 않으셔도 돼요. 저 암호, 어차피 저와는 별 상관 없는 거기도 하니까."

테라가 초코파이를 다시 회수하려 하자 젠킨스는 솥뚜껑만한 손으로 얼른 그걸 덮어버렸다. 그러고는 단호히 고개를 저었다. 푸들거리며 흔들리는 그의 볼 살에서는 절대 내주지 않겠다는 의지가 강하게 뿜어져 나왔다.

"테라 양, 야비하게 굴 필요는 없잖아. 어차피 성인들끼리 협상을 하는 자리인데, 서로 주저 없이 조건을 제시해 볼 수 있는 거라고."

"전 성인 아니에요. 아직 열여덟 살 생일이 지나지 않았거든
요. 어린애라서 변덕스럽죠. 과자를 계속 준다고 했다가도 금방
마음이 바뀌기도 하고, 계속 친하게 지내다가도 어느 날 모르는
사람 대하듯 차가워질 수도 있고요."

테라는 주머니 안에 든 나머지 초코파이 봉지를 바스락거리
며 웃었다. '더 이상 과자를 못 먹게 될지도 몰라' 라는 협박이
강하게 전달되는 웃음이었다. 젠킨스는 한숨을 내쉬며 고개를
저었다.

"나와 함께 JL의 연구소로 떠나고 싶은 것 아니야? 하늘에서
온 저 신호를 혹시 놓치게 되면 어쩌나 싶어서 어지간히 신경
쓰일 텐데?"

테라는 어처구니없다는 듯 웃었다.

"아뇨. 제가 왜 젠킨스 씨를 따라가겠어요. 젠킨스 씨가 제게
협박에 가까운, 기분 나쁜 제안을 했던 것, 아직도 기억에 생생
해요. 제가 여기에서 지내는 게 불편해 보이나요? 그럴 리가요.
여기에 저를 아껴주는 군인 오빠들이 이렇게 많이 있는데."

"JL의 연구소에는 백신이 있고, 여기에는 그게 없잖아. 군인
들이 아무리 많아도 좀비에 물린 뒤의 귀하를 보호해 줄 수는
없거든."

"이 안에 있으면 좀비에게 물릴 일도 없죠."

젠킨스가 아무리 얼러봐도 테라는 요지부동이다. 그저 저 커
다랗고 까만 눈으로 말없이 쳐다보기만 할 뿐이다. 보고 있는

사람이 왠지 부끄러워지는 이상한 눈으로……

게다가 젠킨스에게는 또다시 강력한 적이 추가되었다. 배고픔이라는 적이다.

꾸르르륵~

여유로운 척 협상을 시도하던 젠킨스의 배에서 간식을 요구하는 소리가 요란하게 울려 나온다.

테라와 배고픔, 양쪽의 협공으로 싸움은 2:1의 형국이 되었다. 시간이 가면 갈수록 불리해지는 싸움이다.

큼, 큼, 젠킨스는 시치미를 뚝 떼고 목소리를 가다듬었다.

"후우~ 좋아, 이 과자 값어치만큼의 이야기를 하라는 거잖아. 그러면 되지?"

"저 비행기와 암호에 관해서요. 하늘에서 신호가 온 것까지는 확인했어요. 그런데 젠킨스 씨, 당신은 신호를 보고 나서도 왜 아무런 대응을 하지 않죠?"

"간단해. 지금의 암호는 나에게 아무런 의미가 없는 것과 마찬가지니까."

젠킨스는 벌써 초코파이 봉지를 뜯어 우물거리기 시작했다. 맛은 있는데 너무 작아서 두 번 베어 물면 끝이다. 더위에 찐득하게 녹은 초콜릿을 입 주변에 잔뜩 묻힌 채 젠킨스는 이야기를 이었다.

"그냥 음, 준비가 되었군… 나를 잊지 않고 있군… 곧 연구소로 가게 되겠군… 뭐, 이 정도만 생각하면 되는 신호였다고나 할까?"

"숫자 1이랑 RM, KF, FD가 그런 의미였다는 말씀인가요? 그럼 연구소로 가게 된다는 의미의 암호는 어떤 거였어요? 어떤 규칙으로 읽는 거예요?"

"그것 봐. 귀하는 부정하고 있지만, 관심이 많았던 거야. 그 무의미한 알파벳을 전부 기억하고 있을 만큼. 근데 혹시 그게 무슨 약자라고 생각하는 건가, 테라 양?"

젠킨스는 킬킬대며 웃기 시작했다. 테라는 대꾸하지 않았다.

"발가락을 좀 보여 달라고 할 때에는 냉철하게 거절하는 우리 똑똑한 테라 양이 그 간단한 걸 왜 파악 못하지? 후후후후, 내가 전에 기분이 좋아서 단서를 어지간히 줬는데. 히히히, 내 이름이 뭐라고? 그런데 약자는 또 뭐라고? 하하하, 어렵지? 음, 어려워."

지적 우위를 점한 게 어지간히 기분이 좋은지 젠킨스의 입에서는 또 광인처럼 웃음과 말이 섞여 나왔다. 테라는 그가 하는 말에서 단서를 찾으려 노력해 봤지만, 너무 뜬구름 잡는 것처럼 모호하다. 애초에 그녀는 퍼즐을 푸는 전문가도 아니다. 갑자기 웃음을 뚝 그친 젠킨스는 거만한 표정으로 말했다.

"바꿔 말하자면 이런 거지. 저 암호는 내가 가지고 있는 유일한 생명줄이야. 내 히든카드라고. 그런데 테라 양은 그걸 이 싸구려 파이와 바꾸자고 하는 거야. JL이 엄청난 돈을 들여 마련해 놓았던 최고 시설로의 탈출 방법을……. 이게 얼만가? 이런 파이가 한 봉지에 얼마나 할까? 뭐, 좋아. 세계 쳐주지. 2달러라고 해볼까? 2달러짜리 과자 하나를 내밀고서 알려 달라고 하고 있는 거야. 내가 굶주려 있는 약자라는 사실을 이용해서……. 이건 말이지, 붉은 포타쥬 한 그릇에 장자의 권리를 넘기라고 했던 제이콥보다도 더 심하잖아. 어떤가, 테라 양? 지금 우리가 공정한 거래를 하고 있나?"

테라는 한마디만 했다.

"안 보여 드린다고요."

"뭐, 좋아. 어쩔 수 없지. 그럼 과자라도 줘. 그리고 오늘은 더 걷지 않을 거야. 그거라도 약속해. 사물함에 넣어둔 과자는 테라 양이 가져와. 그 지긋지긋한 물도……."

"거기까지만 받아들일게요. 오늘 운동은 끝이고, 과자는 드릴게요. 하지만 물은 꼭 드셔야 해요."

후우~ 한숨을 내쉰 젠킨스는 테라가 내미는 두 봉지째의 초코파이를 받아 들었다.

와구, 크게 한입을 베어 문 젠킨스는 '역시 좋군' 하는 표정으로 초코파이 내부의 머시멜로우를 바라보았다.

"좀 돌아가야 할 필요가 있는데… 테라 양은 혹시 부메랑이라고 아나? 그 호주 원주민들이 개발했다는 무기 말고, 현대 나토군들이 사용하는 군사 장비인데 말이야."

테라는 고개를 저었다. 젠킨스는 손가락을 쪽쪽 빨면서 이야기를 계속했다.

"그렇군. 그럼 간단히 이야기해 주지. 부메랑이라는 건 총격 위치 추적기의 한 종류야. 그런 게 왜 필요하냐고? 뭐, 여러 이유가 있지만 가장 큰 이유를 말하라면, 군에서 원했어. 그렇다면 막대한 예산이 투입된다는 뜻이고, 연구가 진행되는 것이거든. 적의 저격수라는 건 영 골치 아픈 문제여서 우수한 장비고 뭐고 다 필요 없게 만들어 버리지. 천 야드 이상의 거리를 두고 잠복하고 있다가 방아쇠를 당기면 행군하고 있던 미군이 픽 쓰러져 버리는 거니까. 즉사하지 않더라도 수많은 문제를 만들어 낸단 말이야."

"왜 갑자기 전쟁 이야기를……."

테라가 말을 끊으려 했지만, 젠킨스는 오히려 목소리를 높였다.

"그래서! 한 지질학자의 제안이 주목을 받았고, 스탠포드 같은 곳에서도 연구소를 차렸지. 조건을 다 말하자면 밤을 새도 모자랄 만큼 까다롭지만, 원리는 간단해. 발사된 총알이 음속을 돌파할 때 만들어지는 충격파를 잡는 거였어. 알겠어, 테라 양? 우리 생활 속의 수많은 소음들 중에서, 심지어는 계속 총성이 울리는 전장에서도 특정한 한 종류의 음파만을 잡아내는 거야. 그리고 그 궤도를 역추적해서 발사된 위치를 알려주는 거지. 거리니 방향 같은 걸 말이야."

목이 메는지 젠킨스는 물을 한 모금 들이켰다. 그러고는 곧바로 인상을 찌푸렸다.

"이런 걸 계속 마시라고? 끔찍하군……. 어쨌든 이런 장비 중 하나가 부메랑이라는 거야. 생각해 봐. 이것이 이상적으로 실현된다면 미래의 군인은 생각할 필요도 없어. 그냥 귀에 이어셋을 끼고 있다가 컴퓨터가 시키는 대로 하면 돼. '500미터 전방 11시 방향 2층에 적군이 있습니다' … 살상용 네비게이션이랄까? 훌륭한 발상인 것만은 분명한데, 몇 가지 제약이 있었어. 그중에 하나가 거리고, 또 하나가 속도였지. 특히 거리가 문제였는데, 총알의 궤도가 이 부메랑으로부터 100야드 내외를 지나야만 해. 그래야 충격파를 감지할 수 있거든. 자, 여기까지 들었는데도 아직 암호가 뭔지 모르겠나? 단서는 꽤나 줬는데."

테라가 다시 고개를 저었다. 그러자 젠킨스는 오만한 표정으로 의자의 손잡이를 탁, 치며 말했다.

"그럼 얼른 사물함으로 가서 과자를 가져와. 그 복숭아 맛이나는 이상한 팩 주스도. 후후후후, 테라 양. 서둘러!"

4

테라가 과자를 가지고 돌아오자 그녀에게 심부름을 시킨 것이 만족스러웠는지 젠킨스는 평소보다도 더 수다스러워졌고, 실없는 웃음이 늘었다.

하지만 테라도 그리 만만한 상대는 아니었다. 그녀는 평소처럼 젠킨스의 뒷자리에 앉아 조용히 말했다.

"물 먼저요."

"주스를 달라니까? 물은 맛없어서 못 마시겠어!"

"주스는 이야기 다 끝나면 드릴게요. 아까 우리 합의에서 물은 마시는 거였어요. 자, 보이시죠. 주스 두 팩은 여기 이 비닐 안에 들어 있어요. 저랑 헤어지고 혼자 계실 때 마시면 되잖아요."

끄응~ 젠킨스는 못마땅한 기색을 감추지 않으며 물을 두어 모금 들이켰다. 그러자 테라가 조그만 감자 칩 한 봉지를 놓아 주었다.

"음, 걸어갔다 오면서 생각을 해봤어요. 그러니까 우리가 오늘 봤던 암호와 그… 부메랑이라는 게 연관이 있다는 거잖아요. 그리고 젠킨스 씨가 마지막으로 주신 단서가 뭐였냐면, 부메랑의 한계는 소리를 감지할 수 있는 거리가 짧다는 거였고요. 그래서 제 나름대로 추리를 해보니까 이런 결론이 나왔어요. JL은 젠킨스 씨의 위치를 파악할 수 있는, 어떤 특별한 장치를 가지고 있어요. 그 방법은 젠킨스 씨만이 낼 수 있는 어떤 소리를 감지하는 거고요. 아마 목소리일까요? 그런데 그 특별한 장치에서 너무 멀리 있으면 소리를 감지하지 못해요. 여기까지 제가 한 말이 맞았나요?"

호오~ 젠킨스는 가벼운 감탄사를 흘리면서 부지런히 감자 칩을 입에 넣었다.

아름다운 소녀가 이렇게 영리하다니… 그리고 그것으로도 부족해서 혈관 속에는 외모나 지혜보다도 훨씬 더 소중한 것이 흐르고 있단 말인가? 대체 신은 이 아이를 얼마나 편애할 셈이지?

후후후, 어서 발가락을 직접 보고 확인해야 해. 아물지 않는 상처… 닐 키드의 특징. 그것만 확인되면 이 아이를 내 생명 다음으로 소중하게 다뤄야지. 후후후…….

젠킨스는 저절로 터져 나오는 웃음을 삼키며 대답했다.

"대체적으로 보자면 맞았어. 몇 군데 사소하게 오류가 있기는 하지만, 그 정도는 사실 디테일의 문제니까 신경 쓰지 않아도 되는 것들이지. 훌륭해, 테라 양. 어디 계속해 봐. 좀 더 듣고 싶구만."

"음, 그리고 오늘 우리가 봤던 암호는… 숫자 1, 그다음이… 에, RM, KF, FD였어요. 그런데 젠킨스 씨는 아까 힌트라면서 자기 이름과 약자가 다르다는 말도 했었죠. TJ여야 하는데 MJ라고 쓴다고 했던 걸 기억했어요. 매드 사이언티스 젠킨스, 혹은 마스터 젠킨스."

"좋아, 정말 잘하고 있어. 그건 아주 중요한 단서지. 히히히, 내가 그때 너무 많이 알려준 게 맞았군. 자, 그래서 그 MJ가 어떤 의미를 가지는지도 말해주겠나?"

젠킨스는 보고를 듣는 상사처럼 의자 깊숙이 몸을 기대며 두 손을 깍지 낀 채 다리 위에 올렸다.

후~ 테라는 조그맣게 한숨을 내쉬고 생각을 정리한 다음 입을 열었다.

"그러니까 RM, KF, FD도 어떤 위치나 건물 이름을 나타내는 약자가 아닐까 하고 생각했었어요. 약자이긴 한데 원래 이름 그대로의 약자는 아니고, 변형된 거죠. TJ여야 하는데 MJ인 것처럼, JL에서만 통용되는 그런 별명 같은 지명. 왜 그런 생각을 했냐면… 젠킨스 씨가 그랬잖아요, 오늘 암호는 지금 젠킨스 씨에게 아무런 의미가 없는 거여서 답을 할 필요가 없는 거라고. 그 말을 반대로 생각해 보면 너무 멀리 있어서 답을 할 수가 없다는 의미도 되는 거거든요. 하지만 젠킨스 씨는 조급해하지 않았어요. 숫자가 1이었으니까 이제 시작이라는 거고, 곧 2도 등장하겠죠. 그러면 거기에는 또 다른 새로운 암호가 적혀 있을 거라고 생각해요. 위치를 나타내는 암호 말이에요."

테라가 이야기를 마치자 젠킨스는 고개를 갸웃거렸다.

"좀 전의 것이 A라면 이번 답안은 B 정도야. 그것도 심지어 열심히 하려는 마음에 가산점을 줬기 때문에 겨우 받은 B랄까……. 반은 맞고, 반은 틀렸어. 그런데 그 틀린 절반이 전제에 해당하는 것이어서 큰 감점 대상이야. 뭐가 틀린 걸까, 테라 양?"

"글쎄요, 잘 모르겠네요. 알았다면 애초부터 틀리지 않았겠죠."

테라가 순진한 표정으로 웃는 바람에 젠킨스의 얼굴에도 미소가 번졌다.

"하지만 여전히 예리해. 공부를 잘했나?"

"전혀요. 그냥 제니랑 어울려서 노래만 했어요. 함께 거울을 보면서 춤 연습을 하거나, 아이돌들 VOD를 보고 수다 떨고……. 왜, 그런 거 있잖아요. 우리가 더 잘할 수 있지 않냐? 난 원곡 부른 가수보다 네 목소리가 더 예쁜 것 같은데? 내가 너 머리 땋아줄게……. 십 대 여자애들이 친구끼리 흔히 하는 짓."

"제이미? 제니? 누군지는 모르겠지만, 그 친구와 굉장히 가까웠나 보군. 이 이야기를 하는 동안에도 늘 냉정한 테라 양의 얼굴에 벌써 그리움이 드러나."

테라가 어처구니없다는 듯 웃음을 터뜨리자 그 이유를 모르는 젠킨스는 눈만 껌뻑거렸다.

"응? 뭐지? 그리운 친구가 아닌가?"

"아뇨. 후후후, 그게 아니라… 이걸 뭐라고 해야 하지? 제가 누구인지는 아는데 제니는 모르겠다는 사람이랑 이야기해 본 게 너무 오랜만이라서 그랬다고 해야 하나? 뭐, 그런 거예요. 말하는 저도 당연히 듣는 사람이 제니를 알고 있다고만 생각하고 있거든요, 늘. 그래서… 그냥 그게 웃겼어요. 젠킨스 씨가 외국인이라는 게 확 실감이 돼서……. 저기 큰 광고 보이시잖아요. 제 옆에 있는 저 예쁜이. 후우, 쟤가 제니예요."

테라는 전광판 옆에 붙은 광고 그림을 가리키다가 갑자기 울컥하는지 손가락으로 얼른 눈가를 찍었다. 두 미소녀의 모습을 음미하듯 바라보던 젠킨스는 능글맞게 물었다.

"그래, 저 섹시 스타는 지금 어디 계신가? 한 번도 못 만나본 걸 보면 이 스타디움 안에는 없는 것 같은데 말이야."

"…잘 지내고 있기를 바라요. 그리고 너무 오래 지나지 않아서 또 만났으면 좋겠어요."

대답을 마친 테라는 크게 숨을 내쉬어서 감정을 정리하고는 다시 젠킨스를 향해 물었다.

"자, 이제 제가 뭘 틀렸는지 알려주세요. 어떤 전제가 잘못된 거였나요?"

"내가 했던 말 중에 하나 흘려들은 게 있는 모양이더군. 암호를 보고 테라 양이 가장 처음 질문을 던졌을 때, 내가 되물었었지. '설마 저걸 무슨 약자라고 생각하는 건 아니겠지?' 이렇게 물었어. 기억나나?"

"음, 그랬었나요?"

테라가 고개를 갸웃거렸다. 들었던 것 같기도 하고, 아닌 것도 같은 모양이다. 젠킨스는 과자 봉지를 탈탈 털어 부스러기와 소금을 입에 넣고 씹으면서 말했다.

"분명히 말했어. 그러니까 RM, KF, FD는 약자가 아닌 거지. 선택지에서 지워 버려야 한다고."

"하지만 만약 그렇다고 하면 TJ니, MJ니 하는 약자 이야기들은 왜 해주신 거예요? 말로는 힌트라고 하시지만, 그것 때문에 저는 오히려 더 혼란스러워지기만 한 셈인데."

"테라 양……."

젠킨스가 손바닥으로 입 주위의 기름기와 과자 부스러기들을 슥슥, 닦으면서 근엄하고 잘난 척할 때의 목소리를 냈다.

"…한 개의 단서나 규칙으로 모든 걸 꿰뚫을 수 있다면 그건 제대로 만든 암호가 아니지. 나 정도 되는 사람이 설마 그런 식의 일차원적인 암호를 만들었겠나? 그건 나를 너무 무시하는 거 아니야? 단서가 두 개 있어. 내 약자는 원래 TJ여야 하지만, 회사 내부에서는 MJ로 사용해. 이게 하나지. 두 번째, 오늘 우리가 봤던 암호들은 약자가 아니야. 하지만 장소를 나타낼 거라는 귀하의 추측은 맞았어. 자, 이렇게 두 개의 단서를 줬으니까 이제 추리는 테라 양의 몫이야. 생각해 봐. 왜 젠킨스라는 사람은 굳이 T를 M으로 바꿨을까? M은 되고 T는 안 되는 이유는 뭘까? 그 차이를 알 수 있다면 퍼즐을 절반 이상 풀어낸 거라고 봐도 돼."

"차이가 뭔지도 모르겠지만, 그렇게까지 해도 겨우 절반인가요? 어렵네요."

테라는 힘들다는 듯 한 손으로 턱을 괴고 투덜거렸다. 젠킨스가 좌석 손잡이를 두드리면서 중얼거렸다.

"좌절하지 마. 테라 양의 머리는 분명 나만큼 좋지 않아. 하지만 이미 테라 양에게는 충분한 축복이 있었잖아. 누구나 부러워할 미모에 그 고운 목소리, 그리고 한 번 좀비에 물리고도 살아남을 수 있는 특별한 체질까지 갖췄지."

"다른 건 모르겠지만, 그 특별한 체질이라는 건 젠킨스 씨 회사에서 좀비들을 풀어놓지 않았으면 존재하는지도 몰랐을 거였잖아요. 평생 모르고 살 수도 있었다고요. 그 편이 훨씬 좋았고."

그렇게 말하면서도 테라는 또 과자 한 봉지를 올려주었다. 젠킨스는 뻔뻔한 얼굴로 대꾸했다.

"완전히 동의하기는 어려운 주장이군, 테라 양. 이번에 좀비들이 풀려난 것이 JL의 관리 소홀에서 비롯된 비극이라는 걸 부정하자는 건 아니야. 하지만 만약 JL이 프로젝트를 진행하지 않았더라면 이 모든 일이 일어나지 않았을까? 아니, 난 거기에 동의할 수 없어. 어딘가의 어떤 기업이 JL이 했던 것과 거의 똑같은 일을 했을 거라는 데에는 의심의 여지가 없네. 좀비 박테리아가 한 번 그 존재를 드러낸 이후에는 단지 시기의 문제였을

뿐이야. 생각해 보라고. 자본이 엄청난 크기로 규모를 불릴 수 있는 기회를 만났는데, 거기에 부수되는 소소한 비극을 신경 쓸까? 절대 아니지."

"자기들 욕심을 채울 수만 있으면 몇 명이 죽어도 상관하지 않을 거고, 그게 오히려 당연하다는 건가요? 그래서야 좀비들이랑 별로 다를 것도 없잖아요."

테라는 징그러운 것을 대할 때처럼 이마를 찡그리며 말했다. 그녀의 시선에서 서늘함을 느낀 젠킨스는 두 팔을 살짝 벌리면서 힘없이 중얼거렸다.

"그게 태생적인 특성인 거야, 테라 양. 어쩔 수 없는 본질. 귀하는 동정심이 많고, 나는 지적인 능력이 뛰어난 것처럼 자본은 무한 증식을 욕망한다고. JL이 이상한 게 아니야. 이 나라의 타이양 그룹이 그 좀비들을 손에 넣었어도 똑같은 꿈을 꿨을 거야. 단언할 수 있는 건, 만일 타이양이 뭔가 하려 했다면, 그 결과는 훨씬 더 끔찍하고 통제 불가능한 수준이었을 거라는 점이야. 그들보다 JL이 훨씬 유능했기 때문에 그래도 이만큼의 대비책이나마 존재한다는 거지."

"됐어요, 그런 이야기는. 그 생각을 하면 할수록 젠킨스 씨가 망쳐 놓은 수많은 사람들의 행복이 떠오르니까. 어차피 반성을 하는 것 같지도 않고……. 그런 것보다 아까 제가 처음에 했던 대답 중에서 어떤 게 틀렸었나요?"

음, 새 과자 봉지를 뜯은 젠킨스는 머리를 긁적이며 말했다.

"장비가 나만이 낼 수 있는 소리를 감지할 거라는 추측은 맞왔어. 하지만 목소리는 아니야. 육성을 수단으로 사용하기에는 현실적인 제약들이 너무 많거든."

"그럼 어떤 소리인 거죠?"

"후후후, 거기까지. 그다음으로 넘어가자면 너무 많은 걸 바라는 거야. 테라 양, 귀하에게는 호기심을 충족시키는 놀이일지 몰라도 나에게는 목숨이 달린 일이라고. 그렇게 호락호락 모든 걸 다 알려줄 수는 없지. 목소리가 아니라고 일러주는 것도 우리 사이 정도나 되니까 가능한 일이야. 영리한 테라 양이니 그 정도는 이해할 수 있다고 믿어. 알고 싶다면 더 추리를 해봐. 정답을 말했을 때에는 나도 인정을 할 테니까. 아니면… 우리가 운명 공동체로서 하나가 되었을 때에는 또 이야기가 다르긴 하지. 테라 양이 나와 함께 JL의 연구소로 갈 거라는 확신이 생기면 더 자세한 방법을 차차 알려줄 수도 있어."

"가지 않을 거예요."

테라는 단호하게 고개를 저었다. 젠킨스는 의아해하며 물었다.

"그럼 대체 왜 이런 것들을 궁금해하는 거지? 이 과자, 이게 지금 이 스타디움 안에서는 엄청난 가치를 지닌 것들인데도 그것까지 투자해 가면서 내 이야기를 듣고 있잖아. 남자로서의 내가 좋아서도 아니고, 나를 무슨 홀로코스트 범죄자처럼 취급하고 있으니 인간적인 동정도 아닐 거야. 그럼 대체 뭐가 남지? 응? 난 궁금해, 테라 양. 대체 귀하가 대화를 통해 기대하고 있는 바는 뭔가?"

"제가 뭘 기대하고 있는지가 중요한가요? JL에서 가장 힘이 센 열세 명 중 한 사람이었을 때, 젠킨스 씨는 그런 걸 궁금해하는 사람이 아니었잖아요."

테라는 무표정한 얼굴로 되물었다. 젠킨스는 자조적으로 고개를 끄덕이며 웃었다.

"물론 그래. 나는 그런 사람이 아니었고, 지금 이 과자와 이야기 거래는 테라 양보다 내게 있어 훨씬 절실한 것이긴 하지. 그러니까 사실 이유 같은 건 물어볼 필요도 없어. 난 그냥 듣고 싶다는 이야기를 해주면서 배만 불리면 되는 거야. 그런데… 그래도 말이야, 어떤 인간들은 자신이 이해 못할 어떤 것을 만났을 때 끊임없이 질문을 던지는 존재거든. 나도 그 부류에 속하고… 초기에 면역자에 대해 물었을 때만 해도 난 우리의 대화가 귀하에게 왜 절실한지 알 수 있었어. 그게 테라 양 본인의 이야기였으니까, 저주가 아니라 축복인 걸 확인하고 싶었겠지. 하지만 이 구조 플랜 같은 건 완전히 다른 주제잖아. 따라 나서지도 않을 거면서 왜 듣고 있지?"

젠킨스가 격정적으로 열변을 토하고 나자 테라는 그의 주머니에 끼워진 물병을 가리키며 마시라는 손짓을 했다. 그러고는 가만히 기다렸다.

일단 물을 마셔야 답을 해주겠다는 의미인 걸 깨달은 젠킨스는 억지로 또 두어 모금을 들이켰다. 원래부터도 물을 잘 마시지 않았지만, 이 정수된 물은 정말 맛이 형편없었다.

"제가 바라는 거요……."

테라가 젠킨스의 얼굴을 빤히 쳐다보며 입을 열었다.

"지금 저는 젠킨스 씨의 과장 섞인 장담들이 모두 사실이기를 바라요. 이 끔찍한 좀비 세상이 언젠가 가까운 미래에 의학의 힘으로 좀 진정되었으면 좋겠고요. 그래서 모든 사람들이 좀비에 물리면 끝장이라는 두려움에 떨지 않고 마음껏 거리를 걷고 누군가를 만나면 좋겠어요. 이렇게 한 군데에 갇혀 있는 게 아니라요. 하지만 눈을 뜨고 현실을 보고 있으면 그 바람은 너무 덧없어서 아주 허망한 꿈같아요. 그러니까 자꾸 젠킨스 씨의 이야기를 들으면서 거기에서 뭔가 믿을 만한 근거를 찾고 싶은 거예요. 내 이성이 이 사람의 계획을 믿어도 되겠다고 판단할 수 있을 때까지……. 오늘은 처음으로 증거가 나온 날이었어요. 그 비행기요."

"비행기가 아니야. 드론이지."

"하하하, 드론. 그러네요. 하마터면 엄청 중요하고 본질적인 걸 틀릴 뻔했군요. 하지만 그 드론을 보고 나서도 도무지 걱정은 잠재워지지를 않았어요. 과연 젠킨스 씨는 어떻게 구조대가 기다리고 있는 곳까지 도달할 수 있을까? 이분은 100미터도 완주할 수 없을 것 같은 사람인데. 그래서 계속 묻고 있는 거예요. 당신이 자신을 위한 완벽한 구조 계획을 갖추고 있는 건지를 확인하기 위해서……. 답이 됐나요?"

큭큭큭, 젠킨스도 실없이 웃기 시작했다. 테라가 100미터 완주 이야기를 했을 때부터다. 한참이나 둥그런 배를 두드리며 웃던 젠킨스가 말했다.

"그래서 나를 걷게 한 건가? 구조대가 기다리고 있는 곳까지 잘 갈 수 있도록 돕기 위해서 운동을 시킨 거야?"

"그것도 이유의 하나지만, 갑자기 심장마비로 잘못되지는 않을까 하는 걱정이 더 컸어요. 백신 개발이 완료되지 않았으니까 아직 젠킨스 씨는 천벌을 받으면 안 되거든요."

"오, 테라 양. 착한 마음이 감동적이군. 그게 위선인지, 아니면 귀하의 그 아름다운 몸 안에 정말로 천사의 영혼이 깃들어 있는 건지는 모르겠지만 말이야. 인류의 평화를 바랐다는 거잖아."

젠킨스가 조롱조로 도발했지만, 테라는 아무런 감정의 동요도 보이지 않은 채 가만히 듣고 있었다.

"테라 양, 걱정하지 않아도 돼. 일단 범위 내에 교신 장치가 배치되기만 하면 타일러 젠킨스는 걸을 필요가 없어. 당연한 거지. 지난 25년 동안 난 조깅은커녕 한 번에 200미터 이상을 걸어본 적도 없는 사람이야. 이 무릎이 그런 가혹한 운동을 견뎌낼 만큼 튼튼하지 않거든. 그런데 좀비 세상이 왔을 때를 위한 대비책을 만들면서 자신이 이동한다는 선택지를 뒀겠나? 어림없는 이야기잖아. 난 안전한 곳에서 기다리기만 하면 돼. 기다리고 때를 보다가 부메랑이 충분히 가까운 곳에 배치되었다는 걸 확인하면, 그때 신호를 보낼 거야. 그러면 부메랑은 내 소리를 역추적해서 기록할 거고, 하루도 지나지 않아서 구조 헬기가 소리의 발원지로 올 거야. 자, 이제 안심했지?"

젠킨스는 뮤지컬 배우처럼 손을 흔들면서 과장된 톤으로 떠

벌렸다. 말이 되는 건지 잠시 머릿속으로 앞뒤를 맞춰보고 난 뒤, 테라가 물었다.

"그냥 그 신호를 드론이 감지하도록 하는 편이 더 나았던 거 아닌가요? 만약 그랬으면 오늘 당장 구조될 수도 있던 거잖아요."

"그건 안 돼. 내가 아까 부메랑의 두 가지 한계를 말했지? 거리와 속도. 테라 양의 아이디어는 속도가 문제야. 부메랑은 시속 60킬로미터 이상으로 이동 중인 차량에서조차 제 기능을 못해. 하물며 하늘 높이 떠서 비행 중인 드론에서는 말할 것도 없지."

젠킨스는 조금도 주저하지 않고 막힘없이 지껄여 댔다. 그런 모습을 보고 있으면 거짓말을 꾸며 댄다는 생각은 잘 들지 않는다. 테라는 납득했다는 의미로 고개를 끄덕이면서 한 가지를 더 물었다.

"알겠어요. 그럼 부메랑이라는 게 얼마나 가까운 곳에 설치되어야 젠킨스 씨가 보내는 신호를 받을 수 있을까요?"

음… 젠킨스는 잠시 계산을 해본 후에 대답했다.

"애초에 JL이 의뢰한 규격에서 최대치는 1마일로 되어 있지만, 그건 탁 트인 대평원이나 야트막한 건물들이 많은 시골에서나 해당되는 이야기고… 서울처럼 이렇게 고층 빌딩이 빽빽한 대도시 환경에서는 그보다 수신 범위가 축소된다고 가정하는 게 타당할 거야. 아마도… 0.6마일 정도. 그 정도면 안정적인 거리라고 믿고 있어. 미터 단위로 환산하자면 1킬로미터겠군."

5장
던전 & 아이템즈

1

테라와 젠킨스가 암호에 관해 이야기를 나누고 있던 바로 그때, 상봉동 코스트코 앞에서는 막 하나로 합쳐진 모든 색깔의 좀비들이 행진 중이었다.

보안관 일행은 평소처럼 길가의 6층 모텔 옥상에서 놈들이 지나는 모습을 숨죽여 가며 지켜보고 있었다. 빨강, 파랑, 노랑, 분홍… 모든 색이 다 모여 있다.

그르르르, 그르르…….

수천에 달하는 좀비들이 그릉거리며 천천히 대로 위를 걷는다. 워낙에 무리의 덩치가 커져 버린 터라 아무 짓도 않고 그저 천천히 7~800미터 정도의 구간을 다 지나가는 것만 해도 한 시간 가까이가 소요됐다. 행렬의 양끝이 한눈에 들어오지 않을 정도로 질리는 모습이다. 어마어마하게 많다.

꿀꺽.

침 넘기는 소리조차 내기가 조심스러웠다. 하지만 다들 긴장하고 있는 터라 계속 침을 삼키게 된다. 자꾸 오줌이 마렵다. 지금까지의 행동 패턴으로 보아 놈들이 6차선 대로를 따라 쭉 걸어가 버릴 것이라고 확신하고 있으면서도, 동시에 마음 한구석에서는 두려움이 뭉게뭉게 피어올랐다.

수천… 도저히 통제할 수 없는 엄청난 수가 바로 몇 십 미터 떨어진 곳을 지나고 있다. 놈들이 갑자기 변덕을 부리거나 해서 이대로 여기 주저앉아 버린다면… 그 순간 모든 게 끝난다. 굶어 죽기 전에, 아마 두려움 때문에 피가 말라 죽을 것이다.

'제발 그대로 가라. 제발 그대로 쭉 가주세요. 부탁입니다……'

입 밖으로 소리를 내지는 않지만, 일행들은 한마음으로 빌었다. 무한에 가까운 압박을 주던 좀비의 행렬이 마침내 시야 밖으로 사라졌을 때, 모두의 입에서 안도의 한숨이 새어 나온다. 그러고는 다들 다리가 풀려 바닥에 주저앉아 버렸다.

무섭기는 했지만 그래도 별 탈 없이 모든 좀비들을 하나로 합쳐 냈다. 가장 멀리 돌았던 빨간 좀비들의 궤도를 따를 테니까, 이제 저 좀비 군단은 열네 시간에서 열다섯 시간을 주기로 한 번씩 이 앞 도로를 지날 것이다.

앞으로는 그것만 신경 쓰면 이제 예기치 못했던 좀비들 때문에 위험에 빠질 일은 없다. 물론 골목 안으로 숨어 들어왔던 여섯 마리는 아직도 행방이 묘연하다.

"와아~ 냄새! 좀 무서웠어. 그치?"

삼식이가 혀를 내두르며 물을 벌컥벌컥 들이켰다. 공기 중에는 아직도 놈들이 풍기던 그 특유의 악취가 진하게 남아 있었다.

"좀 무섭다고? 완전 무서웠지. 보고 있는데 '우리가 대체 무슨 짓을 한 거지?' 싶더라."

유빈이 난간에 등을 기대며 얼굴의 땀을 훔쳤다. 주먹을 어찌나 꼭 쥐고 있었는지, 손바닥에 손톱자국이 빨갛게 새겨져 있다. 물론 좀비들의 행진에만 집중하고 있었을 때에는 자신이 그렇게 하고 있는 줄도 몰랐다.

"무슨 짓을 하긴요. 열네 시간을 벌었죠. 아무나 이런 수를 생각해 낼 수 있는 거 아니에요."

규영이의 오른손을 잡아주고 있던 제니가 미소를 지으며 말했다. 규영이의 왼손을 담당하고 있던 태권소녀도 고개를 끄덕였다.

"30분이 멀다 하고 이 앞으로 좀비들이 돌아다니는 것보다는 확실히 낫지."

"저놈들 수가 얼마나 될까? 3천? 4천?"

유빈이 물었다. 보안관은 어림없다는 표정이다.

"훨씬 더 될 것 같은데? 적게 잡아도 5천은 넘을 기세야. 6천? 에이, 그걸 세고 앉아서 뭐해. 어차피 더 이상 싸운다거나 뭘 어떻게 해볼 수 있는 규모가 아닌데."

그저 보기만 하는 것뿐인데, 언제나 자신만만하던 보안관조차도 꽤나 질려 있었다. 그만큼 수천이라는 규모는 위압적이었다.

아직도 심장이 벌렁벌렁 뛰고 있는데, 정작 지금까지의 모든 작업은 다 사전 준비 수준에 불과했다는 게 우습다. 진짜 작전은 아직 시작되지도 않았다.

"자, 이제 그 열네 시간을 소중하게 사용해야지? 코스트코 이야기를 해보자."

잠시 모두에게 숨을 돌릴 틈을 주고 나서 유빈이 말했다. 삼식이가 자신의 이마를 두드리며 한숨을 내쉬었다.

"아, 그러네. 젠장, 그냥 좀비들만 한 덩어리로 묶으면 다 끝나는 게 아니었구나."

"응. 쟤들이 열 시간 넘게 자리를 비워준 이 틈을 노려야지. 코스트코 안에 들어가 본 사람, 손."

유빈의 말에 대부분 손을 들었다. 의외였다. 유빈이 물었다.

"삼식이, 너 저기 언제 가봤어?"

"우리 의정부 코스트코 자주 갔었는데? 거기서 공사할 때, 그, 왜… 작업반장님이 회원 카드가 있어서 맥주를 막……."

"아니, 그런 말이 아니라 바로 이 건물 말하는 거야. 여기 상봉 코스트코 내부를 본 사람 손 들어보라고."

이번에는 대다수의 손이 내려갔다. 계속 손을 들고 있는 사람은 태권소녀와 규영뿐이다. 일전에 코스트코에 들어갔다가 좀비들의 습격으로 떼죽음을 당했다고 했으니, 적어도 그 둘은 가봤을 거라고 기대했다. 유빈은 두 사람에게 물었다.

"저기가 주차장이지? 혹시 저기도 가봤어?"

유빈이 손가락을 천천히 위로 올리며 훑은 곳은 코스트코의 2층부터 옥상까지다. 대형 마트의 일반적인 형태와 크게 다르지 않다. 둘은 고개를 끄덕였다. 태권소녀가 대답했다.

"난 예전에도 자주 왔었어. 선수촌 선배 중에 저기 물만 마신다는 사람이 있어서 짐꾼 비슷하게… 여튼 매장이고, 주차장이고 훤해. 뭐가 궁금한 건데?"

"주차장이랑 매장이 어떻게 연결되어 있어? 가능한 한 자세히 알려줘."

"뭐, 저런 형태의 주차장은 대충 비슷하지 않나? 저기 정문에서 오른쪽으로 보이는 저 문으로 차가 들어가고, 나선형으로 된 길을 따라 올라가면 2층 주차장이야. 거기에 차를 세우면 왼쪽 벽에 문이 있어. 문을 열고 들어가면 거기에 그… 계단 없는 에스컬레이터 같은 거 있지? 그… 뭐라고 하나. 아, 무빙워크. 그래, 무빙워크가 있지. 그걸 타고 내려가면 저 정문 왼쪽이야. 그것과 마주 보는 식으로 올라가는 무빙워크가 있고. 대충 상상이 돼? 나머지 층들도 다 마찬가지야."

태권소녀는 꽤나 성실하게 설명을 해주었다. 유빈은 고개를 끄덕였다. 추측했던 것과 다르지 않다.

"근데, 저 안에 몇 마리 정도 있냐?"

보안관이 물었다.

음, 태권소녀와 규영이 괴로운 표정을 지었다. 한때 그들의 일행이었던 사람들도 지금은 '마리'로 헤아리는 좀비가 되었다는 게 마음 아픈 것이다. 눈을 아래로 깔고 셈을 해보던 태권소녀가 확실하지 않다는 듯 고개를 갸웃거리며 말했다.

"정확하게는 모르지만, 꽤 많아. 70? 80? 어쩌면 그보다 더 많고."

으아~ 몇몇의 입에서 탄성이 흘러나왔다.

70… 해머로 때려 죽여도 한세월이다. 물론 얌전히 죽여 달라고 기다려 줄 놈들도 아니고. 70마리가 달려들어 난리를 친다면…….

골치깨나 썩게 생겼다. 정문에서 보았던 놈들 외에도 매장 안쪽에 숨은 좀비들이 꽤나 많은 모양이다.

"뭐… 그 정도야 되겠지. 쳐들어온 좀비들도 있고, 안에 갇혔던 사람들도 있으니까. 근데 이상하지 않아?"

그렇게 말한 유빈은 다시 옥상 주차장을 가리켰다.

"우리가 바로 이 앞 도로를 수도 없이 지나다녔고, 심지어는 바로 저 아래까지 갔던 적도 있는데, 단 한 놈도 저기서 뛰어내린 놈이 없었어. 단 한 마리도 말이야."

모두의 시선이 코스트코 건물로 향했다. 유빈의 말을 듣고 보니 이상하다. 건물 옥상은 물론이고, 2층에서 4층 사이 주차장에도 개방되어 있는 부분이 많았다. 좀비들이 뛰어내리려면 언제든지 그럴 수 있는 구조다. 그리고 놈들은 몇 층에 있든 간에 사람을 보면 주저 없이 뛰어내린다.

그렇다면…….

"내 생각에 저 주차장에는 좀비들이 없어. 무슨 이유에선지는 모르겠지만, 다들 1층 매장이나 그 아래에만 잔뜩 모여 있다고. 아마 혜주가 말했던 그 무빙워크가 지금은 박살이 났거나, 정확한 원인은 모르겠지만 무슨 문제가 생겨서 좀비들이 고립돼 있는 것만은 분명해."

유빈의 의견에 제일 먼저 의문을 제기한 건 삼식이였다.

"그냥 1층이 좋아서 있는 걸 수도 있잖아."

"70마리가 전부 다 1층성애자라고?"

"걔들도 좀 전에 지나갔던 놈들처럼 코스트코 1층에서 크게 원을 그려가며 뱅글뱅글 행진 놀이를 하고 있을지도 모르지."

"뭐, 이유가 그렇다 하더라도 2층부터 옥상까지 주차장에 좀비가 없다는 사실 자체는 변하는 게 없네. 그렇지? 물론 조금 있다가 실험을 해봐야 확실해지긴 하겠지만."

유빈과 삼식이가 말장난 같은 토론을 벌이고 있자 태권소녀가 채근을 했다.

"너 또 말 늘어진다. 아직 요점은 나오지도 않았어. 그래서? 주차장에 좀비가 없으면 어떻게 한다고?"

"굉장히 크고 좋은 기회라는 거야. 네가 이야기해 줬잖아. 저 안에 주차장이랑 매장이 연결되는 곳이 무빙워크라고. 비탈길이지. 그것도 사람 두 명이나 겨우 나란히 설 수 있을 만큼 아주 좁은 비탈길. 위쪽에서 자리를 잡고 있다가 뛰어 올라오는 좀비들을 상대한다면 평지에서 싸우는 것보다 몇 배나 편해. 안전하기도 하고."

"네가 무빙워크는 끊어졌을지도 모른다며?"

"그렇다면 더 좋지. 약하게 살짝만 고쳐 놓고 꾀면 좀비들이 뛰어오다가 무너져서 떨어져 죽을 테니까. 그런데 정말 끊어졌을까? 올라가는 거, 내려가는 거, 두 개가 동시에? 아닐 것 같아."

유빈은 자신만만하게 말했다. 하지만 태권소녀는 아직도 의심의 눈초리를 거두지 않았다.

"근데 있지, 좁은 오르막길을 뛰어 올라온다고 해도 좀비들은 빨라서 금방이야. 나랑 쟤만 믿고 덤비면 안 돼. 일곱을 상대로 하는 거랑 칠십을 상대로 하는 거는 완전히 다른 싸움이야. 위험하다고."

"응, 그것도 잘 알지. 나도 위험한 거 무지 싫어하는 사람이니까. 아무도 안 다치는 게 제일 중요하다는 것도 알고. 근데 좁은 비탈길이라서 쓸 수 있는 꼼수가 떠올랐거든. 자, 들어봐."

모두의 머리를 모여들게 한 유빈은 자신이 지난 며칠 동안 궁리해 낸 계획을 종이와 펜까지 동원해 가며 설명했다.

"그러니까 말이야……."

잠시 후, 유빈의 이야기가 끝난 다음에는 다들 의아한 표정을 지었다. 너무 간단하고 쉬워 보인다. 하지만 생각해 보니 또 말이 된다. 그게 재미있는 부분이다.

어지럽게 작전 계획도를 그려놓은 종이 위로 방점을 찍듯 유빈의 땀이 뚝 떨어졌다. 보안관과 태권소녀, 제니 심지어 삼식이까지도 진지한 눈빛으로 검토를 해본다.

계속 배가 아프다고 찡찡거리던 신입은 규영과 함께 남겨진다는 것을 확인하고 나서야 엄살 부리는 것을 그만두었다. 삼식이가 걱정스러운 눈으로 물었다.

"정말 잘 미끄러지는 할까? 안 미끄러지면 어떻게 하지?"

"그 홈을 메울 수 있을 만큼 넉넉하게 부으면 아마 거의 될 거야. 안 되면 그때는 다시 생각해 보자. 거기까지 갔더라도 철수하는 데는 아무 문제 없어. 매장과 주차장이 분리되어 있기만 하다면."

다들 한 번 해보자는 것으로 의견을 모았다. 조금 전의 엄청난 좀비 행진을 보고 난 후여서 다들 초조해져 있었고, 서둘러 승부를 보고 싶어 했다.

열네 시간 혹은 열다섯 시간의 여유가 있다고는 하지만, 이렇게 한낮에 통째로 비어 있는 거리를 얻기 위해서는 또 2~3일 정도를 기다려야만 한다. 오늘이 기회다.

"그러면 우리 셋이 준비물 챙겨서 올게. 너희는 좀 쉬고 있어. 위험할 일은 없겠지만, 망도 봐주고."

유빈과 보안관, 삼식이는 상점에서 필요한 장비들을 더 털어오기 위해 계단을 걸어 내려왔다. 셔터 문을 들어 올리던 보안관이 멍하니 코스트코 정문 앞의 거리와 시체들을 바라봤다. 며칠 전 정체가 발생했을 때, 몇몇 이탈자 좀비들이 걸어 들어온 방향이다.

그런 식의 유입은 그 이전에도, 이후에도 없던, 이례적인 일이었다. 그걸 보고 난 후부터 보안관의 뇌리에는 한 가지 의문이 떠올랐고, 이후 줄곧 가라앉지 않고 있다.

답이 떠오를 것 같으면서도 동시에 정리해 보면 아주 막연하기만 하다. 고민은 200여 미터를 걸어 내려와 공구상을 뒤질 때까지도 계속되었다.

"아까부터 무슨 생각 해, 보안관?"

무선 전동 드릴과 네일 건을 찾아내서 공구 가방에 담던 삼식이가 멍해 있는 보안관을 툭, 치며 물었다.

아… 보안관이 머뭇거리며 입을 열었다.

"그… 좀비 새끼들 있잖아. 아까 그 수천 마리가 여기를 지나가면서는 왜 흘리고 가는 놈이 한 마리도 없지? 우리 복지 센터 앞의 번화가에서는 안 그랬잖아. 지나갈 때마다 꼭 몇 마리씩을 남겨놓고 가서 그것들을 찾아 죽이는 게 일이었는데… 이상하지 않냐?"

"그러네, 생각해 보니. 오호, 그거 뭐지? 동네마다 유행이 있나? 아니면 이미 여기를 자기 구역이라고 해놓은 새끼들이 있어서 터치하지 않는 게 좀비들 사이에서 기본 매너인 걸까? 그런 가설은 어때?"

"대로를 지나는 좀비들이 코스트코 안에 있는 놈들을 어떻게 알겠어? 보이는 각도도 아닌데."

"에이, 꼭 봐야 아나. 느낌이라는 게 있잖아. 아니면 음… 텔레파시?"

삼식이를 가만히 보고 있던 보안관이 고개를 저으며 말했다.

"내가 미친놈이지, 너한테 무슨 답을 바라고……. 됐어, 새끼야. 좀비가 퍽이나 네 구역, 내 구역 따지고 있겠다. 걔들이 무슨 구청장 선거 하냐?"

"그거야 모르지. 낯선 놈들끼리 붙여놓으면 서로 어색하고 불편할 수도 있는 거니까."

'불편함'이라는 단어를 듣자마자 보안관의 머리를 스치는 또 하나의 생각이 있었다. 좀비들에게 홀려 까맣게 잊고 있었다. 보안관은 삼식이를 홱 돌아보며 말했다.

"야, 삼식아. 밤에 경비 보는 거 나랑 시간 바꾸자. 네가 혜주랑 같은 조 해라."

"왜에? 나는 유빈이랑 같이 있는 게 더 편한데……. 그리고 그렇게 나누면 둘 다 전투력이 그저 그래지잖아. 차라리 지금처럼 너희 둘 조가 엄청 센 게 낫지 않아?"

"아… 그, 그냥 좀 바꾸자고! 젠장, 이유가 있어. 내가 힘들어서 그래."

보안관이 다짜고짜 졸라대자 삼식이는 그게 재미있는지 팔짱을 딱 끼고 거들먹거렸다. 비싸게 굴기로 한 모양이다.

"그을쎄~ 뭐, 납득할 만한 이유가 있다면 못 바꿔줄 것도 없기는 한데… 이렇게 다짜고짜 맡긴 거 내놓으라는 식이면 곤란하지."

"부탁합니다. 불편해서 그래요. 바꿔주세요. 됐냐, 이 새끼야?"

"큭큭큭, 부족해. 근데 우리 광훈 군이 무슨 잘못을 해놓으셨기에 나한테 이렇게 애원을 하시는 걸까? 수상한데? 혜주 보고 있으면 자꾸 사랑에 빠질 것 같아? 제니를 향한 일편단심이 흔들려?"

"어휴~ 그런 게 아니라……."

보안관은 한숨을 푹 쉬더니 갑자기 주변을 둘러보고 목소리를 낮췄다. 사람이라고는 두 명이 전부인 공간인데.

"그… 걔가 자꾸 가, 갑바를 보여줘서……."

"진짜? 왜? 왜 보여줬는데?"

"야! 이 새끼야, 목소리 좀 낮춰. 아니… 무슨 노골적으로 보여주는 것도 아니야. 이, 이렇게 목을 콱 잡아서 꼼짝도 못하게 해놓고 치료해 준다고……. 그러면 네 시선이 어디로 가? 여기지? 응?"

보안관은 삼식이의 목을 억지로 잡고 끌어당기면서 자신의 가슴 근육을 힘주어 모았다.

"하하하! 하지 마, 징그러."

오뚝한 콧날이 보안관의 가슴에 닿을락 말락해지자 삼식이의 웃음보는 완전히 폭발했다.

"웃지 마, 이 새끼야. 나는 심각해. 제 딴에는 잘해준다고 약도 발라주고 그러는 거라서 화도 못 내겠고, 아주 미칠 것 같아. 그러다가 갑자기 또 막 성희롱당했다고 성질내고 지랄할까 봐 그게 제일 무서워. 너도 걔 성질 부리는 거 봤잖아."

"야, 보안관. 걔가 너 좋아하나 보다."

"좋아하는데 얼굴을 이 모양으로 만든다고? 장난하냐?"

보안관은 어제 태권소녀가 '치료' 해 준 얼굴의 상처를 손가락으로 짚었다. 겨우 붙었던 딱지가 다 뜯어져서 보기에도 따가워 보인다. 하지만 삼식이는 확신에 찬 표정으로 고개를 끄덕였다.

"마음에 드는데 좋아한다는 말은 먼저 하기 싫어서, 네가 자기를 좋아하게 만들려고 그러는 거야. 근데 영 서툴러. 그 분야는 내가 잘 알지."

"난… 제니밖에 없는데?"

"그런 게 어디 있어? 얘도 만나보고, 제니도 만나보고, 그러다가 더 마음이 끌리는 게 진짜 좋아하는 감정이지. 처음부터 나는 '누구 거다' 라고 딱 정해놓는 건 바보짓이야. 그거는 정말 그 사람을 좋아하는 게 아니고, 그 사람만 좋아하는 자기의 모습에 우쭐하는 거라고. 아유, 말하다 보니까 복잡하다. 내가 지금 뭐라고 했는지도 잘 모르겠네. 하여간 다 만나봐. 길지도 않은 인생인데… 대신에 거짓말만 하지 말고."

"이상한 바람둥이 개똥철학은 너나 많이 믿으시고, 그래서 결론이 뭐야? 야간 경비 시간 바꿔줄 거야, 안 바꿔줄 거야?"

보안관과 삼식이의 실랑이는 계속되었고, 결론은 스포츠 용품점에 들렀다 돌아온 유빈이 보안관과 시간을 교대해 주는 것으로 났다.

사실 야간 경비니 뭐니 떠들어봤자 일단 오늘 코스트코 털기가 제대로 되고 난 후의 이야기다.

"이제 이거 자르자."

공구상 한쪽에 쌓인 쇠파이프를 짚으며 유빈이 말했다.

"아주 날카로워야 해. 푹 박히도록……."

ㄹ

한 시간 반 뒤, 코스트코 주차장 입구에는 준비를 마친 다섯 사람이 우뚝 서서 어두운 건물 내부를 노려보고 있었다. 셔터가 내려진 진입로 내부는 나선형 구조여서 먼 곳까지 보이지가 않았다.

유빈은 눈을 감고 가만히 귀를 기울여 봤다. 확실히 이 주차장 내에서 좀비의 기척은 느껴지지 않는다. 왜인지는 아직도 모르겠지만.

"…근데 이거, 너무 거창한 거 아니야?"

태권소녀가 등에 짊어진 '특수 장비'를 가리키며 쑥스러워하자 유빈이 그녀를 다독거렸다.

"괜찮아. 누가 본다고… 금방 적응될 거야."

특수 장비. 유빈이 개발하고 세 친구가 한 시간여 동안 진땀을 흘려가며 만든 물건으로, 유빈과 삼식이, 태권소녀 세 명이 장착하고 있다.

제작 과정을 설명하자면…….

① 쇠톱으로 150센티 길이의 파이프를 죽창처럼 한쪽 끝이 뾰족하도록 자른다.

② 폭 1미터, 길이 50센티의 철제 격자를 준비한다. = 하수
구 덮개를 빼 온다.

③ 하수구 덮개에 쇠창 파이프의 날카롭지 않은 면을 찌그러
뜨려 꽉 끼워 넣고 볼트로 양쪽에서 고정한다. 이것으로 특수
장비 완성.

④ 일단 등을 보호하기 위해 배낭을 멘다.

⑤ 배낭 위에 특수 장비를 올리고 끈으로 묶어 몸과 단단히
고정시킨다.

⑥ 합체 성공.

어깨 위로 쇠창이 네 개나 길게 튀어나와 있는 모습은 로봇
코스프레 같기도 하고, 판타지 만화의 악역이 떠오르기도 한다.

주로 죽게 되는 역할? 하여간 뭐, 그리 멋지다고는 할 수 없
다.

하지만 이 우스워 보이는 장비가 무빙워크를 무대로 벌어질
싸움에서는 중요한 역할을 할 거다.

유빈은 그렇게 믿었다. 그래서 시간을 들여 세 개나 만들었
고, 무거운 걸 꾹 참고 짊어지고 있다.

홀가분한 몸은 보안관과 제니뿐이다. 보안관은 해머와 야구
배트를 들었고, 여분의 무기가 든 배낭을 멘 제니는 커다란 플
래시를 꽉 쥐고 있다.

"삼식아, 담배 한 대 피워봐."

셔터를 올리기 전, 마지막으로 한 번 더 좀비들을 위한 유혹

작업을 했다.

좋지, 삼식이는 담배를 두 대나 물고서 곧바로 불을 붙였다.

후우우~ 삼식이는 아주 멋들어지게 연기를 내뿜었다.

그동안 금연 구역이었던 곳에서 이러고 있으니 두 배는 더 맛있는 것 같다. 몇 모금을 뻐끔거리던 삼식이는 한 대를 셔터 안쪽으로 던져 넣었다.

그런 후, 남은 한 대를 천천히 다 피웠다. 좀비들이 이 근처에 있었다면 벌써 달려오고도 남을 만큼의 시간이 지났다. 하지만 조용하다.

"가도 될 분위기인데?"

꽁초를 벽에다 탁, 튕긴 삼식이가 고글을 쓰고 헤드 랜턴의 불을 켜며 말했다. 유빈과 보안관도 고개를 끄덕이며 같은 준비를 마쳤다. 보안관이 해머를 힘껏 휘둘러 자물쇠를 부수고, 셔터를 들어 올렸다.

차르르르륵—

요란한 소리와 함께 모험이 시작된다. 일행은 보안관을 앞세워 컴컴한 나선형 진입로를 따라 걸어 올라갔다.

보안관의 뒤에서는 제니가 커다란 플래시를 비추며 헤드 랜턴이 비추지 못하는 사각을 밝혀준다. 나머지 셋은 약간의 거리를 두고 일렬로 따라갔다.

아직 등에 부착된 창이 익숙하지 않아서 좌우를 두리번거리다가 몇 번이나 벽에 창끝이 부딪치곤 한다. 거기에 두 손에는 묵직한 짐까지 들고 있으니 꽤나 힘이 들었다.

"진짜네… 없어."

2층 주차장으로 올라온 보안관이 넓은 주차장을 빙 둘러보고 나서 중얼거렸다. 드문드문 자동차들이 서 있을 뿐, 좀비의 모습은 보이지 않는다.

물론 살아 있는 좀비의 모습이 보이지 않는다는 의미였다. 대가리가 터진 채 자빠져 있는 놈들이나 아비규환 속에서 죽어간 사람들의 시체는 군데군데 눈에 띈다.

"무거워……."

쿵, 손에 들고 있던 짐을 내려놓은 삼식이가 앓는 소리를 냈다. 태권소녀도 숨이 거칠어졌다. 유빈은 굴러다니고 있던 카트를 끌고 와 세 사람의 짐을 실었다.

"아, 죄송해요. 제가 같이 들었어야 하는데……."

제니가 고개를 돌리며 미안해하자 태권소녀가 손을 저었다.

"아냐. 미안해할 것 없어. 각자 가진 힘만큼 최선을 다하는 건데 뭘. 그런 것보다 앞에 잘 비춰. 사각 때문에 쟤가 못 보는 거 없도록."

하지만 일단 2층에 올라오고 나니 빛이 부족하지는 않았다. 사방으로 뚫려 있는 부분들이 많아서 그 사이로 여름 오후의 화창함이 번져 들어오고 있다. 주변이 안전한 것을 확인한 보안관이 왼쪽 끝을 가리켰다.

"저기지? 무빙워크로 이어져 있다는 데가?"

태권소녀가 고개를 끄덕였다. 다섯 사람은 자동차와 시체, 카트가 버려진 넓은 주차장을 가로질러 무빙워크 입구로 걸어갔다.

도르르르륵, 도르르륵—

유빈이 밀고 있는 카트의 바퀴 소리만이 조용한 주차장 안을 가득 메운다. 머리가 깨진 좀비 시체 두 구가 무빙워크 입구 주변에 엎어져 있다.

"이것 봐. 누가 일부러 셔터를 내려놨어."

무빙워크로 이어지는 문의 안쪽을 보며 보안관이 중얼거렸다. 셔터가 굳게 내려져 있다. 자물쇠를 끼워둬야 하는 부분에는 카트의 일부분을 떼어낸 것 같은, 가느다란 쇳조각이 끼워져 있었다.

대단히 튼튼한 자물쇠라고는 할 수 없지만, 하여간 이 셔터를 잠그겠다는 분명한 의지가 보이는 물건이다.

들어 올리는 게 아니라 단순히 몸으로 부딪치는 좀비들에게는 꽤나 열기 어려운 자물쇠였을 것이다. 셔터 여기저기에, 특히 자물쇠 부위에는 다량의 피가 묻어 있었다. 검붉게 말라붙은 혈흔을 보면서 보안관이 머리를 긁적였다.

"이래서 좀비들이 이 밖으로 못 나왔나 보네……."

누가 했는지는 모르지만, 잠가둔 셔터 덕에 2층 주차장은 안전했다. 일행은 다음 층으로 올라갔다.

3층도, 4층도… 모두 마찬가지로 셔터가 내려져 있었다.

무빙워크까지 올라오는 놈들이 있다 해도 셔터에 막혀 그 밖으로는 나오지 못하게 해둔 것이다. 물론 시야도 완전히 차단된다. 4층의 셔터와 그 주변에는 정말 피가 범벅이 된 채 굳어 있었다.

자물쇠에 끼워진 쇠의 모양으로 보아 모두 동일 인물이 해놓은 일이다. 2층에서 시작해 4층까지 올라와 셔터를 내렸을 때쯤에는 아마 피를 콸콸 쏟아내는 상황이던 모양이다.

"대단하네… 다 죽어가는 와중이었을 텐데, 뭘 위해서 이렇게까지……."

셔터맨의 희생정신에 감동한 보안관이 고개를 내저었다. 덕분에 주차장을 통해서 이렇게 용이하게 진입했고, 그 부근을 돌아다니면서도 뛰어내리는 좀비들 걱정을 하지 않을 수 있었다.

만약 오늘의 작전이 성공한다면 그 공의 절반은 당연히 이 지극정성의 셔터맨에게 돌아가야 한다.

"이 위가 마지막 층이지?"

보안관이 묻자 태권소녀가 고개를 끄덕였다. 일행은 셔터맨의 핏자국을 따라 걸으며 옥상으로 올라갔다. 나선형 진입로를 중간 정도 올라갔을 때부터 빛이 환하게 비친다.

지붕이 없는 옥상에는 오후의 햇살이 따갑게 내리쬐고 있었다. 그리고 야외로 나오자 셔터맨의 핏자국도 사라져 버렸다. 그간 내렸던 비에 씻겨 나갔을 것이다.

"음, 성실해. 여기도 내려놨어."

옥상의 무빙워크 입구에까지도 셔터는 내려져 있다. 물론 같은 방식의 자물쇠에다 검은 핏자국은 컵으로 부은 것같이 잔뜩 묻어 있다. 들이치는 비에 씻겨 나가고도 이만큼이 남은 것이다. 옥상이 맨 마지막 작업 장소였던 게 분명하다.

"그럼… 그 셔터맨은 어디로 갔어?"

유빈이 물었다. 다들 얼굴을 마주 보았다. 누군가 다 죽어가는 상황에서도 층마다 돌아다니며 좀비들이 밖으로 나가지 못하도록 하기 위해 안간힘을 썼다는 건 이제 알겠다.

그리고 이 정도 출혈이라는 건 좀비에게 어딘가를 아주 단단히 물어 뜯겼다는 뜻이다. 그럼 좀비로 변했어야 했다.

"우리 오기 전에 너희 노리고 뛰어내린 좀비 있었어?"

유빈이 물었다. 태권소녀는 모르겠다고 했다. 2층에서 내려진 셔터와 거기에 묻은 피를 보고 난 후부터 그녀는 뭔가 좀 얼이 빠져 있다.

그때, 보안관이 고개를 갸웃하더니 손을 들어 조용히 해보라는 신호를 보냈다.

"왜? 무슨 일이야?"

"아니, 아니, 잠깐만. 이거 안 들려?"

보안관의 시선이 넓은 주차장의 가장 끝부분으로 향했다. 자동차들과 카트가 어지럽게 널려 있는 곳이다.

"있어봐."

보안관은 배트를 짧게 잡고 천천히 걸어갔다. 그 뒤로 네 명이 따라 걸었다. 거리가 반 정도로 줄었을 때, 소리가 커지기 시작했다. 좀비다. 보안관 일행의 기척을 느끼고 그르렁대는 것이다.

"이런 젠장……."

가장 앞서 걷던 보안관이 힘없이 배트를 내리더니 뒤를 돌아

보며 말했다.

"셔터맨 찾은 것 같다."

후우~ 보안관은 머리를 긁적이며 감정을 추스르기 위해 애를 썼다. 셔터맨 좀비는 안전벨트를 단단히 맨 채 자동차 운전석에 앉아 있었다.

짧은 머리에 날씬하고 단단한 근육질의 남자 좀비다. 키가 크지는 않지만, 빠르고 강해 보였다. 목덜미와 복부는 피투성이다.

유리창이 깨진 조수석에는 그가 카트에서 철사 조각을 뜯어내고, 유리창을 깨는 일에 사용했을 것으로 보이는 커다란 스패너가 놓여 있다. 그리고 자동차의 전면 유리창에는 피로 쓴 글자 몇 개가 좌우 반전이 된 채 남아 있었다.

혜주야, 규…….

그 뒤의 글자는 다 피범벅이 돼서 보이지 않는다. 아마도 메시지를 남기던 도중에 좀비가 되어버렸든지, 아니면 너무 극심한 고통을 이기지 못하고 엉망으로 짓뭉개 놓은 것 같았다. 하지만 이미 의미는 충분히 전달되었다. 다섯 사람 모두에게…….

"흐흑!"

셔터맨을 보자마자 태권소녀의 눈에서는 왈칵 눈물이 쏟아져 내렸다. 설마 했던 우려와 두려움이 현실이 되어 그녀를 덮친 것이다. 셔터맨은 여전히 고개를 휘두르고 두 팔을 휘저으며 포효하고 있다.

그롸아아악— 그롸아악—

"후우우~"

삼식이는 담배를 피워 물었다. 코스트코 내부에 있는 좀비들 중에 상당수가 태권소녀의 예전 일행이었다는 건 미리 알고 있었지만, 이 정도로 모두에게 마음의 빚을 지워준 좀비를 만날 거라는 건 예상하지 못했다.

게다가 이제 처리해야 할 그 좀비가 규영이의 형이라는 걸 알고 나니 기분이 몇 천 배나 더 더럽다.

"바보같이… 끄윽… 끝까지 이렇게 힘들게… 흐윽……."

끄왁! 끄롸아악!

운전대를 두드려 대는 셔터맨과 유리창 하나를 마주하고 선 태권소녀는 좀처럼 울음을 멈추지 못했다. 제니도 돌아서서 훌쩍거린다.

꽈창!

셔터맨의 왼팔에 맞은 운전석 유리창이 박살 난다. 벨트로 고정되어 있다고는 하지만, 저렇게 난리를 치고 있으니 언제 풀려날지 모른다. 그러면 깔끔하게 처리할 수 없다.

등에 메고 있던 특수 장비를 풀러 한쪽에 내려둔 유빈이 삼식이와 보안관에게 눈짓을 했다. 알아들었다는 의미로 고개를 끄덕인 삼식이는 우느라 정신이 없는 태권소녀와 제니를 부축해서 뒤쪽으로 끌고 나왔다.

"후우~"

장비 벨트에서 네일 건을 꺼낸 유빈은 깊은 한숨을 내쉬었다. 피를 콸콸 쏟으며 죽어가는 동안에도 코스트코 내부의 수많은 좀비들이 밖으로 나가지 못하도록, 자신의 동생에게 해를 입히지 못하도록 하기 위해 셔터를 잠그던 남자는 여기 없다. 그저 살아 있는 사람을 물어뜯고 싶어 하는 좀비가 있을 뿐이다.

머리로는 그걸 다 아는데, 가슴 한구석에서 자꾸 주저하게 만든다. 그래서 힘이 든다.

"네가 뒤에서 들어갈 거야?"

셔터맨이 벨트를 풀고 나올 경우를 대비하고 있던 보안관이 물었다. 유빈은 고개를 끄덕였다.

"응, 배트로 좀 고정해 봐."

두꺼운 작업용 장갑에 네일 건으로 무장까지 했으니 위험하지는 않다. 다만, 한 방에 깨끗하게 보내지 못할까 봐 그게 두렵다. 고글 안에는 송골송골 땀이 차오른다.

보안관이 배트로 셔터맨의 목을 눌러 헤드 레스트에 붙이는 걸 확인한 유빈은 재빨리 뒷문을 열고 들어갔다. 그리고는 방아쇠를 당기기 전, 셔터맨에게 말했다.

"…꼭 같이 살아남을게요."

그라아아아— 그라아아—

셔터맨은 어떻게든 벗어나 보려고 악을 쓴다.

뚜청—

못이 발사되는 소리와 함께 셔터맨의 아우성도 끝이 났다. 갑자기 찾아온 침묵에 태권소녀가 화들짝 놀란다.

"안 돼!"

뛰어가려는 태권소녀를 삼식이가 옆에서 붙잡았다.

팅—!

두 사람의 어깨 밖으로 길게 튀어나와 있는 쇠파이프 창이 부딪친다.

"진정해… 진정해."

삼식이가 태권소녀의 손을 꽉 잡으며 차분한 목소리로 달랬다.

끅, 끄윽!

태권소녀의 눈에서는 또 눈물이 뚝뚝 떨어진다. 잠시 감정을 추슬러 보려던 태권소녀는 고개를 내저으며 중얼거렸다.

"규영이에게 보여줬어야 했던 거 아니야? 걔 형이라고! 왜 너희 마음대로……."

"진정해……. 지금도 보여줄 수 있어. 그냥… 훨씬 평화로울 뿐이야. 그게 저 사람이 보여주고 싶었던 모습일 거고. 너도 알잖아, 돌이킬 수 없다는 거. 진정해……."

삼식이는 태권소녀의 어깨를 다독이며 속삭였다. 태권소녀는 힘없이 울먹였다.

"내가… 내가 죽은 사람들 화장시켜야 한다는 고집만 안 피웠어도……."

완전히 감정적으로 소모된 태권소녀는 더 버티지 못하고 바닥에 무릎을 꿇어버렸다. 옆에서 눈물짓고 있던 제니가 얼른 그녀의 특수 장비를 풀어줬다.

하아~ 삼식이도 힘없이 한숨을 내쉬고 또다시 담배를 피워 물었다. 만반의 준비를 하고 올라왔는데, 정작 싸우기도 전에 힘이 다 빠져 버린 것 같다.

잠시 후, 조용히 돌아온 유빈과 보안관의 얼굴도 흙빛이다. 다섯 사람은 잠시 아무 말도 하지 않은 채 이글거리는 옥상 바닥만 노려보고 있었다. 시간마저도 쩐득하게 녹아버려서 아주 천천히 흐르는 것 같은 기분이다.

"이제 가자, 싸우러."

30분 이상을 멍하니 앉아 있던 태권소녀가 눈물을 훔치고 일어섰다. 유빈과 보안관은 그런 그녀의 안색을 살폈다.

뭐, 당연히 좋지 않다. 정신을 바짝 차리고 있어도 시원찮을 판에 저러면 곤란하다.

"물부터 마셔. 세수도 좀 하고."

보안관이 짐에서 꺼낸 생수 페트병을 건넸다. 그러고는 자신도 한 병을 까서 마셨다. 물병을 받아 든 태권소녀가 힘없이 중얼거렸다.

"솔직히… 아직도 모르겠어. 규영이한테 뭐라고 하지?"

"뭐… 사실대로 말해. 마지막까지 네 걱정밖에 없었다고."

"도저히 자신이 없어⋯⋯."

물을 한 모금 마신 태권소녀는 또 한동안 멍해 있다가 누구에게랄 것 없이 물었다.

"왜… 저렇게 구석에 있는 자동차를 골라 들어간 걸까? 여기, 셔터 주변에도 차가 많이 있는데⋯⋯. 가뜩이나 힘이 들었을 텐데, 일부러 저기까지 걸어가서…….”

“나는 알 것 같은데, 저 사람 마음.”

유빈이 대답했다. 잠시 뜸을 들이며 태권소녀의 눈을 보던 유빈은 그녀가 듣고 싶어 한다는 걸 확인하고 이야기를 이었다.

“셔터를 잠그고 나서 떨어져 죽어버리려고 했어. 옥상에서 머리부터 떨어지면 죽을 테니까……. 좀비가 돼서 자기 동생에게 위협이 되느니 그게 더 깔끔하다고 생각했겠지. 그런데 갑자기 아주 작은 희망이 발목을 잡았던 거야. 혹시… 혹시 변하지 않을지도 모르잖아? 가능성이 거의 없는 일이긴 하지만, 그래도 모르는 일인데. 그래서 난간 아래로 떨어지려다가 바로 곁에 보이는 차 안으로 들어갔을 거라고 생각해. 안전벨트로 묶어두면 변해 버려도 남을 쉽게 해치지는 못할 테니까. 뭐, 아주 실낱같은 희망이라도 붙잡아보고 싶은 거잖아. 저 사람이 다 못 쓴 편지도, 우리가 하루라도 더 오래 살겠다고 이런 것까지 둘러메고 여기를 들어온 것도… 따지고 보면 다 거기에서 비롯된 거야.”

“희망이라…….”

또 눈물이 나려는지 태권소녀는 눈에 힘을 주고 고개를 젖혔다. 여전히 지쳐 있기는 하지만, 조금 전보다는 훨씬 제정신이 든 얼굴이다. 남은 물을 얼굴에 부은 태권소녀가 젖은 머리카락을 뒤로 쓸어 넘기면서 말했다.

“이젠 정말로 괜찮아. 싸우러 가자.”

“응, 힘내자.”

보안관이 그녀의 손을 맞잡고 일으켜 주었다. 자기가 알던 사람도 아닌데 제일 많이 울어서 입술과 눈이 퉁퉁 부은 제니도 뺨을 두드리며 기합을 넣었다.

결전의 장소는 3층으로 정했다. 2층은 너무 가까워서 셔터를 올리고 난 뒤 사전 준비를 할 시간이 부족하고, 4층은 혹시 너무 멀어 좀비들을 제대로 끌어모을 수 없을까 봐 걱정이 됐다.

3층으로 내려온 일행은 유빈과 태권소녀가 다시 특수 장비를 단단히 고정시키는 사이, 카트 세 개를 빼서 뒤집어 세운 뒤 하나로 연결해 묶었다.

이걸 머리 쪽에 뒤집어쓰고 앉으면 어깨 위로 삐죽 솟은 쇠파이프 창과 더불어 인간 방책이 된다. 카트들을 연결한 이유는 무빙워크 아래로 끌려 내려가는 불상사를 예방하기 위해서다.

"뭐, 됐어. 이 정도면 물리지는 않아. 잘 버티기만 하면 돼."

셋이 호흡을 맞춰 방책으로 변신하는 연습을 몇 번 해보고 나서 유빈이 중얼거렸다. 그럼 이제 정말 셔터를 열고 좀비들과 마주할 시간이다. 셔터맨이 힘들여 잠가둔 걸쇠를 빼고 셔터를 들어 올렸다.

촤르르르르—

셔터가 요란한 소리를 내며 올라가는 것과 동시에 삼식이는 짐에서 커다란 양철통을 두 개 꺼냈다. 튀김집에서 흔히 볼 수 있는 식용유였다.

뽕, 식용유의 마개를 뽑은 삼식이는 무빙워크의 비탈을 향해 기름을 쏟아부었다. 삼식이가 부은 두 통의 기름이 주르르륵 흘러내려 저 아래층 바닥에까지 번진 것을 확인하고 나서 유빈은 물을 뿌리기 시작했다.

3

멀리까지 물을 쫙쫙 뿌리는 동안 슬슬 아래쪽에서 반응이 올라온다.

그르르르르—

좀비들이 흥분하고 있는 모양이다. 기름이 제대로 잘 발라졌는지 확인하기 위해서 보안관은 고무 스토퍼를 떼어낸 카트 하나를 무빙워크 아래쪽으로 쭉 밀어봤다.

스으으읏—

가속도가 붙은 카트는 빠르게 아래로 미끄러져 내려간 뒤, 벽에 부딪치며 요란한 소리를 낸다. 합격이다. 아래쪽에 멈춰 선 저 카트는 앞으로 장애물 역할도 해줄 것이다.

인기척과 빛, 소음에 이어 유혹의 단계를 하나 더 올리기 위해 삼식이는 담배를 세 개비나 한꺼번에 피워 물었다. 그러곤 곧바로 기침을 한다.

"켁— 켁—!"

"야잇! 폐까지 삼키지 말고 그냥 입으로만 빨았다가 뱉어. 불을 붙이랬지, 누가 음미하래!"

"아, 그렇구나. 습관이 돼놔서……."

삼식이는 두어 모금 더 빨아 불을 잘 붙인 담배 세 대를 좌측 하단의 무빙워크를 향해 던졌다. 1층에서 2층으로 올라오는 길이다.

자, 이제 준비는 다 끝났다. 제니가 비춰준 플래시 불빛 때문에 아래쪽 벽에는 특수 장비를 멘 세 사람의 그림자가 왜곡된 채 일렁거린다. 뿔이 여러 개 난 마왕의 부하처럼 보인다.

좀비들의 울음소리와 쿵쾅거리는 발소리가 가까워지는 것을 느끼며 유빈은 슬쩍 보안관을 돌아보았다.

"보안관, 일차로 여기에서 밀어 칠 테니까, 우리를 타고 넘어오려는 새끼들만 때려! 절대 오버페이스 하면 안 돼. 알았지?"

보안관은 해머를 꽉 쥔 채 어깨의 근육을 풀며 허세 가득하게 대답했다.

"알았어. 근데 난 오버페이스라는 게 없는데. 무한 파워라서……."

픽, 삼식이와 유빈이 동시에 웃었다.

하긴 눈에 뭐가 보이겠어, 제니라는 스테로이드가 바로 뒤에서 플래시를 쏴주고 있는데.

이 작전의 아이디어는 예전에 썩은 야채를 밟고 미끄러져 죽은 좀비에게서 얻었다. 아무리 운동 능력이 뛰어난 놈들이라 해도 미끄러운 바닥을 내달릴 수는 없다. 경사로에서라면 더욱 그럴 테니까.

이 작전의 가장 큰 특징이자 장점은 슬로우 페이스다. 게임의 속도를 아주 느리게 진행되도록 만들어 좀비들의 물량 공세와 스피드를 다 삭제시키는 게 목적이다.

동시에 사방에서 덤벼드는 70마리는 이길 수 없지만, 2분이나 5분 간격으로 한 방향에서만 한 마리씩 나타나는 70마리는… 물론 그것도 보통 사람에게는 어렵다.

젠장, 말이 좋아 70마리지…….

하지만 아군에 보안관 정도의 파워 히터가 있으니까 승부를 걸어볼 수 있다. 슬로우 페이스라는 것은 엄청난 지구력을 요하는 게임이라는 의미이기도 하다.

5분 간격으로 등장하는 70마리면 다섯 시간이 넘는 긴 싸움이 될 것이다. 그러니까 힘을 쓰는 역할을 한두 사람이 다 맡으라고 하면 안 된다.

끄응차, 특수 장비를 멘 세 사람이 일으켜 세운 카트 세 개를 끌고 무빙워크 앞으로 와서 뒤집어쓰듯 그 안으로 들어갔다.

철컥, 카트 끝부분과 어깨에 장착하고 있는 특수 장비가 부딪치며 쇳소리가 난다. 파이프와 줄로 단단히 연결되어 있는 이 카트는 단순히 좀비들의 이빨로부터 몸을 보호하기 위한 게 아니다.

세 사람이 타이밍을 맞춰 카트를 밀어 부딪치기만 하면 뛰어 올라오던 좀비들 중 상당수를 놈들이 출발했던 곳이나 그 아래층 무빙워크로 떨어뜨려 버릴 수 있다. 좁은 무빙워크가 무대라서 어차피 한 번에 한 놈이나 두 놈밖에 못 뛰어오를 테니까 가능한 계획이다.

만약에 난간을 밟거나 해서 카트 위로 뛰어오르는 독한 놈들은 파이프 창에 한 번 걸러질 것이다. 이 모든 저지 계획이 실패하면, 그때 보안관이 나서면 된다.

계획의 관건은 놈들이 저 기름과 물로 잔뜩 코팅이 된, 미끄러운 무빙워크에서 얼마나 곤두박질을 쳐주느냐에 달렸다. 기름이 다 소모될 경우를 대비해서 삼식이의 발 주변에는 여분의 기름이 또 한 통 있다. 이런 걸 다 들고 오느라 처음에 그렇게 힘이 들었던 거다.

그롸아아아―

담배 냄새에 홀려 다가왔던 좀비들이 가까운 곳의 인간 기척을 느끼고 포효한다. 저 소리는 언제 들어도 참 반갑지가 않다.

쿵탕퉁탕―

2층으로 올라오는 무빙워크를 내달려 온 좀비들이 코너를 돈다. 개전이다.

가장 앞선 놈이 기름 함정 무빙워크에 첫발을 힘차게 내디뎠다.

쭈욱― 놈은 앞으로 미끄러지며 난간에 호되게 얼굴을 찧었다. 괜히 보는 사람들의 코까지도 얼얼한 기분이 들게 만드는 충돌이었지만, 좀비는 이내 벌떡 일어났다.

그러고는 또다시 두어 걸음 만에 미끄러졌다. 뒤에서 달려오던 좀비들은 자빠진 놈과 카트 사이에서 우당탕거리며 뒹굴고 생난리를 친다.

"…기름 너무 많이 뿌린 거냐, 우리?"

기름밭에서 나동그라지고 자빠지는 좀비들을 보며 삼식이가 중얼거렸다. 놈들이 너무 많이 근접했을 경우를 대비해 네일 건에 전동 드릴까지 챙겨 오기는 했는데, 이거 어째 맥이 빠지는 광경이다.

동시에 초조하기도 하다. 이건 시간을 끈다고 해서 이기는 게임이 아니라 좀비들을 다 죽여야 끝나는 전쟁이기 때문이다.

"아냐. 그렇게 건성으로 덤비는 새끼들이 아닌 거 알잖아. 이제 금방 온다."

유빈의 말은 금방 실현이 되었다. 수십의 좀비들이 좁은 무빙워크 주변을 꽉 메우자 좀 더 높이까지 올라오는 놈들이 늘어났다. 자빠진 뒤 미끄러져 내려가는 동료의 몸을 밟고 뛰는 좀비들도 있다.

우당탕— 쿵—

20여 미터 아래에서 요란한 소동이 벌어지기를 십여 분. 마침내 가장 위에까지 도달한 좀비가 생겼다. 놈은 찍찍 미끄러지면서도 어찌어찌 무빙워크를 기어 올라와 카트를 뒤집어쓴 채 도사리고 있는 유빈을 향해 이빨을 드러냈다.

"밀어!"

놈이 풀쩍 뛰는 것을 확인하고 유빈이 큰 소리로 외쳤다. 세 명은 카트를 꽉 잡고 30여 센티미터 앞으로 밀었다가 되돌렸다.

콰창—

카트 바퀴에 얼굴을 맞은 좀비는 뒤로 밀려 나갔고, 착지하는 과정에서 중심을 잡지 못해 저 멀리 바닥까지 굴러 떨어졌다.

갑자기 굴러온 놈 때문에 뒤따르던 좀비들이 또 한바탕 뒹군다. 그중에 한 놈은 난간 너머로 떨어져 아래층으로 곤두박질쳤다.

뻐걱!

놈의 몸이 난간에 부딪쳐 박살 나는, 끔찍한 소리가 울린다.

그놈만 박살이 난 게 아니었다. 비틀대며 다시 일어나는 대여섯 놈의 다리 역시 기묘한 방향으로 꺾여 있다. 저렇게 관절이 부러져 주면 고맙다. 아무래도 스피드가 확 줄어들 테니까.

물론 그래봐야 아직 한 놈도 제대로 끝내지 못했다. 그리고 좀비들은 계속 뛰어 올라온다. 일관되게 좌절도, 포기도 모르는 놈들이다.

"또 온다! 대기, 대기, 대기… 밀어!"

콰창—

두 번째 좀비를 후려치고 난 세 사람은 곧바로 한 방을 더 내질렀다. 하지만 미묘하게 타이밍이 맞지 않았다. 카트를 피해 뛰어오른 좀비는 삼식이의 파이프 창에 맞고 옆의 난간 쪽으로 뒹군다. 어떻게든 일어나 보려고 발버둥치는 좀비를 향해 보안관이 달려든다.

"머리 들지 마!"

엄청난 성량의 경고와 거의 동시에 보안관은 좀비의 머리를 겨누고 힘껏 해머를 내리찍었다.

콰작!

요란한 소리와 함께 좀비의 목이 꺾이고, 놈의 시체는 마치 난간 사이로 빨려 들어가는 것처럼 떨어져 버렸다.

털썩, 좀비의 시체가 아래층 복도를 때리는 소리가 요란한 메아리를 만들어낸다.

하지만 그걸 감상할 시간은 없다. 아래쪽에서는 또 불굴의 의지로 미끄덩거리는 경사로를 뛰어 올라오는 좀비들이 아가리를 쫙 벌리고 포효해 댄다.

유빈은 태권소녀와 가끔씩 서로 눈을 마주치며 호흡을 맞추기 위해 노력했다. 서로 너무 잘 알아서 척하면 척인 삼식이와 손을 맞추는 것하고는 다르다. 애는 내가 뭘 하고자 하는지 미리 말을 하지 않으면 모른다.

"밀어!"

콰창!

요란한 소리와 함께 좀비가 또 뒤로 밀려난다. 하지만 놈을 밟고 뛰어오른 다른 좀비가 뒤집어진 카트의 윗부분에 걸렸다.

크롸아이악― 캬아악―

카트를 움켜쥔 놈은 절대 떨어지지 않겠다는 듯 손아귀에 힘을 꽉 주고 당긴다. 어찌나 힘이 센지 세 명이서 버티고 있는데도 카트가 휘청휘청한다.

바로 머리 위에서 좀비가 아가리를 벌리고 난동을 쳐 대는 압박은 엄청났다. 카트의 철망과 등에 짊어진 쇠파이프 창이 당장 물리는 것을 방지해 준다고는 해도, 그 보호막은 겨우 한 겹뿐이다. 그리고 완전히 폐쇄된 구조도 아니다.

"으아아! 떨어져라, 좀!"

유빈과 삼식이는 카트를 앞뒤로 흔들며 달라붙은 좀비를 떼어내기 위해 안간힘을 썼다.

철컹!

또 한 마리의 좀비가 바로 옆으로 뛰어오른다. 태권소녀의 쇠파이프 창에 찢겨 목의 반쪽이 덜렁거리면서도 오로지 모든 열정을 카트에만 담아 흔든다.

그리고 잠시 후, 놈들의 등을 짚고 또 한 마리가 뛰어오른다. 여기서 뒷걸음질을 치거나 일어나서 몸을 피하면 안 된다. 그러면 카트 방책이 무너지고, 곧바로 좀비들의 잔치가 벌어질 것이다.

등 뒤에서 해머를 들고 있는 동료를 꾹 믿고 세 사람은 눈앞의 좀비들을 떨쳐 버리는 것에만 집중했다. 보안관은 믿을 만한 녀석이다. 이미 싸움이 벌어진 상황에서는 확실히 그렇다.

"어딜, 이 새끼야!"

보안관은 날아오른 좀비의 머리를 해머로 힘차게 후려갈기며 소리쳤다.

쩍!

대가리를 맞은 좀비는 옆쪽의 벽에 한차례 부딪친 뒤, 난간을 구르다가 아래층 쪽으로 떨어져 버렸다. 곧바로 다시 자세를 잡으며 보안관이 외쳤다.

"앞에만 봐! 앞에만! 뒤는 걱정하지 마!"

그라아아아—

좀비들의 포효가 워낙 시끄럽게 울리는 중이라 정확한 단어가 들리지는 않았지만, 듬직한 의미만큼은 분명하게 전달됐다. 방책을 담당하고 있는 세 사람은 달라붙은 좀비들과 이를 악물고 힘 싸움을 벌였다.

"이익!"

유빈이 바닥에 눕혀뒀던 네일 건을 집어 안전장치를 해제했다. 그러고는 카트 위쪽을 이빨로 잘라내려는 듯 갈아대는 좀비의 머리에 네일 건을 바짝 가져다 댔다.

콰랑—

카트가 한차례 거세게 흔들리는 바람에 유빈은 방아쇠를 당기지 못했다.

그와아아—

달라붙은 좀비의 너머로 또 다른 한 마리가 비틀거리며 달려오는 게 보인다. 두 마리가 달라붙었는데도 이렇게 힘이 드는데, 여기에 한 마리가 더해지면…….

유빈은 다시 서둘러 네일 건을 철망 너머 좀비의 머리에 바짝 가져다 대고 방아쇠를 당겼다.

뚜청—! 뚜청—!

오늘 끼워 넣은 가스 캔은 전기 점화 신호를 받자마자 엄청난 속도로 피스톤을 밀었고, 거기에 맞아 발사된 15센티 길이의 단단한 콘크리트 못이 좀비의 두개골을 뚫고 들어가 박혔다.

털썩, 두 방이나 못 세례를 받은 좀비는 힘없이 카트를 놓치고 아래로 주르륵 미끄러져 내려간다.

그라아아아—

남은 한 마리가 발광을 하며 카트를 긁어 대지만, 끄떡없다. 버텨야 했던 하중이 두 마리에서 한 마리로 줄어들자 어깨가 다 홀가분해진 기분이다.

"그래, 와라! 물어! 이 새끼야!"

유빈은 왼팔로 카트를 지탱하며 네일 건을 꽉 붙잡은 채로 놈의 얼굴이 철망 쪽에 바짝 붙기만을 기다렸다. 삼식이가 유빈과 태권소녀를 향해 외쳤다.

"왼쪽으로 밀자! 그럼 아래로 떨어질 것 같아! 혜주, 넌 당겨!"

"알았어! 신호 보내!"

"셋에 가자! '하나! 둘! 셋!' 이야!"

세 사람이 힘을 합쳐 좀비 한 놈을 난간 아래로 떨어뜨려 버리는 동안 조금 전 달려오던 놈이 부웅, 몸을 날린다. 하지만 발이 미끄러져서 놈의 원래 목표 지점과는 다른 곳에 떨어졌다.

푸욱, 좀비는 태권소녀의 어깨에 장착된 창에 복부를 찔린 채 허공에 멈춰 버렸다.

"악! 으윽!"

떨어져 내리는 좀비의 몸무게를 어깨만으로 받아낸 태권소녀의 몸이 휘청한다. 그러나 역시 힘도 좋고 근성도 있어서 이를 꽉 깨물면서도 버텨냈다.

찌지직―

창에 관통된 좀비의 상처가 녀석의 몸무게를 이기지 못하고 조금씩 찢어지면서 넓게 벌어진다. 그러는 동안에도 녀석은 팔을 휘두르며 난리를 친다. 보안관이 얼른 달려와 도왔다.

"때린다! 가만있어!"

경고가 끝나자마자 보안관은 해머를 힘껏 돌려 좀비의 관자

놀이를 후려갈겼다.

빠가각!

얇은 뼛조각들이 부서지는 소리와 목뼈들이 한꺼번에 돌아가는 소리가 동시에 울린다. 머리가 170도 돌아간 좀비의 사지가 힘없이 축 늘어진다.

"됐어! 잡았어!"

해머의 머리 부분으로 좀비의 몸통을 밀어 쳐서 빼내주며 보안관이 외쳤다.

주르르륵, 목 돌아간 좀비의 시체도 기름 범벅이 된 무빙워크 아래로 미끄러져 내려갔다. 그리고 달려오던 좀비도 녀석의 시체를 밟고 나동그라져 함께 구른다.

"오빠! 벽! 삼식이 오빠!"

조명을 담당하고 있는 제니의 외침. 삼식이는 자신의 오른쪽을 돌아보았다. 난간과 벽을 짚고 빠르게 달려오는 놈이 있다.

부웅— 난간을 밟고 놈이 몸을 날린다. 삼식이도 지지 않고 허리를 뒤로 젖혔다가 몸을 확 앞으로 숙이며 창을 찔러 넣었다.

찌익, 좀비의 얼굴이 반쯤 찢어져 날아갔다. 하지만 놈은 그대로 떨어지며 삼식이의 카트를 덮쳤다.

콰차창!

삼식이의 무릎이 움찔한다. 세 사람이 함께 버티는 게 아니었다면 엉덩방아를 찧고도 남았을 것이다. 카트 위로 몸이 3분의 1 이상 빠져나온 좀비가 팔을 마구 휘저으며 할퀸다.

그래봐야 등에 짊어지고 있는 하수구 덮개를 때릴 뿐이다. 물론 좀비가 자기 머리 위에 업혀서 등을 할퀴고 있으니 무섭기는 더럽게 무섭다. 그리고 무겁기도 하다.

"유빈아! 얘, 얘 좀… 빨리!"

삼식이가 카트의 지붕 부분을 꽉 잡고 버티면서 외쳤다. 유빈은 얼른 팔을 뻗어 네일 건을 놈의 머리에 가져다 댔다.

콰창— 콰창—

가만히 있어주면 서로 편하겠건만, 좀비는 계속 얼굴로 카트에 박치기를 해 댄다. 주저하던 유빈은 네일 건을 카트 안쪽에 바짝 붙이고 기다리다가 놈의 얼굴이 다시 부딪쳐 오는 타이밍에 맞춰 방아쇠를 당겼다.

뚜청—

좀비의 눈을 관통한 콘크리트 못은 안구 저 깊숙한 곳까지 순식간에 뚫어버렸고, 그 너머의 뇌 속에 깊숙하게 박혀 들어갔다. 놈이 더 이상 움직이지 않는 걸 알면서도 유빈은 얼른 위치를 바꿔 한 방을 더 쐈다.

뚜청—

좀비의 머리가 가볍게 들렸다가 툭, 떨어진다.

"으아아! 진짜!"

자신의 카트 위에 업혀 있던 좀비의 시체를 밀어 떨어뜨리면서 삼식이는 진절머리 난다는 표정을 지었다.

쿠당탕탕—

아래쪽에서는 여전히 뛰어오르려는 놈들의 도전이 계속되고 있다. 물론 그중에 상당수는 기름을 밟고 미끄러져 버린다.

지금까지 몇 마리나 죽였을까? 여섯? 일곱?

잘 모르겠다. 그리고 헤아린다는 게 아무런 의미도 없다. 애초에 코스트코 안에 들어 있던 놈들의 머릿수를 전혀 모르고 뛰어들었으니까.

이건 움직이는 좀비들이 더 이상 눈에 띄지 않을 때 비로소 끝이 나는 싸움이다. 하여간 앞으로 갈 길이 아주 멀다는 것만은 분명하다.

'포기하지만 않으면 이길 수 있다… 내가 먼저 질리지만 않으면 된다…….'

진저리를 치며 마음속으로 몇 번이나 같은 말을 되뇐 유빈은 주변의 동료들을 둘러보았다. 삼식이도 멍해져 있고, 태권소녀도 어지간히 지쳐 보인다. 짧은 커트 머리가 다 땀에 흠뻑 젖어 있다. 발목이 좋지 않은 상태에서 이렇게 힘쓰고 버티는 일을 하고 있으니 아마 꽤나 고통스러울 것이다.

좀비들의 공세가 뜸해진 틈을 타서 물을 한 모금 들이켠 태권소녀가 갑자기 소리를 빽! 질렀다.

"거미 베어!"

그러고는 아무 일도 없었다는 듯이 카트를 꽉 잡고 아래쪽의 좀비들을 노려본다. 어안이 벙벙해진 모두를 대표해서 유빈이 물었다.

"거미… 뭐?"

"아, 목표야, 목표. 내 버릇이니까 신경 쓰지 마."

대수롭지 않게 중얼거리던 태권소녀는 유빈의 얼굴을 힐끔 한 번 돌아보고 나서 정면으로 시선을 고정한 채 쑥스러워하며 일러주었다.

"운동할 때 버릇이 든 거야. 훈련하고 있다가 토할 만큼 힘들 어지면 자기가 목표로 하고 있는 걸 큰 소리로 외치면서 기합을 빡 주거든. 그러면 왠지 동기부여가 돼서 더 기운이 나는 것 같 으니까. 왜 이런 거 있잖아. 금메달! 금메달! 우승! 우승! 이렇 게 소리 지르면서 마지막 한 바퀴 더 뛰고 그러는 거."

"근데 이번에 힘든 거 이기고 나면 얻는 목표가 거미… 그……."

유빈이 단어를 이해하지 못하고 있자 제니가 끼어들어서 알 려주었다.

"거미 베어요, 오빠. 쪼그만 곰 모양 쫀득한 젤리."

태권소녀가 여전히 무표정하게 고개를 끄덕였다.

"응. 난 여기 뭐 사러 오면 그것만 하나씩 집어 갔었어. 감량 해야 되니까 많이는 못 먹었지만, 모양이랑 색깔이 좋아서… 뭐, 그래. 이제는 감량도 필요 없지. 으얍! 거미 베어!"

태권소녀가 한 번 더 기합을 주었다. 그게 좋아 보였는지 삼 식이도 좀비들을 향해 큰 소리로 악을 썼다.

"양주! 이름도 모르는 비싼 양주! 으얍!"

"육포! 소고기 육포!"

유빈도 지지 않고 따라 외쳤다. 곧바로 제니가 풍부한 성량으 로 내지른다.

"목욕! 목욕! 목요~옥!"

그라아아—

미끄러운 무빙워크를 용케 거슬러 올라온 좀비들이 포효한다. 하지만 그보다 더 크게 다섯 일행의 물적 욕망이, 코스트코를 털고 나면 꼭 챙기겠다고 생각하는 물건들의 이름이, 복도를 쩌렁쩌렁 울렸다. 정말로 더 기운이 나는 것 같다.

"거미 베어!"

"양주!"

"육포!"

"목욕!"

그렇게 모두가 부끄러움도 다 던지고 외쳐 댈 때, 보안관 한 놈만은 배신을 때렸다. 달려드는 좀비의 대갈통을 힘껏 갈겨 박살 낸 보안관이 천둥소리처럼 크게 외쳤다.

"제니의 웃는 얼굴! 으얍!"

4

친구들이 좁고 어두운 건물 내부에서 아주 느린 싸움을 버텨내고 있는 동안, 진우는 어느 이름 모를 산기슭에서 나무 사이에 몸을 숨기고 있었다.

타타타타— 투투투—

타앙— 타앙—

멀리서 쉬지 않고 울려오는 총소리.

고막을 살살 긁어내고 뇌 속까지 파고들어 오려는 것 같다. 스트레스를 참아내기 위해 진우는 이를 악물었다.

그를 목표로 하고 쏘는 총알은 아니다. 아마 이 부근 어디선가 교전이 벌어진 것 같다. 하지만 여전히 위험하다는 것에는 변함이 없다.

소총에서 발사된 총알은 400미터 이상, 어쩌면 600미터까지도 위력을 잃지 않고 날아간다. 어제 보았던 저격수의 총이라면 그보다도 훨씬 더 멀리까지 날아가서 박힐 것이다.

최소한 1킬로미터?

허, 그 거리가 너무 황당해서 진우의 입에서는 헛웃음이 터졌다.

이 산속의 1킬로미터 떨어진 어딘가에서 그를 노리지도 않고 발사한 총알이 우연히 날아와 아무 곳이나 한 군데 꿰뚫기만 하면 그걸로 끝이다. 쏜 놈이 보이지도 않고, 어디에서 발사된 것인지도 모른 채 죽어가야 한다. 너무 허망한 이야기다.

그래서 진우는 총성이 울리기만 하면 이렇게 엄폐물을 찾아 숨었다. 목표물에서 빗나간 애먼 총알에 목숨을 빼앗기고 싶지 않으니까.

문제는 이 지긋지긋한 소규모 교전이 잊을 만하면 한 번씩 재개된다는 데 있었다. 산굽이를 하나 돌고 나면 타타타타— 언덕 하나를 넘을라 치면 또 투투투투—

그럴 때마다 납작 엎드려서 어디에서 울리는 총성인지 확인하는 것도 고역이고, 언제 어디서 군 병력과 맞닥뜨릴지 몰라

도무지 이동 속도를 올리지 못하는 것도 짜증난다. 그리고 거기에 가끔 한 번씩 등장하는 좀비들까지… 모두 그의 생명을 위협하는 것들뿐이다. 도와주는 착한 친구 같은 건 아예 존재하지도 않는다.

"젠장, 내가 왜 너희들 미친 짓 하는 데 끌려와서 덩달아 이 고생을 해야 하냔 말이야!"

진우는 머리를 벅벅 긁으며 자신을 이 산속으로 끌고 들어온 그 소령과 중위를 원망했다. 아까부터 내리고 있는 부슬비 덕분에 아직 대낮인데도 하늘은 어둑하다.

워낙 더운 날씨였기 때문에 비 자체는 그리 문제가 되지 않았다. 오히려 약간 시원하기까지 하다. 다만, 시야가 좁아진 게 부담스럽다. 아주 미세한 빗방울들이 쉬지 않고 쏟아지는 산속의 대기는 짙은 안개가 낀 것처럼 변해 있다.

"후우~ 먹자, 먹어. 일단 시간 있을 때 먹어두자."

진우는 등에 지고 있는 보따리에서 인삼 뿌리들을 꺼내 빗물에 씻은 후 입에 넣고 와득와득, 씹었다. 세상이 다 좆같아도 인삼만은 여전히 맛이 좋다. 기분 탓인지는 모르겠지만, 어제 인삼을 배부르게 먹고 나서부터는 피곤한 것도 훨씬 덜해진 듯한 기분이다.

"횡성……."

진우는 반쯤 잘라 먹은 인삼 뿌리를 보며 중얼거렸다. 주변에 산이 많다는 걸 정보로 치지 않는다면, 그가 알고 있는 유일한 지리 정보는 여기가 횡성이라는 것뿐이다. 밭에 박혀 있던 '횡성 인삼 영농 조합'이라는 표지를 보고 얻은 정보다. 그러니까 화천에 닿으려면 북서쪽을 향해 가야 한다.

젠장, 북서쪽은 무슨. 총소리에 쫓겨 산을 뺑뺑이 돌다 보면 어디가 동쪽인지도 잘 분간이 가지 않는데…….

진우는 또 끌탕을 했다.

투투투투투— 투투투— 투투두둑—

진우의 전방에 펼쳐진 계곡을 끼고 양쪽 산에서 서로를 향해 쏴대는 총성은 좀처럼 멎을 기미가 보이지 않는다. 서로들 어지 간히 대단한 군인이든가, 아니면 지독하게도 못 맞추나 보다.

아무래도 저쪽으로 가는 건 포기하고 우회로를 찾아야 할 것 같다.

또 돌아가야 하나…….

긍정적으로 생각하려 해도 한숨이 나온다.

다리가 아프고 발이 피곤한 건 괜찮다. 등에 인삼을 한 보따 리 짊어지고 있으니, 하루나 이틀 시간이 더 경과되는 일도 참 을 수 있다.

하지만 이 강제적인 뺑뺑이가 진우에게 압박으로 느껴지는 가장 큰 이유는 개인화기 때문이다. 멀리 빙 둘러서 길게 이동 하다 보면 만나는 좀비의 수도 늘고, 그만큼 실탄도 소모된다. 게다가…….

게다가 이 총, 정이 들 대로 든 K—2, 총번 927307. 얘가 정 말로 수명이 다됐다. 진우는 자신의 품 안에 든 총을 가만히 쳐 다보았다.

늘 불안불안한 구석이 있었지만, 오늘 아침 좀비들을 만났을 때 방아쇠를 당겨보고 확실히 알게 됐다. 어제 그 저격수와의 싸움에서 얘가 마지막 불꽃을 화려하게 피워 올렸다는 걸.

이 녀석은 협곡에서의 그 한 발을 끝으로 눈을 감았다. 그동안 애쓴 걸 생각해 보면 좀 더 버텨 달라고 말하기도 미안하다.

사실 이미 총열이 소모되고도 남았을 시점이 한참 전에 지났다.

삼척으로 이동한 날부터 대체 이 녀석으로 몇 천 발이나 쏜 건지… 어제 그 좀비에 물려 죽은 병사의 총을 집어 왔어야 했는데…….

피투성이 총이라 왠지 꺼려졌고, 손에 길이 든 내 총이 더 낫겠지 하는, 막연하고 어리석은 기대가 있었다. 특히 어제 하루는 유난히 잘 맞기도 했고.

"뭐, 이젠 후회해도 다 소용없는 일이잖아. 가볼까?"

배도 어느 정도 채웠겠다, 총성이 잠시 뜸해진 틈을 타서 진우는 얼른 뒤쪽 산길로 내달렸다. 젖은 산길은 미끄럽고, 안개비가 자욱하게 내린 산속은 30미터 앞도 잘 분간이 가지 않는다. 그래도 언제까지 그 자리에 앉아서 버틸 수만은 없기에 탄착군이 형성되지 않는 죽은 총을 꾹 붙들고 뛰었다.

투투투투투— 투투투투—

등 뒤에서 또다시 시작된 난사. 자신을 겨냥한 것이 아니라는 것을 알면서도 진우는 저절로 목을 움츠렸다. 그리고 가능한 한 언덕을 옆에 끼고 걷기 위해 애를 썼다.

한 시간여 동안 더 산속을 헤매고 난 뒤, 그의 앞에 좁은 오솔 길이 나타났다.

"이리로 가도 되나……."

진우는 나무 그늘 안에 숨은 채 주변의 산들을 둘러봤다. 뿌 연 안개비 속에 잠긴 녹색의 산봉우리들 하나하나가 다 위협적 으로 느껴진다. 혹시 저 중간 어딘가에 매복하고 있는 병력이 도로를 겨냥하고 있으면 어쩌지 하는 두려움 때문이다.

바로 옆, 1미터도 떨어지지 않은 거리에서 중위의 가슴이 뻥 뚫리는 걸 보고 난 뒤부터 생겨난 그 공포심은 도로를 볼 때마 다 저절로 되살아난다.

하지만 지금이라면 괜찮지 않을까? 워낙에 시야가 좁아진 터 라 산속에서도 도로가 그리 훤하게 보이지 않을 것 같은데…….

떨리기는 하지만 이럴 때를 틈타 이동할 수 있는 만큼 잽싸게 가두는 게 낫다. 안 그러면 내전이 벌어지는 험한 산속에서 계 속 헤매고 다녀야 한다.

후우~ 후우~ 진우는 콩닥거리는 가슴을 진정시키고, 조심 스레 오솔길로 내려섰다.

"내가 무슨 죄를 지었다고 이렇게 떨어야 하는 거냐, 대체. 그냥 길을 걸어가는 것뿐이잖아."

그렇게 혼잣말을 할 만큼 겁이 나기는 해도 막상 평지 위를 걸어보니 확실히 좋다. 숨 막히는 비탈도, 발목을 휘감는 잡초 도 없고, 돌부리에 채여 비틀거릴 일도 없다. 이렇게 편안한 길 이라면 멈추지 않고 열 시간도 걸어갈 수 있을 것 같다.

진우는 기죽은 눈초리로 사방을 훑어보면서도 부지런히 걸음을 옮겼다. 몇 개의 굽이를 돌고, 다시 또 굽이를 만나고 방향마저 슬슬 어지러워질 무렵, 앞쪽에서 이상한 소리가 들려왔다.

딸랑~ 딸랑~

진우는 바짝 얼어붙어 버렸다. 순간적으로 머릿속에서 수만 가지 경우의 수가 떠오른다.

뭐지? 이건 또 무슨 소리지? 이런 이상한 방울 소리를 내는 건 대체…….

하지만 도무지 추측이 되지 않는다. 진우는 길가의 수풀 속으로 쓰러지듯 몸을 숨겼다. 그러고는 숨을 죽인 채 가만히 기다렸다.

잠시 후, 굽이를 돌아 나오는 방울 소리의 주인공들을 보고 진우는 안도의 한숨을 내쉬었다.

음머~

소다. 누런 황소. 어떻게 풀려난 건지는 모르겠는데, 방울까지 단 세 마리의 황소가 아주 한가롭게 오솔길을 타박타박 걸어오고 있다. 송아지 한 마리와 어른 소 두 마리. 마치 가족처럼 보이는 녀석들은 진우를 보고도 별 놀라는 기색 없이 걷다가 또 길가의 풀을 뜯는다.

"…횡성 한우."

퀭한 눈으로 소들을 보고 있던 진우는 아무 생각 없이 중얼거렸다. 그리고 그 단어를 듣자마자 반사작용처럼 입안 가득 침이 고인다.

한우… 등심, 육회, 갈비, 불고기…….

주머니 사정 때문에 예전에도 별로 먹어본 기억은 없지만, 세상이 이렇게 되어버렸으니 앞으로는 더 먹기 어려워질 것이다. 하지만 지금이라면…….

"큭큭큭, 미친놈아. 고기 한입, 그것도 날고기 한입 먹자고 저렇게 멀쩡하게 돌아다니는 놈들을 죽이겠다고? 너 뭐냐? 악마냐? 큭큭큭."

잠시나마 총을 만지작거렸던 자신이 우스워서 진우는 혼자 문답을 하고 쓴웃음을 지었다.

"너희 오늘 용꿈 꾼 줄 알아, 인마! 대검만 있었으면 나도 어떻게 했을지 몰라."

마음에도 없는 소리로 소 일가족에게 인사를 한 진우는 괜히 유쾌해져서 피식거리며 소들이 왔던 길을 따라 걸었다. 녀석들이 잘 가고 있나 다시 한 번 확인하려고 고개를 돌리려는 순간, 쾅콰쾅! 전방에서 엄청난 폭발음이 들려온다.

"으앗!"

진우는 또 바짝 엎드렸다. 곧이어 시작되는 총성. 메아리가 사방에서 울리지만, 11시 방향인 것 같다.

젠장! 교전을 피해서 얼마를 돌아왔는데, 여기에서도 또 이 난리라니. 그럼 대체 어디로 가라는 말이야, 어디로…….

이젠 이러는 거 정말 지긋지긋하다. 수풀 속으로 기어 들어가면서 진우는 총을 가진 모든 족속들을 저주했다.

쑹쑹쑹쑹쑹쑹—

머리 위로 울리는 요란한 소리. 바람을 가르며 지나가는 것은 헬리콥터다. 크기나 모양이 아마도 블랙 호크인 것 같다. 블랙 호크는 능선에 바짝 붙어 낮게 날면서 진우가 숨은 곳을 지나쳤다.

어딜 목표로 하고 있는지는 모르지만, 저기에서 쏴대기 시작하고 특수부대원들이 추가 투입된다면 더 크고 진한 피바람이 불 것만은 분명했다.

"…미쳤네. 이젠 공중전까지……."

순식간에 저 멀리까지 날아가는 헬기의 꽁무니를 보면서 진우는 맥없이 중얼거렸다. 말로는 타박을 하고 있지만, 그의 마음속에는 부러움의 감정이 더 컸다.

저 스피드… 저 강인함… 그리고 저 헬리콥터 내부의 병사들이 소지하고 있을 막강한 개인화기…….

수명이 다해 버린 총을 들고 산속을 정처 없이 헤매고 있는 자신의 입장에서는 모두 다 부러울 수밖에 없는 것들이다. 물론 누군가의 명령에 따라 움직여야 한다는 건 질색이지만.

'또 있는 건가?'

세 대의 헬기가 더 지나갈 때까지 가만히 숨어 있던 진우는 수풀 밖으로 삐죽 고개를 내밀고 전방의 먼 산 쪽을 주시했다.

쑹쑹쑹쑹―

아직도 작게 프로펠러 소리가 울린다. 그게 지나가 버린 헬기들이 남긴 메아리인지, 아니면 저 봉우리 앞쪽을 넘어오고 있는 또 다른 헬기가 만들어내는 소리인지 가만히 귀를 기울이고 있는 동안에도 저 멀리 산속에서는 쉼 없이 총성이 난다.

잠시 후, 봉우리 사이로 다섯 번째 블랙 호크가 모습을 드러냈다. 능선에 바짝 붙어 날아오는 비행의 고도나 속도, 모두 앞서의 네 대와 거의 같았다.

"죽인다, 진짜……."

자신은 일주일이 걸려도 다 주파하지 못할 것 같은 지형을 순식간에 가로질러 날아오는 블랙 호크를 보며 진우가 중얼거렸다. 그리고 그로부터 1초도 지나지 않아 열한 시 방향의 산기슭에서 대각선으로 수천 개의 불꽃 기둥이 솟아올랐다.

"어!"

진우의 입에서 경악의 외마디가 터져 나왔다. 태어나서 그런 광경을 실제로 본 건 처음이었다. 몇 초나 지나서 드르르르릇— 드르르릇— 하는 저음의 발사음이 들려왔다. 블랙 호크의 주변을 서너 번 훑으며 방향을 조금씩 틀던 불꽃 기둥은 마침내 꼬리 로터를 박살 냈다.

꼬리 부분에서 시커먼 연기가 뿜어져 나오자마자 블랙 호크는 중심을 잃은 채 빙글빙글 돌았고, 그러면서도 엄청난 속도로 산을 향해 곤두박질쳤다.

드르릇— 드르릇—

몇 차례 더 불꽃 기둥이 치솟았지만, 흔들리며 낙하하는 블랙 호크에 추가 대미지를 입히지는 못했다.

사실 그럴 필요조차 없었다. 이미 자세를 통제할 수 있는 기능이 마비된 블랙 호크는 요란한 소리와 함께 완만한 산의 중턱을 들이받았다. 곧바로 가느다란 연기가 솟아올랐다. 진우가 서 있는 곳을 기준으로 네 시 방향이다.

"하이아~ 하이아~"

너무나도 순식간에 일어난 학살. 중위의 피를 뒤집어썼을 때 와는 또 다른 충격에 진우의 숨이 가빠진다.

자신이 그렇게도 부러운 눈으로 바라봤던, 강인하고도 아름 다운 비행 물체가… 그 안에 탑승하고 있던 병사들이… 순식간 에 끝장나 버렸다. 그 이상한 소리를 내는 발칸포의 화망에 걸 리자마자… 안전한 곳은 어디에도 없는 것이다.

"다, 달아나야 하나……."

진우는 초식동물의 얼굴이 되어 어디로 도망쳐야 할지 퇴로 를 모색했다. 자신과 같은 땅개 하나를 잡으려 할 때도 그 많은 병사들이 추격해 왔었는데, 저렇게 커다란 전리품을 챙기기 위 해서는 당연히 훨씬 더 대규모의 병력이 곧바로 투입될 것이다.

그러니 피하는 게 상책이다. 근처에서 어슬렁거려 봐야 공연 한 싸움에나 말려들게 된다. 그리고 이번에는 이기기 어렵다.

그렇게 어디로 튈까를 고민하던 진우가 갑자기 우뚝 멈춰 섰 다.

"가만… 너 지금 대체 무엇 때문에 어디로 가려고 하는 거였 어?"

[그거야 총알 가지러 화천 가는 거지… 만 발. 알잖아…….]

"야! 바로 저기 네 시 쪽 산 중턱에 총알 있어. 아마 못해도 헬기 안에 수천 발은 들어 있을 거야. 거기에 더해서 총도 잔뜩 있을 거라고!"

[그러네…….]

자신과 문답을 나눈 진우는 블랙 호크가 추락한 네 시 쪽의 산으로 시선을 돌렸다. 저 멀리 열한 시 방향에서 보낸 추격대가 네 시 쪽 추락 현장에 도착하는 것보다 자신이 훨씬 더 빨리 저기에 닿을 수 있다. 시야가 확보되어 있지는 않아도 연기가 피어오르고 있으니, 위치를 파악하는 데도 어려움이 없다.

'그럼 대체 왜 망설이고 있는 거지? 뭐가 그렇게 무서워?'

입술을 꽉 깨문 진우는 곧바로 오솔길을 뒤돌아 뛰기 시작했다. 요란한 소리에 겁을 먹고 걸음을 서두르는 황소 일가족을 추월한 진우는 망설임 없이 산비탈을 기어올랐다.

총! 총알!

광기에 가까운 설렘이 진우의 온몸에서 아드레날린을 샘솟게 만든다. 비탈을 미끄러지고 언덕을 뛰어넘는 동안 쿵쾅거리며 심장이 응원을 한다.

죽어버렸을 게 분명한 젊은 군인들에 대한 애도나 비통한 동정심 같은 것은 완전히 저 구석 어딘가로 숨어버렸다. 오로지 추격대보다 먼저 추락 현장으로 가서 무기와 실탄을 챙겨 달아나겠다는 일념뿐이다.

"하이아~ 하이아~"

얼마나 더 내달렸을까. 진우는 그 자리에 엎어져 잠시 숨을 골라야 했다. 너무 열심히 뛰느라 과부하를 걸었던 심장은 금방이라도 터져 나갈 것 같다. 마음이 급해서 그렇게 느끼는 것인지, 아니면 산속의 원근감이라는 게 원래 그렇게 가까운 듯 막연하게 먼 것인지, 아무리 뛰고 달려도 연기가 솟는 지점과의 거리가 좀처럼 줄어들지 않는다.

하지만 그건 저 멀리에서 달려오고 있을 추격대에게도 공평하게 적용되는 조건이니까, 얼마든지 받아들일 용의가 있다.

"괜찮아, 하아~ 내가 더 빨라. 빠를 거야."

진우는 비와 땀으로 흠뻑 젖은 얼굴을 손바닥으로 훑어내고, 부들거리는 다리에 억지로 힘을 줬다.

여기서 조금만… 조금만 더 힘을 내면 정말 꿈에 그리던 것들을 손에 넣을 수도 있다. 그러니까… 그러니까 기운을 내자.

진우는 그런 말들로 스스로를 다독이며 다시 이를 악물고 달리기 시작했다.

첨벙, 얕은 개울을 지나서 다시 언덕을 기어오르고, 비탈길에서는 구르듯이 몸을 던졌다. 나뭇가지에 얼굴을 긁히고, 힘이 풀린 다리 때문에 몇 번이나 넘어질 뻔하면서도 멈추지 않았다.

가느다란 연기가 바로 저기에서 그를 유혹하듯 피어오르는 통에 지금 당장이라도 등 뒤에서 버석거리며 추격대가 나타날까 봐 두려워서 멈출 수가 없었다.

"끄으윽~ 으윽~ 하아아~"

사람이 '조금만 더, 조금만 더' 하고 욕심을 부리다가 이렇게 죽는 거구나 싶을 만큼 숨이 차오른다. 눈앞의 풍경이 조금씩 일그러진다. '이거, 아무래도 잠깐 쉬었다가 가야 하지 않을까' 하는 유혹이 머릿속을 뒤흔들 때, 덤불 속을 빠져나온 진우의 눈에 커다란 쇳덩어리가 보였다. 헬기의 꼬리 부분이다.

"허! 바로 여기에 있어. 다 왔어!"

진우는 그것이 무슨 신의 계시라도 되는 양 잘려 나간 헬기의 꼬리 부분을 손으로 쓸며 지났다. 거기에서부터는 쉬웠다. 뚝 부러져 나간 나무들과 움푹 팬 흙이 헬기가 어떻게 휩쓸고 지나갔는지를 아주 친절하게 일러주고 있었기 때문이다.

블랙 호크는 20여 미터 이상을 더 돌진한 후, 언덕 아래로 떨어져서 계곡의 물속에 앞코를 박고 멈춰 서 있었다.

상상했던 것보다 훨씬 기체 손상이 적어서 진우는 그게 놀라웠다. 떨어져 나간 오른쪽 문에는 피범벅이 된 사람의 상반신이 걸려 있다.

"후우우~"

한 번 깊게 숨을 들이쉰 진우는 K-2의 안전장치를 해제한 후, 천천히 언덕 아래로 미끄러져 내려갔다.

5

잘려 나가 땅속에 깊숙이 박힌 프로펠러 조각을 지나친 진우는 자세를 낮추고, 왼쪽으로 약간 기운 채 쓰러져 있는 블랙 호크의 뒷부분으로 살금살금 다가갔다.

이렇게나 강한 충격을 받고 추락한 헬기 내부에 생존자가 있을 것 같지는 않지만, 그래도 접근은 조심스럽다.

내부에 타고 있던 것은 어디까지나 고도로 훈련 받은 군인들이고, 당연히 무장도 하고 있었을 것이다. 다 죽어가는 사람이라도 방아쇠 정도는 당길 수 있다.

타닥타닥, 치이익—

연기가 뿜어져 나오는 헬기의 로터에서는 화염이 쉬지 않고 타올랐다가 이슬비에 맞아 진정되기를 반복하고 있다. 그러나 헬기 전체로 불이 번질 위험은 아직 없어 보인다.

진우는 온몸의 신경을 바짝 곤두세운 채 아주 조심스럽게 한 발씩을 내디뎠다. 거리가 줄어들수록 블랙 호크의 크기가 실감이 된다. 막연하게 상상했던 것보다 훨씬 크고 높아서 꼬리 날개를 제외한 몸통 자체만으로도 버스 크기와 비슷하다.

당장 눈으로 확인한 시체는 둘이다. 열려 있는 오른쪽 문에 걸린 피투성이 상반신, 그리고 헬기 기체에 가려져 위에서는 보이지 않던 또 한 구의 시체가 계곡 물속에 머리를 박은 채 움직이지 않는다.

거미줄처럼 금이 간 블랙 호크의 전면 창이 온통 붉은 피로 물든 것으로 보아 조종사와 부조종사도 살아 있을 것 같지는 않다. 그들까지 치면 넷이다.

원래 몇이나 타고 있었을까?

진우는 헬기 뒤쪽에 바짝 붙어서 신음 소리가 나는지 귀를 기울였다.

들린다. 있다.

"으으으… 으으……."

아주 작은 신음. 신경 써서 듣지 않았더라면 다른 소음들에

묻혀 인지하지 못했을 만큼 꺼져 가는 숨소리가 끊어질 듯 간간이 들려온다. 그 외에 다른 사람의 기척은 느껴지지 않았다.

얼마나 다친 거지?

진우는 고민에 빠졌다.

방아쇠를 당길 힘은 있는 걸까?

헬기 내부의 구조도, 내부의 상황도 전혀 모르기 때문에 뛰어들기가 망설여진다.

가장 빠르고 간단한 문제 해결 방법은 내부에 총질을 두어 번 갈겨주는 것이지만, 그런 건 하고 싶지 않다. 자신은 그저 여기에 원래 주인들이 이제 더 이상 사용할 수 없게 된 개인화기와 실탄을 훔치러 온 것뿐이다.

부상병을 확인 사살 하는 건 계획에 들어 있지 않다. 총소리를 내는 것도 바람직한 일이 아니다.

텅—

내부에서 뭔가 울림이 들려온다. 사람 몸무게 정도의 질량이 바닥에 쓰러지는 듯한 소리. 그리고……

턱, 쇠가 쇠와 부딪치는 소리.

그러면서 신음은 더 커졌다. 안의 상황이 대충 상상이 간 진우는 기울어 있는 왼쪽의 문으로 총구를 고정시켰다. 꽤나 크게 다친 누군가가 기어 나오려 하고 있다. 그럴 때는 당연히 아래쪽 경사로를 향해 빠져나오려 할 것이다.

"끄으윽~ 으으으~"

진우의 예상이 맞았다. 독특한 모양의 하이바를 쓴 군인 하나가 피카티니 레일이 달린 신형 K—2 개머리판으로 바닥을 찍으면서 헬기 바깥쪽으로 아주 천천히 빠져나온다.

　고통스럽게나마 포복하고 있는 것이 용할 만큼 두 다리의 상태가 좋아 보이지 않는다. 얼굴과 발목에서 흘러나온 붉은 피는 그가 지나가는 경로를 따라 흙을 물들이며 선명한 궤적을 만들어놓았다.

　"끄으으……."

　개머리판으로 땅을 짚고 어떻게든 일어나 보려던 부상병이 땅에 나뒹군다. 진우가 모습을 감추고 있던 헬기 뒤쪽과 5미터도 떨어져 있지 않은 지점이다.

　녀석이 바닥에 벌렁 넘어지면서 K—2를 손에서 놓쳐 버리는 걸 확인하자마자 진우는 곧바로 뛰어나갔다. 만약 놈이 다시 총을 집어 든다면 그때는 망설임 없이 방아쇠를 당기자고 마음을 다잡았다.

　"으윽!"

　하지만 놈의 부상 정도는 생각보다 훨씬 심했던 모양이다. 진우가 달려오는 걸 보고 놀라 고개를 돌리면서도 이렇다 할 대응을 하지 못한다. 물론 찰나의 짧은 순간이었다. 진우는 얼른 바닥에 떨어진 신형 K—2를 밟고 놈에게 총구를 겨눴다.

　"움직이지 마! 두 손 하늘!"

　부상병은 증오에 가득 찬 눈으로 진우를 노려본다. 아직 녀석의 손은 전술 조끼 주변에 머물러 있다. 권총이나 뭔가 다른 무기를 꺼낼지도 모른다는 생각에 진우는 한 번 더 힘주어 명령했다.

"손들어. 한 대 맞고 들래?"

부상병은 천천히 머리 위로 손을 올리면서 의아하다는 듯 물었다.

"너… 너 뭐야? 옷 꼬라지며… 하이바도 없이…….."

진우는 대꾸하지 않았다. 가슴에 총을 겨눈 채로 바닥에서 자신의 총을 주워 올리는 진우를 향해 부상병은 다시 묻는다.

"…1107 소속이 아니잖아? 그런데 왜 여기서 이 짓을 하고 있어?"

"글쎄, 나도 그걸 알고 싶네. 어허, 손!"

새 총을 걸쳐 메는 동안 녀석의 손이 슬슬 내려오는 걸 보면서 진우는 재차 지적을 했다.

끄으으~ 부상병은 신음을 토해가며 손을 든다. 90도 이상 돌아간 발목은 보는 것만으로도 고통스러워 보였다. 하이바와 머리 사이에서도 잊을 만하면 한 번씩 피가 주르륵 흘러내렸다.

진우는 부상병의 등 뒤로 돌아가 자세를 낮춘 채 녀석의 몸을 방패로 삼고 헬기 내부를 살폈다. 움직이는 것은 보이지 않는다. 그래도 확인하는 의미에서 물어보았다.

"안에 생존자 더 있어?"

부상병은 대답 대신 다급한 제안을 했다.

"너… 무슨 사연인지는 모르겠지만, 여기… 여기 있으면 안돼. 대공 발칸 쐈던 새끼들이 금방 쫓아올 거야. 끄으으~ 너나 나나 잡히면 죽어. 후우우~ 빨리 여기를 뜨자. 조금만… 조금만 도와줘. 여기서 벗어나야 돼."

"쫓아오는 거 알고 있어. 물론 난 그전에 튈 거고."

진우는 부상병의 왼쪽 어깨를 당겨 바닥에 눕히고 그의 허벅지에서 권총을, 칼집에서 대검을 빼냈다. 부상병을 무장해제시킨 진우는 블랙 호크의 내부로 들어갔다.

치짓! 치지직!

계기판과 조종간에서는 불꽃과 함께 하얀 연기가 조금씩 뿜어져 나온다. 예상했던 대로 두 명의 조종사는 피범벅이 된 채 사망한 상황이었고, 탑승 구역에도 세 구의 시신이 더 있었다.

낯이 흙빛으로 변해 버린 시체들은 다들 척추와 목뼈가 심하게 꺾인 채 죽어 있다. 밖으로 튕겨져 나간 사망자는 아마도 기관총 사수였던 모양이다.

"탈영하기 전에는 어느 편이었어? 어디 소속이야?"

"난 내 편이야."

진우는 차갑게 내뱉고서 어지러운 헬기 안을 살폈다. 내부는 엉망이었다. 바닥에는 피가 잔뜩 튀어 있고, 떨어져 나온 좌석 벨트와 로프, 여러 종류의 수하물, 개인화기들이 잔뜩 널브러져 제대로 발 디딜 틈조차 찾기 어려울 지경이다.

가장 먼저 진우의 관심을 끈 것은 바닥에 엎어져 있는, 커다란 검은 가방들이었다. 영화에서 은행 강도들이 돈을 담아 나오는 것과 비슷한 크기와 모양이다.

지이익—

진우는 그중 한 개의 지퍼를 내려봤다. 탄창과 소음기가 달린 기관단총, 정글모가 들어 있다.

가방 하나 가득만큼의 탄창……

진우의 가슴이 두근거린다. 곧바로 두 번째 가방을 열었다. 이번에도 탄창. 5.56㎜ 30발짜리다.

꿈에서도 나왔던 광경. 각기 구경이 다르기는 해도 셀 수 없을 만큼 많은 실탄이 가방 두 개에 들어 있다. 부상병과 블랙 호크 내부를 번갈아 보며 탐욕스럽게 가방들을 열어젖히는 진우를 향해 부상병이 말했다.

"그런 거 말고 저기 저… 무전기를 챙겨. 실탄 좀 챙겼다고 도망갈 수 있을 거라 생각하나? 끄으으… 아니, 못 가. 저 새끼들… 사방에 지뢰도 깔아뒀을걸? 하지만 나는 도와줄 수 있어. 그러니까… 나를 데려가, 이병. 나는 이런 상황을 수도 없이 훈련 받아왔어. 산 두 개만 넘으면 우리 둘 다 안전하다. 그때 서로 제 갈 길 가자. 너는 네 갖고 싶은 거 챙기고… 나는 무전기만 줘."

진우는 부상병이 가리키는 방향으로 시선을 돌렸다. 배낭형 무전기는 이미 박살이 나 있다. 하긴 저게 멀쩡했더라도 애초에 도와줄 마음 같은 건 없었다.

"당신네들… 우수한 군인이라는 거 아는데, 이 상황에서는 무리야. 걷지도 못하는 사람 끌고 도망가 봐야 결국 둘 다 잡혀. 그 다리로 어딜 가겠다고 그래. 그리고 무전기 박살 났어. 희망을 버려."

진우는 가방을 블랙 호크 입구로 끌어내면서 무감정하게 대

구했다. 그러고는 세 번째 가방을 열었다. 또 기관단총과 탄창. 이런 화력을 갖춘 우수한 병력들이, 나라가 이 지랄이 났는데 왜 좀비가 아닌 군을 상대로 투입되고 서로 총질을 해 대는지 이해할 수 없었다.

철컥, 진우는 자신과 체격이 비슷한 시신을 골라 안전벨트를 풀고 배낭과 전술 조끼를 벗겨냈다. 낡아 다 찢어져 가는 자신의 전술 조끼와 인삼 보따리를 벗은 진우는 검은색 방탄 전술 조끼를 걸쳤다. 그러고는 목이 부러진 시체에서 벗겨낸 검은색 하이바를 자신의 머리에 걸쳐 봤다. 대충 들어맞는다.

"부탁한다… 여기에 있으면 나는 죽어… 데리고 가라. 산 두 개만 넘으면 된다니까… 지금 출발하면 갈 수 있어. *끄으으~*"

진우가 새로 획득한 하이바의 끈을 조이는 걸 보면서 부상병은 재차 부탁을 했다. 진우는 냉정하게 고개를 저었다.

"무전기가 망가졌다니까? 그리고 내가 데리고 가봤자 산 하나 넘기도 전에 죽을 거야. 추격대가 오면 그냥 얌전히 항복을 해. 치료해 달라고 하고. 그게 오히려 생존 확률이 높아. 두 손 들고 누워 있는데 죽일 놈 없어. 대부분 그만큼 독하지가 못해."

몇 개의 가방을 더 확인해 본 진우는 폭발물이나 방독면처럼 쓸모없는 장비들을 덜어내고, 그 자리에 탄창과 전투식량을 채웠다. 먹어본 적이 없는 제품이지만, 어쨌든 감자를 캐먹는 것보다는 백배 나을 테니까.

실탄은 5.56㎜ 위주로 챙겼다. 소음기가 욕심나기는 하지만,

기관단총은 아무래도 근거리용이라 쓰임새가 제한될 것이다. 진우의 대답을 들은 부상병은 이를 악물면서 분한 목소리로 애원했다.

"젠장! 이 피! 끄으으… 니가 인간이라면 지혈이라도 좀 해주고 뭘 해!"

부상병이 가리키는 곳은 그의 발목과 종아리 부분이다. 두 다리가 더 심각한 부상을 입은 상황. 날카로운 것에 걸려 찢어진 살과 뒤틀린 뼈 때문에 사실 의료 지식이 전무한 진우로서는 어떤 처치를 해야 하는지도 모르겠다. 진우가 눕혀놓은 대로 가만히 있으면 조금이라도 나을 텐데, 부상병은 자꾸 몸을 일으켜 가며 저 난리를 친다.

그리고 무엇보다도 상대방에 대한 신뢰가 없기 때문에 진우는 그에게 다가가 위험을 자초하는 상황을 만들고 싶지 않았다.

조금 전, 본인의 입으로 말했듯이 저 부상병은 이런 상황에 대처하기 위해 혹독한 훈련을 거친 엘리트 군인이다. 그런 살인 전용 병기에게 바짝 다가가서 두 손을 다 사용해 가며 치료를 하다가 어떤 위기를 만날지 알 수 없다.

"끄으응~!"

권총집까지 차고 배낭을 짊어진 진우는 바닥에 놓아둔 가방 네 개를 모두 들어보려고 용을 썼다. 어찌어찌 들어 올리기는 했는데, 너무 무겁다. 끄응~ 아무리 가볍게 잡아도 합이 4, 50킬로그램은 넘는 것 같다.

게다가 등의 배낭, 짊어진 총, 탄창이 주렁주렁 달린 전술 조끼 자체의 무게까지 더하면 총 70킬로그램은 우습게 넘을 기세다.

안 되겠어. 이렇게 들고서는 못 달려…….

진우는 고개를 저으며 가방을 다시 내려놨다.

'아… 젠장, 어떤 걸 버리지?'

진우는 두고 갈 것과 가져갈 것들을 고르기 위해 가방의 지퍼들을 다시 열어봤다. 다시 봐도 너무나 좋은 것들뿐이다.

탄창, 기관단총, 그리고 식량…….

도저히 버릴 것을 못 고르겠다. 진우는 탐욕에 사로잡혀 초조하게 입술을 깨물었다.

"쿠욱! 쿨럭쿨럭! 켁! 켁!"

용을 쓰던 부상병이 돌연 마른기침을 해 댄다. 그걸 보고 나서야 진우는 자신도 꽤 목이 마르다는 걸 깨달았다. 실탄과 화기에 대한 욕심 때문에 미처 인지하지 못하고 있었을 뿐이다.

어쩐지, 머리가 잘 안 돌아가더라…….

죽은 병사에게서 수통을 풀어낸 진우는 뚜껑을 열고 몇 모금을 크게 들이켠 후, 헬기 밖으로 나가 부상병에게 권했다.

"하아~"

꿀꺽대며 급하게 물을 마신 부상병이 수통을 바닥에 떨구며 한숨을 몰아쉰다. 진우는 다시 헬기 안으로 들어가 가능한 한 짐을 적게 덜어내고도 빨리 움직일 수 있는 방법이 없는지 궁리했다. 그러다가 좌석의 구석에 놓여 있는 긴 총을 발견했다.

저격소총이다.

아… 진우는 홀린 듯 다가가 조준경이 부착된 소총을 집어 올렸다.

'이거였구나. 이걸로 나는 보이지도 않는 까마득한 거리에서 내 머리를 겨눴었구나…….'

저격소총을 든 진우는 사격 자세를 취해보고, 조준경의 커버를 벗겨 눈에 대봤다. 순식간에 수십 배의 배율로 확장된 경치가 눈에 들어온다. 욕심이 난다. 짐을 덜어내려고 하던 참이었는데, 오히려 묵직하고 커다란 총까지 더 가져가고 싶어져 버렸다.

'일단 가져가자. 버리는 건 나중에 버린다고 해도…….'

진우는 저격소총 멜빵을 사선으로 걸치고 다시 배낭을 멨다. 그러고는 총이 떨어져 있던 주변을 뒤져서 7.62㎜ 탄창이 든 배낭을 찾아냈다.

이제 짐은 또 10킬로그램 가까이 늘어났다. 한 개도 버리고 가고 싶지 않다. 들고 가는 것 외에 다른 방법을 찾아내야 한다.

"이건……."

헬기 내부에 어지럽게 늘어져 있는 나일론 로프 사이에서 파이프에 둘둘 말려 있는 녹색 직물을 발견한 진우는 얼른 그것을 꺼냈다. 들것이다.

진우는 반으로 접혀 있던 들것을 밖으로 가지고 나가 폈다. 길이는 2미터가량, 폭은 50여 센티. 양쪽 끝으로는 플라스틱 커버가 달린 파이프가 길게 튀어나와 있다.

"좋아, 좋아. 이거면 되겠어……. 고정을……."

진우는 조금 전 획득한 대검을 꺼내 어지럽게 널려 있는 격자 구조 나일론 로프들을 끊어내기 시작했다. 잘라낸 로프들을 바닥에 먼저 깐 진우는 그 위에 들것을 올렸다. 그리고 들것 위에 총과 탄창이 든 검은 가방들을 평평하게 올렸다.

"나는 데리고 갈 수 없다면서 그걸 다 가지고 가겠다고? 다시 생각해라. 그 많은 실탄 다 사용하기도 전에 죽을 거다. 이병, 네 욕심은 이해하지만, 너에게는 생존 기술이 없다. 하지만 나는 널 도와줄 수 있어…… 도주, 매복, 위장, 저격… 그리고 너는 나라를 위해서 뭔가를 하게 되는 거다."

물 한 모금에 기운을 얻은 부상병이 또 입을 열고 설득을 시도한다.

미친… 생존 기술이 뭐가 어쩌고 어째? 내가 어떤 아수라장을 헤쳐 왔는지 알지도 못하는 주제에…….

곧바로 받아치고 싶었지만, 그래봐야 아무 이득도 없는 일이다.

진우는 입을 꾹 다물고 오직 나일론 로프들로 가방과 들것을 단단히 고정하는 일에만 집중했다. 바닥으로 기울일 쪽에는 로프를 더 단단히 두 겹으로 감았다. 그러고는 두 줄을 길게 빼서 앞쪽으로 돌렸다.

"끄응차~!"

줄을 어깨에 감고 당겨보니 정말로 무겁다. 하지만 못 끌고 갈 정도는 아니다. 진우는 들것으로 만든 캐리어를 잡아당겨 가며 완만한 언덕 쪽으로 올라갔다.

개천을 따라가면 몸이야 편하겠지만 지대가 낮고 시야가 트여 있어 금방 눈에 띄게 될 것이다. 왔던 길을 되짚어가서 아예 존재하지 않던 사람처럼 사라져야 한다. 그래야 추격대에 대한 걱정을 하지 않을 수 있다.

"이봐, 어린 친구······."

부상병이 은근하게 부른다. 진우가 달아날 준비를 하는 것을 보고 그의 말투는 더 간절해졌다.

"자네가··· 후우, 반란군 새끼들에게 동조하고 있는 게 아니라면 나를 좀··· 도와줘. 이렇게··· 끄으으, 부탁할게. 간청한다. 네 바로 옆에 덧없이 스러져 간 병사들의 얼굴을 봐서라도 좀 들어줘. 나를 데려가, 제발. 이 싸움은 국가의 명운이 달린 거야. 여기서 잡히면 난··· 죽을 때까지 고문당하게 될 거라고."

"그럼 고문당하기 전에 다 불어. 끄응차!"

들것 캐리어를 언덕 위로 다 끌어다 놓은 진우는 한숨을 내쉬며 추격대가 쫓아올 것이라 예상되는 경로 쪽을 돌아봤다. 숲은 고요하기만 하다. 아직 시간이 있다. 애초에 대공 캐논을 쐈던 산은 워낙 거리가 먼 곳이었다.

캐리어를 덤불 속에 숨겨둔 진우는 땀을 훔치고 헬기에 부딪쳐 꺾인 나뭇가지 하나를 주워 들었다. 그러고는 다시 언덕을 내려가 나뭇가지로 비질을 하며 캐리어를 끌고 왔던 흔적을 지웠다.

비가 내린 후의 젖은 흙은 자연스러운 모양으로 골을 메워주었다. 그런 모습을 보며 부상병은 한 번 더 분노를 표출했다.

"너 같은 새끼가 대한민국의 군복을 입고 있다니… 이 더러운 도망자 새끼! 이기주의자 새끼야."

진우는 비질을 멈추고 부상병의 근처로 가 눈을 똑바로 마주보며 입을 열었다.

"중사님."

부상병도 지지 않고 노려본다. 진우는 낮은 목소리로 이야기를 이었다.

"당신들이 얼마나 거창한 걸로 싸우고 있는지 그런 거는 난잘 모르겠습니다. 하지만 군인의 의무를 말하고 싶은 거라면, 난 이미 최선을 다 했으니까 더 이상은 아무것도 요구하지 마십쇼."

"후우~ 네가 그렇게 가면 내가 입을 다물 거라고 생각하나? 내 진짜 동료에 대해 털어놓기 전에 네가 간 방향을 먼저 고자질할 거라는 생각은 안 들어? 내 동료들이 만약 지금 네 모습을 보면 어떤 복수를 할지 상상이 가나? 응?"

"그건 좋을 대로 하세요. 당신 자유니까."

벌떡 일어난 진우가 새로 얻은 K—2를 꽉 잡으며 말했다.

"하지만 날 잡기는 쉽지 않을 겁니다."

〈『좀비묵시록 82—08』 제11권에서 계속〉

www.bbulmedia.com

www.bbulmedia.com